Hitler's Day

Du même auteur
chez le même éditeur

ZigZag Movie
Maximum Bob
Punch Créole
Les Chasseurs de primes
Pronto
Beyrouth-Miami
Loin des yeux
Le Zoulou de l'Ouest
Viva Cuba Libre !
Dieu reconnaîtra les siens
La Loi à Rondado
L'Évasion de Five Shadows
Hombre
Be Cool !
Duel à Sonora
Valdez arrive !
Tishomingo Blues
Quand les femmes sortent pour danser
Retour à Saber River
La Brava
Killshot
Mr Paradise
La Loi de la cité
Bandits
Les Fantômes de Detroit
Le Kid de l'Oklahoma
Médecine apache
3 heures 10 pour Yuma
Glitz

Elmore Leonard

Hitler's Day

Traduit de l'anglais (États-Unis)
par Johanne Le Ray et Pierre Bondil

Collection dirigée par
François Guérif

Rivages/Thriller

Retrouvez l'ensemble des parutions
des Éditions Payot & Rivages sur

www.payot-rivages.fr

Titre original : *Up in Honey's Room*

106, boulevard Saint-Germain – 75006 Paris

ISBN : 978-2-7436-1895-7

À mes garçons, Pete, Chris et Bill.

1

Honey téléphona à sa belle-sœur Muriel, qui vivait toujours dans le comté de Harlan, dans le Kentucky, pour lui annoncer qu'elle avait quitté Walter Schoen, dont elle prononça le prénom « Valter », et qu'elle était sur le point de redevenir Honey Deal.

– J'avais vraiment cru que je pourrais lui faire tourner casaque, ajouta-t-elle, mais ce type se comporte toujours comme un nazi. Pas possible de le faire évoluer d'un pouce.

– T'as fichu le camp sans crier gare ? demanda Muriel.

– J'ai fichu le camp, un point c'est tout. Me voilà libre comme l'air. Et tu sais quoi ? Plus besoin de me faire les racines toutes les deux semaines. Faut vraiment que j'aie été bête pour passer une année entière à faire en sorte qu'il croie que j'étais une vraie blonde.

– Il pouvait pas s'en rendre compte autrement ?

– Walter, quand il voulait tirer son coup, il éteignait la lumière avant d'enlever son pyjama. Il était complexé d'être aussi maigrichon, avec les côtes saillantes, alors on faisait toujours ça dans le noir le plus complet. Il disait que la nourriture américaine était bonne qu'à lui donner des gaz. Je m'étais mise à la cuisine allemande, je préparais des gros repas bien lourds, du bœuf braisé avec du chou rouge, de la saucisse grillée. Pour la première fois de ma vie j'ai dû surveiller ma ligne. Lui, ça lui a pas du tout profité. Il continuait à avoir des gaz, sauf que là, ça allait, puisque c'étaient des gaz allemands. Tu sais que quand il en lâchait un, il me visait du doigt comme si c'était un revolver ? Moi, il fallait que je fasse semblant d'être touchée.

– Et que tu tombes par terre ?

– Si j'étais près du canapé. Sinon il fallait que je trébuche, les mains crispées à l'endroit où il m'avait atteinte. Tu sais que la première fois, c'est moi qui l'ai fait toute seule, pour faire l'andouille ? Mais après, chaque fois qu'il en lâchait un et que je l'entendais, je devais faire semblant d'être touchée.

– C'était votre façon à vous de vous amuser, toi et ton petit mari...

– Sauf qu'il ne riait jamais ! Il ne souriait même pas. Je le voyais me viser... (Honey se tut un instant.) Dis-moi ce que fabrique mon frère. Il travaille en ce moment ?

– Darcy ? Il est à nouveau en prison. Il a été impliqué dans une bagarre qu'il n'a pas déclenchée, il le jure. Il a brisé la mâchoire à son contremaître, ce qui a remis en cause sa liberté conditionnelle. Il doit aller au bout de la peine dont il a écopé pour distillation sauvage, et en purger une en plus pour voie de fait. Il travaille en cuisine comme boucher et se fait cinq cents de l'heure tandis que moi, j'essaie de vivre de mes pourboires. (Muriel prit une voix boudeuse.) « Qu'est-ce qu'y faut que je fasse, les gars, pour que vous preniez une nouvelle tournée ? » Alors ces caïds qu'ont de la poussière de charbon dans chaque pore de leur peau, ils te sortent des trucs du style : « Et si tu nous montrais tes petits trésors ? » Je roule des yeux et je joue les effarouchées, ça me rapporte dans les un dollar cinquante. Mais raconte-moi tout dans le détail. Walter te battait et ça t'a ouvert les yeux ou quoi ? Ça faisait qu'un an que t'étais mariée avec lui, à peu de chose près.

– Le jour où j'ai fichu le camp, le 9 novembre, ça faisait un an tout rond. Je lui ai apporté un plat de Limburger avec des crackers, parce qu'il mange d'aucun fromage américain. Lui, il était assis à côté de la radio, le volume à fond. Je lui demande : « Tu sais l'anniversaire de quoi c'est, aujourd'hui ? » Il continue à écouter les informations : l'armée allemande était entrée en Pologne comme une asperge dans une grande gigue, la France allait être la prochaine sur la liste, et l'Angleterre était parée à toutes les éventualités. Je répète ma question : « Walter, est-ce que par hasard tu te souviens quel anniversaire tombe le 9 novembre ? » Et ç'a été comme si j'avais appuyé sur un détonateur. Il me beugle à la figure : « *Blutzeuge*, le jour où le sang nazi a coulé, espèce d'idiote ! » Il parlait du jour où Hitler a commencé son ascension, en 1923, la fois où ça n'a pas marché et qu'il a fini en prison. Malgré cet échec, ce jour du 9 novembre est devenu une fête sacrée pour les nazis. C'est pour ça qu'il l'avait choisi pour notre mariage. « Le Jour où le sang a coulé ». Sauf que Walter l'appelait « la Nuit où le sang a coulé », parce que c'est cette nuit-là qu'on a couché ensemble pour la première fois. Je l'ai laissé croire que j'étais encore vierge, à vingt-cinq ans. Il m'est monté dessus, et ç'a été comme une guerre éclair qui dure une minute, montre en main. À aucun moment il ne m'a demandé si ça allait, et il n'a pas vérifié les draps ; il avait fait son affaire. Enfin bon, Jour du Sang ou pas, debout à côté de la radio avec son fromage et ses crackers, je lui ai dit : « Quelle bécasse je fais ! Moi qui croyais que tu te souviendrais du 9 novembre comme de notre anniversaire de mariage ! » Sans se donner la peine de lever les yeux, il a agité la main dans ma direction pour me faire signe de m'en aller, de cesser de l'enquiquiner. J'ai pris ça comme mon congé et je suis partie.

– Tu lui as pas donné un grand coup sur la tête avec le plateau à fromage ?

– L'idée m'est venue, mais j'ai préféré monter à l'étage et ramasser douze cents dollars, la moitié de l'argent qu'il cachait dans le placard de la chambre à coucher. Il croyait que j'étais pas au courant.

– Est-ce qu'il te cherche ?

– Pourquoi il ferait une chose pareille ? Parce que je lui manque ? Qu'on s'amusait tellement bien ensemble ?

Elle raconta à Muriel que depuis qu'elle avait cessé d'être la maîtresse de maison du Kaiser, elle avait un appartement sur Highland Park et qu'elle avait rempilé chez J.L. Hudson. Elle y faisait ce qu'elle appelait « de l'ouvrage sur tétons » : ça consistait à ajuster des soutiens-gorge à la taille de grandes femmes étrangères venues travailler aux États-Unis.

– Il y en a certaines, faut retenir ta respiration, sans ça leur odeur corporelle te fait perdre connaissance.

Elle dit à Muriel qu'elle devrait venir à Detroit et loger chez elle, pour trouver un vrai boulot pendant que Darcy purgeait sa peine. Après, le moment vint de s'enquérir de sa mère.

– Comment elle s'en sort, dans cette maison ?

– Je doute qu'elle sache où elle se trouve, répondit Muriel. J'entre, je l'embrasse, et elle me retourne un regard vide. C'est pathétique, parce qu'elle est pas si vieille que ça, ta mère.

– Tu es sûre qu'elle ne fait pas semblant, pour qu'on la plaigne ? Tu te souviens que quand je suis arrivée ici, je lui ai demandé de venir vivre avec moi ? Elle avait répondu non, qu'il faisait bien trop froid, là-haut dans le Nord. Elle avait peur de glisser sur la glace et de se fracturer la hanche en tombant.

– L'autre nuit, ils ont passé un film avec Errol Flynn et ta mère était tout excitée, elle croyait qu'Errol Flynn était Darcy. (Muriel adopta une voix lente pour imiter la mère de Honey.) « Qu'est-ce que Darcy fabrique dans c'film ? Quand donc y s'est fait pousser la moustache ? » Mais chaque fois que Darcy est venu la voir, son seul et unique fils, elle avait pas la moindre idée de qui elle avait en face d'elle. J'ai raconté à Darcy qu'elle le confondait avec Errol Flynn, et tout ce qu'il a trouvé à dire, c'est : « Ah... ? » Du genre : « Ben oui, et alors ? » Il croit qu'il est le portrait craché d'Errol Flynn, moustache mise à part. Combien tu paries qu'il est pas en train de s'en faire pousser une en ce moment même, dans sa cellule de prison ? T'en vois une, de ressemblance, toi, entre Darcy et Errol Flynn ?

– Peut-être une toute petite, concéda Honey.

Ça lui rappelait Walter Schoen le jour de leur première rencontre. Il lui avait posé la même question, lui demandant à qui, selon elle, il ressemblait. Mais Muriel, à l'autre bout de la ligne, disait qu'il lui fallait se préparer pour aller travailler, se démêler les cheveux et rembourrer son soutien-gorge.

– On se rappelle, conclut Honey.

Cela se passait en novembre 1939.

Elle raccrocha en pensant toujours à Walter qui, un an plus tôt, l'avait attendue devant la cathédrale du Saint Sacrement, à la sortie de la messe de onze heures. Walter qui achetait un numéro de *Social Justice* à un jeune garçon portant les gazettes dans une besace jetée sur l'épaule. Qui la voyait juste au moment où il se retournait, et attendait au milieu des gens qui le dépassaient avant de faire un mouvement de côté pour lui barrer la route, et elle s'arrêtait devant lui. Il la regardait fixement, et finissait par ôter son chapeau.

– Vous vous appelez Honey Deal, c'est bien ça ?

– Oui... ? avait-elle répondu sans avoir la moindre idée de ce qu'il avait en tête.

Il lui avait pris la main et s'était présenté. « Valter Schoen », avait-il dit avec son accent, en faisant comme une courbette et, du moins à ce qu'il lui avait semblé, en claquant des talons, même si elle n'en était pas certaine.

– Dimanche dernier, avait-il poursuivi, je vous ai vue parler avec une femme dont je sais qu'elle vient d'Allemagne et je lui ai demandé votre nom. Elle m'a dit que c'était Honey Deal. Je lui ai demandé quel genre de nom était Honey. Vous pourriez être d'un pays scandinave, avec vos cheveux blonds.

– Je suis allemande, avait répondu Honey, mais je suis née et j'ai grandi dans le comté de Harlan, dans le Kentucky.

Ils étaient restés plantés là à se dévisager. Walter Schoen portait un lorgnon pourvu de petits verres ronds perché sur l'arête de son nez, les cheveux rasés bien haut sur les tempes et coiffés à plat au sommet du crâne. Honey avait trouvé que cela faisait très militaire allemand, à en juger par les photos d'Adolf Hitler et de son entourage qu'elle avait vues dans *Life*. Walter ressemblait même à l'un d'entre eux. Il avait reposé son chapeau sur sa tête, s'assurant en le touchant de la paume de ses mains que la bordure était légèrement relevée d'un côté, abaissée de l'autre. Honey l'imaginait très bien se regarder dans un miroir pour avoir exactement l'allure souhaitée, dans son costume cintré à quatre boutons qui ne pouvait être que taillé sur mesure, un costume noir boutonné jusqu'en haut sur sa carcasse osseuse. Il la dévisageait comme s'il se faisait une idée de sa personne, le journal qu'il avait acheté au gamin, *Social Justice*, sous le bras.

– Je dois vous avouer, avait-il repris, que depuis des semaines, je passe toute la messe, chaque dimanche, les yeux fixés sur vos cheveux blonds.

Ces mots, il les avait prononcés d'un ton tout ce qu'il y a de plus sérieux, en hochant la tête, ce qui lui avait donné envie de demander : *Sur mes cheveux ?* Mais il lui expliquait que des cheveux blonds, cela ne se présente pas si souvent, « des cheveux blonds naturels, sauf dans les pays du Nord et, bien sûr, en Allemagne ». Honey avait touché du doigt le petit chapeau rond juché sur son crâne, s'assurant qu'il était toujours là pour cacher les racines noires de ses cheveux blonds, tandis que Walter continuait :

– J'ai connu une famille du nom de Diehl, à Munich.

– D-I-E-H-L ? avait demandé Honey. C'est comme ça que mon grand-père épelait notre nom, mais les gens des services de l'immigration, à Ellis Island, l'ont transformé en D-E-A-L, et maintenant pas moyen de revenir en arrière.

– Quel dommage, avait déploré Walter. Mais ce nom demeure allemand parce que vous l'êtes. J'avais quatorze ans quand mon père nous a amenés ici, à la veille de la Grande Guerre. Il a ouvert une boucherie et m'a appris le métier.

Il s'était tourné du côté de Woodward Avenue et avait lancé un regard vers le sud, en direction du centre de Detroit, qui se trouvait à un peu plus de six kilomètres.

– Le magasin, que j'ai toujours, n'est qu'à quelques pâtés d'immeubles d'ici.

– Alors comme ça vous êtes boucher, avait-elle dit.

Il n'en avait assurément pas l'allure. Elle le trouvait mignon, avec son côté un peu mystérieux et ses allures d'étranger, et il ressemblait à un professeur avec son accent et son pince-nez aux petits verres ronds.

– Vous les faites à combien, les steaks hachés ?

– Nous faisons une promotion sur le paleron cette semaine, trois livres pour un dollar. Je cherche à faire l'acquisition d'une usine de conditionnement de viande dans les environs du Marché de l'Est, là où les fermiers apportent leurs produits à vendre.

Il avait raconté à Honey que son père et sa mère étaient tous deux enterrés au Saint Sépulcre et que sa sœur aînée, sœur Ludmilla, était une nonne du Cœur Immaculé de Marie qui enseignait en CM1 à l'école du Saint Sacrement, sur Belmont, derrière la cathédrale.

– C'est la dernière parente qui me reste aux États-Unis, avait-il conclu avant de se mettre à poser des questions sur la famille de Honey, les Deal. Tous vos ancêtres sont allemands ?

– Oui, absolument, avait-elle répondu en passant sous silence la grand-mère de son père, qui venait de quelque part en Hongrie, une gitane qui, après avoir économisé toute sa vie, avait laissé suffisamment d'argent à son père pour qu'il achète une mine de charbon avant de finir ruiné.

Honey avait dit que pour sûr, les siens étaient tous de pure race allemande, parce que c'était ce que Walter avait envie d'entendre et que cela ne la dérangeait pas qu'il soit boucher. Son frère Darcy l'était bien, lui qui se trouvait en prison. Les airs mystérieux de Walter lui plaisaient, ils tranchaient tellement sur la façon de se comporter des bons petits gars du comté de Harlan. Detroit était également pleine de vantards venus du Sud qui travaillaient dans les usines. Si Walter avait quatorze ans à la veille de la Grande Guerre, il devait en avoir trente-huit le jour de leur rencontre.

Il avait raconté que quand son père avait amené la famille aux États-Unis, quelques mois seulement avant le début de la Grande Guerre, il avait été fou de rage. Trois ans de plus, et il aurait pu être grenadier dans l'armée allemande.

– Vous étiez impatient de vous battre contre les Américains ?

– L'ennemi ne m'intéressait pas, ce que je voulais c'était servir la mère patrie.

– Vous vouliez porter l'uniforme et avoir un casque à pointe. Mais vous auriez pu être l'un des vingt millions de morts ou de blessés de cette guerre.

Il avait marqué un temps d'arrêt, tout en continuant à la regarder.

– Comment savez-vous tout cela ?

– Je lis. Je lis *Life*, et toutes sortes de magazines. Je lis aussi des romans, dont certains traitent de la guerre, comme *Over the Top* d'Arthur Guy Empey, et mon père m'a raconté comment c'était d'être au combat. Il a été gazé sur le front de l'Ouest, quand ça bardait là-bas. Il parlait d'une drôle de manière, avec une voix très rauque. Il était bizarre, de toute façon.

Elle s'était interrompue, avant d'ajouter :

– Le puits dans lequel il travaillait a été inondé, et il est mort noyé.

– Vous saviez qu'il y a eu vingt millions de morts supplémentaires l'année qui a suivi la guerre ? avait demandé Walter.

– À cause de la grippe espagnole, avait-elle complété. Elle a emporté mes deux sœurs et mon petit frère. Mon frère aîné est toujours au pays. Il a travaillé dans les mines, mais d'autres occupations ont sa préférence aujourd'hui.

Elle n'avait pas évoqué le fait que Darcy était en prison.

– Ce qui signifie qu'il y a de bonnes façons de mourir, avait conclu Walter, et d'autres qui sont bien moins désirables. On peut mourir en héros ou en suffoquant sur un lit d'hôpital.

Le regard de Honey s'était porté derrière lui sur la cathédrale, désormais vide de fidèles. Il lui avait demandé s'il pouvait la reconduire chez elle. Elle avait répondu qu'elle n'habitait qu'à quelques pâtés de maisons plus au nord, à Highland Park, et qu'elle aimait marcher. Elle voyait bien, à sa façon d'enchaîner en soulignant l'avantage qu'il y avait à être né en 1900, qu'il avait envie de continuer à lui parler.

– On sait exactement l'âge qu'on avait quand des événements historiques importants ont eu lieu. Je sais que j'avais vingt-trois ans quand Adolf Hitler est arrivé sur le devant de la scène. Vous dites que vous lisez beaucoup, alors vous avez dû entendre parler du célèbre putsch de la brasserie de Munich. J'avais vingt-cinq ans quand *Mein Kampf* a été publié, et je l'ai lu, un peu plus tard, sans en perdre une miette.

– Est-ce que vous avez aimé ? avait demandé Honey.

Il en était resté interdit.

– Est-ce que j'ai *aimé*... ?

– Tous ces événements importants dont vous vous souvenez se sont produits en Allemagne ?

– J'avais trente-deux ans quand Roosevelt est devenu votre président pour la première fois.

– N'est-il pas aussi le vôtre ?

Honey avait pensé qu'elle pourrait s'amuser avec Walter. Elle aimait discuter, surtout avec les gens qui étaient sérieux comme des papes sur des idées saugrenues auxquelles ils croyaient dur comme fer. Du genre de ceux qui lisaient *Social Justice*, un magazine écrit par un prêtre qu'elle avait entendu à la radio, le père Charles Coughlin, qui évoquait d'une voix aux accents suaves l'existence d'une conspiration de juifs composée soit de banquiers internationaux, soit de communistes athées, avec dans les deux cas comme ferme dessein de s'en prendre aux braves Américains.

– Malheureusement oui, c'est le Président, avait concédé Walter d'une voix donnant l'impression qu'il était sur le point d'entamer le chapitre Roosevelt, le candidat de Honey aux élections de 1936 face à ce raseur d'Alf Landon qui représentait les Républicains.

Elle avait consulté sa montre.

– Je suis désolée, Walter, mais il faut que je me sauve. Je vais en ville voir un spectacle avec une amie.

Son endroit de prédilection pour entamer une conversation, c'était un bar, devant un whisky, la cigarette aux lèvres, pas le parvis d'une église.

– Attendez, je vous en prie, avait dit Walter en posant la main sur son bras nu. Il faut que je vous demande, est-ce que je vous fais penser à quelqu'un ?

À croire qu'il lisait dans ses pensées.

– À la façon dont vous me regardez, poursuivit-il, je me demandais si vous n'étiez pas en train d'essayer de vous rappeler son nom.

– C'était bien le cas. C'est un officier nazi, très haut placé dans la hiérarchie, je crois que c'est l'un des plus importants après Hitler. J'ai vu une photo de lui dans *Life*, ces deux ou trois dernières semaines.

– Et… ?

– En uniforme, et chaussé de bottes. Tout habillé de noir. Avec des lunettes exactement comme les vôtres, juchées sur son nez. C'est la première fois que je vois une paire de lunettes aussi ajustée. Est-ce que ça vous fait mal ?

– Pas du tout.

– Il passait en revue une rangée de types plantés au garde-à-vous qui portaient ce qui ressemblait fort à des maillots de bain.

Walter avait hoché la tête, commençant à afficher un sourire. Il avait dû voir la photo dont elle parlait.

– Sur la photo, avait-elle précisé, les types rentrent le ventre pour donner l'impression qu'ils sont en forme.

– Mais ils sont en excellente forme, en parfaite condition physique, avait-il répliqué d'une voix soudain froide. Vous savez comment il s'appelle, oui ou non ?

Oui, elle le savait, mais le nom ne lui venait pas à l'esprit, pas avec Walter qui continuait à la scruter comme si c'était une affaire d'État. Elle avait pensé : Heinrich…

– Himmler, avait-elle finalement lâché.

Les traits de Walter s'étaient détendus.

– Si je puis me permettre d'abonder dans votre sens, oui, avait-il repris, c'est bien l'homme dont je suis le portrait craché, Heinrich Himmler, *Reichsführer*, le plus haut rang de la SS.

C'était vrai, il ressemblait terriblement à Himmler. Même fine moustache, mêmes nez droit et petites lunettes juchées sur l'arête du nez.

– Walter, je vous jure que vous ressemblez suffisamment à Himmler pour être son frère jumeau, avait dit Honey.

– Vous me flattez.

Il avait eu comme un sourire, mais il était visible que quelque chose lui trottait dans la tête. Honey avait vu ses yeux se détourner avant de revenir peser sur elle, et il s'était mis à parler à voix basse pour que ce qu'il disait demeure confidentiel.

– Heinrich Himmler est né le 7 octobre, en 1900. Ce qui est exactement le jour de ma naissance.

– Vraiment ?

– Dans le même hôpital de Munich.

– Eh ben ! avait-elle alors lâché, impressionnée, avant de poursuivre : Vous pensez qu'il y a une chance que vous soyez vraiment le jumeau de Himmler ?

– Le même hôpital, le même jour, la même heure de naissance et, comme vous pouvez le constater, la même apparence. La question que je me pose est la suivante : si Heinrich et moi sommes du même sang, si nous venons des entrailles de la même femme, pourquoi nous a-t-on séparés ?

2

L'interphone de Honey sonna pendant qu'elle se préparait à aller travailler. Une voix masculine la salua, et l'inconnu déclina son identité : Kevin Dean, agent spécial du Bureau fédéral d'investigation. Il ajouta qu'il aimerait lui parler de Walter Schoen.

– Qu'est-ce qui vous prend, de vous intéresser à Walter maintenant ? demanda Honey. Je ne l'ai pas vu une seule fois en cinq ans.

Kevin dit qu'il le savait parfaitement, mais qu'il voulait quand même lui parler.

– À l'époque, il ne faisait rien de subversif, à ma connaissance, et je doute qu'il en aille autrement aujourd'hui. Walter n'est pas un vrai de vrai, il fait juste semblant d'être un nazi.

Elle appuya sur le bouton déverrouillant la porte du rez-de-chaussée et enfila un peignoir de flanelle sur son soutien-gorge et sa petite culotte, ses bas et son porte-jarretelles. Puis elle s'arrêta, fit « Hum », retira soutien-gorge et peignoir pour passer un kimono de couleur orangée à parements rouge et ocre, histoire d'être plus à l'aise.

C'était une matinée de la fin octobre 1944, et cela faisait presque trois ans que l'Amérique était en guerre. Depuis la veille, les Américains étaient de retour aux Philippines.

Honey s'occupait désormais des achats de l'enseigne Better Dresses, au grand magasin Hudson, et dans son univers personnel aussi une promotion s'était opérée : elle avait quitté son studio de Highland Park pour un deux pièces sur Covington Drive, à un pâté de maisons de Palmer Park où elle avait appris à faire du patin à glace l'hiver et à jouer au tennis l'été. La nuit, elle entendait les tramways passer sur Woodward Avenue, faire demi-tour à l'ancien champ de foire pour rebrousser chemin sur une dizaine de kilomètres jusqu'au centre et à la rivière nommée Detroit.

Elle n'était retournée chez elle qu'une seule fois depuis qu'elle avait quitté Walter, à la fin de l'année précédente. Elle avait pris un bus pour le comté de Harlan afin d'assister à l'enterrement de sa mère, morte d'insuffisance respiratoire. Debout à côté du cercueil, elle avait ressenti un élan de culpabilité, elle, la fille qui avait quitté le bercail pour vivre sa vie dans la grande ville et y rencontrer toutes sortes de gens, au lieu de ne croiser que des mineurs ou des types qui distillaient de l'alcool de contrebande. Bien sûr, elle avait réitéré sa proposition à sa belle-sœur, lui disant qu'elle pourrait rester à Detroit le temps qu'elle voudrait, et Muriel avait répondu qu'elle y réfléchirait, comme à l'accoutumée.

Et, puisqu'elle était dans le Kentucky, autant faire un saut en bus jusqu'à Eddyville pour aller voir comment son frère Darcy supportait la prison. Eh bien, il lui avait semblé vraiment plus calme et, pour changer, Seigneur, il l'avait écoutée. Mais peut-être était-ce de le voir sobre pour la première fois depuis des années qui changeait la donne ? Il avait pris des cours en prison pour terminer son cycle secondaire à l'âge de trente-deux ans et ne se comportait plus comme si tout l'ennuyait ou comme s'il savait déjà tout. Il s'était fait pousser la moustache et ressemblait vraiment un peu à Errol Flynn. Elle lui avait dit : « C'est vrai, je t'assure », et Darcy avait demandé : « Ah bon ? Tu crois ? » Il attendait sa mise en liberté d'un moment à l'autre, mais il n'avait pas l'intention de retourner à la mine extraire du charbon.

– S'ils prennent d'anciens détenus, tu seras incorporé, lui avait fait remarquer Honey.

Il lui avait souri à la manière de l'ancien Darcy, d'un air plein de suffisance, avant d'ajouter qu'il avait appris à découper la viande et qu'il avait l'intention d'entrer dans la filière du conditionnement, de se faire un petit magot et de rester à l'écart de l'armée. Honey s'était dit qu'il n'avait peut-être pas tant changé que ça, après tout.

Puis, en août, elle avait reçu un coup de fil inattendu de Muriel, qui lui demandait si elle avait vu Darcy.

– Il est ici, à Detroit ? avait demandé Honey.

– Dans les parages. Je lui ai donné ton numéro de téléphone.

– Eh bien, il n'a pas appelé. Qu'est-ce qu'il fiche en ville, il travaille dans une usine ?

– Comment veux-tu que je le sache ? Je ne suis que sa femme.

– Seigneur, cesse de t'apitoyer sur ton sort. Bouge-toi le cul et viens si tu veux le retrouver.

Muriel lui avait raccroché au nez.

Cette discussion téléphonique avait eu lieu quelques mois plus tôt.

Kevin Dean entra, sa plaque d'identification à la main. C'était un assez beau garçon qui semblait avoir à peu près le même âge que Honey, une trentaine d'années environ. Il la remercia de le recevoir, avec un soupçon d'accent bien de chez lui qu'elle situa légèrement à l'ouest de là où elle-même avait grandi. Elle le regarda ramasser le journal du matin sur le canapé et rester planté là, dans son pardessus qui bâillait et semblait trop petit pour lui, à lire la une qui relatait l'invasion de Leyte. Elle voyait en lui un jeune gars en bonne santé, au teint frais, pas très grand mais plutôt solidement bâti.

– Il faut que je me coiffe, que je m'habille et que je parte travailler dans dix minutes, précisa-t-elle.

Il avait le nez fourré dans le journal et ne lui prêtait pas la moindre attention.

– Si Walter doit faire tous les frais de la conversation, allons-y, d'accord ?

Il ne leva toujours pas les yeux, mais ouvrit la bouche, cette fois :

– On est de retour aux Philippines, vous avez vu ? Les troisième et septième des Forces amphibies de la Sixième Armée ont débarqué à Leyte, près de Tacloban.

– Vous prononcez ça comme ça, demanda Honey, *Tac*loban ?

Il leva alors les yeux sur elle, qui se tenait maintenant assise bien droite dans un fauteuil club capitonné de beige.

– Je l'ai lu ce matin en buvant mon café, poursuivit-elle. Je croyais que ça se prononçait Tac*lo*ban. Il se peut que je fasse erreur, mais je le préfère accentué comme ça plutôt que sur la première syllabe. Je trouve aussi que Ta*ra*wa sonne beaucoup mieux que *Tar*awa, comme on entend les commentateurs le prononcer. Mais après tout, qu'est-ce que j'en sais ?

Cette fois, elle avait réussi à gagner son attention. Elle ajouta :

– Vous allez en arriver au passage où le général MacArthur, quelques heures après le débarquement des troupes, met les pieds dans l'eau pour gagner la terre ferme et harangue les Philippins par radio interposée en leur disant : « Me voilà de retour. » Tout ça parce qu'il leur avait lancé trois ans plus tôt, en partant : « Je reviendrai. » Et le voilà, fidèle à sa parole. Mais quand il a pris pied sur la terre ferme, vous ne croyez pas qu'il aurait dû dire : « *Nous* voilà de retour » ? Dans la mesure où toute son armée, cent mille soldats aguerris, lui avait ouvert la voie ?

Kevin Dean hochait la tête en signe d'assentiment.

– Vous avez raison, dit-il en sortant un calepin de la poche de son pardessus.

Tout en le feuilletant, il demanda :

– Walter était bien plus vieux que vous, non ?

Honey le regarda s'enfoncer dans le canapé de velours beige.

– Votre pardessus n'est pas mouillé, j'espère ?

– Non, il fait beau dehors, pour changer.

– Vous avez parlé à Walter ?

– Nous passons le voir de temps à autre.

– Vous vous demandez pourquoi je l'ai épousé, n'est-ce pas ?

– J'avoue que ça m'a traversé l'esprit.

– Le fait qu'il ait quatorze ans de plus que moi ne l'empêchait pas d'être drôle. Il me montrait des caricatures politiques dans son magazine nazi, l'*Illustrierter Beobachter*, qu'il faisait venir de Munich et qu'il recevait un mois après sa parution. Il me disait en anglais de quoi parlait la caricature et ça nous faisait bien rire.

Elle attendit que Kevin Dean décide comment il devait prendre ce qu'elle venait de dire.

– Donc vous vous entendiez bien avec lui.

– Walter Schoen est l'homme le plus ennuyeux que j'aie jamais rencontré. Vous allez devoir trouver tout seul quand je vous fais marcher. Vous savez que Walter et moi n'étions pas mariés religieusement. Un juge du comté de Wayne a assuré la cérémonie dans son cabinet. Un mercredi. Avez-vous jamais entendu parler de quelqu'un qui se marie un mercredi ? Je garde le mariage à l'église pour les choses sérieuses.

– Vous êtes fiancée ?

– Pas encore.

– Mais vous voyez quelqu'un.

– Je croyais que vous vouliez parler de Walter. Je vous demande, moi, si vous êtes marié ?

Elle se moquait gentiment de lui, mais voyait bien qu'il savait où elle voulait en venir. Il répondit que non, il ne l'était pas et qu'il ne l'envisageait pas dans un futur proche. Honey avait envie de l'appeler par son prénom, mais pour elle, un type qui répondait à celui de Kevin, c'était un gamin aux cheveux blonds avec un grand sourire. Kevin Dean, lui, avait une tignasse de cheveux noirs qu'il devait, selon elle, peigner le matin pour mieux pouvoir les oublier le restant de la journée. Elle savait qu'il était armé, mais n'aurait pu dire où il portait son pistolet. Elle se demandait si elle pourrait l'appeler Dean. Des vers lui revenaient en mémoire. « C'était Din ! Din ! Din ! Petit sauvage, où t'es-tu fourré, espèce de polisson[1] ? » Des vestiges d'un concours d'élocution en classe de troisième. Et elle vit Dean sur le canapé qui attendait qu'elle dise quelque chose.

Un homme facile à vivre. Il ne correspondait sans doute pas à l'idée qu'elle se faisait des Kevin, mais voilà ce qu'il était : un homme facile à vivre.

– Kevin, ça fait combien de temps que vous êtes agent du FBI ? demanda-t-elle.

Histoire de voir si elle arrivait à découvrir son âge.

– J'ai terminé ma formation l'été dernier. Avant, j'étais dans l'armée.

– Vous êtes d'où ? D'un trou un peu paumé, je suppose, à votre façon de parler.

– Je ne savais pas que j'avais un accent.

– Ce n'est pas l'Est-Texas, mais pas loin.

Il lui répondit qu'il était de Tulsa, dans l'Oklahoma. Il y avait fait ses études, à l'université de Tulsa, avait eu son

1. *Gunga Din* (1892), poème de Rudyard Kipling (1865-1936). (Toutes les notes sont des traducteurs.)

diplôme en milieu d'année, juste après Pearl Harbor, et s'était engagé dans la cavalerie.

Ce qui lui faisait vingt-cinq ans tout au plus. Elle avait au moins cinq ans de plus que ce beau garçon de l'Oklahoma.

– La cavalerie ?

– Je suis allé à l'université de langues pour apprendre le japonais, puis j'ai passé l'année qui a suivi avec la Première Division de cavalerie en Louisiane, en Australie et en Nouvelle-Guinée, à m'entraîner aux combats de jungle, du genre de ceux qu'il y a eu à Guadalcanal. Je suis passé sous-lieutenant et j'ai été assigné au Cinquième Régiment de cavalerie, celui que J. E. B. Stuart commandait avant la guerre de Sécession. Il a toujours été un de mes héros, c'est la raison pour laquelle je me suis engagé dans la Première Division de cavalerie, sans savoir qu'on se retrouverait fantassins dans le Pacifique. Vous connaissez le Stuart dont je parle ?

– Vous me l'avez dit, Jeb Stuart.

– Blessé par balle aux poumons alors que la guerre était presque terminée, à Yellow Tavern. Et vous, vous avez un héros ?

– Jane Austen, répondit Honey. Et vous étiez où, dans le Pacifique, avec la cavalerie ?

– À Los Negros, dans les îles de l'Amirauté, trois cent quarante kilomètres au nord de la Nouvelle-Guinée, deux degrés au sud de l'équateur. Des destroyers nous ont laissés là et on a gagné la côte le 29 février de cette année, pour identifier les positions de l'ennemi en attirant ses tirs sur nous. Je faisais partie d'une unité de reconnaissance, alors on était dans la première vague. On voulait une piste d'atterrissage sur la plantation de Momote, à un peu plus d'un kilomètre de la plage, au milieu de rangées de palmiers qui s'étendaient à perte de vue, sur un sol recouvert de noix de coco.

– Est-ce que vous étiez terrorisé ? demanda Honey qui se sentait assez en confiance avec lui pour lui poser une question de ce genre.

– Évidemment que j'étais terrifié, mais vous savez, on est au milieu de tous ces types très sérieux occupés à aiguiser leur baïonnette... Sur le destroyer qui nous emmenait sur zone, c'était l'activité de mise, affûter la lame de sa baïonnette. Certains des gars avaient des tatouages tout frais qui disaient LA MORT PLUTÔT QUE LE DÉSHONNEUR, et alors on se met à penser : eh là, qu'est-ce que je fous ici ? Ce qu'on ne veut pour rien au monde, c'est vomir ou pisser dans son pantalon. Mais juste avant d'y aller, on passe un sale quart d'heure.

– Eh bien, vous vous en êtes sorti.

– Je m'en suis sorti avec des éclats dans le dos. Le soir du deuxième jour, un Jap a jeté une grenade que j'ai vue arriver, et pour moi ça a sonné la fin de la guerre. Je n'ai jamais eu l'occasion de combattre avec la cavalerie. Mais j'ai reçu une Purple Heart, j'ai été démobilisé avec les honneurs, et j'ai eu droit à une visite du FBI. Ils sont venus me voir à l'hôpital des anciens combattants, et après avoir un peu tourné autour du pot, ils m'ont demandé si j'aimerais devenir agent du FBI, vu que j'avais terminé mes études universitaires, que j'avais choisi comptabilité et que je parlais japonais, si on veut.

– Et maintenant ils vous envoient sur la piste d'espions allemands, conclut Honey. Dites-moi, est-ce que Walter habite toujours cette maison sur Kenilworth ? Il est très regardant pour son apparence personnelle, mais la maison, il l'a vraiment laissée tomber en ruine, à force de ne jamais mettre d'argent dedans. Il économisait pour je ne sais quoi.

– Il a transformé l'étage au-dessus de l'étal de boucherie en petit appartement.

– Il n'est pas marié, si ?

– Pas depuis que vous l'avez quitté. Il y a bien une femme qui est peut-être sa maîtresse, la comtesse Vera Mezwa Radzykewycz. (Il consulta son calepin.) Née à Odessa, en Ukraine. Elle prétend avoir été mariée à un comte polonais, tué à la tête d'une charge de cavalerie contre des panzers allemands.

– Le comte et vous, vous faites une jolie paire de cavaliers.

Il la vit sourire et jeta à nouveau un regard sur ses notes.

– Vera est arrivée ici en 1943 et a loué un appartement sur Boston Boulevard. Elle a un jeune type, Bohdan Kravchenko, ukrainien lui aussi, qui lui fait la cuisine et tient la maison.

– Si Vera habite Boston Boulevard, c'est qu'elle a de l'argent. Walter s'intéresse à elle ?

– Ils se fréquentent.

– La comtesse grimpe les marches qui mènent à un appartement situé au-dessus d'un étal de boucher ?

– La plupart du temps, c'est chez elle qu'ils se voient.

– Qu'est-ce qui vous fait penser que c'est une espionne ? Le fait qu'elle tienne compagnie à Walter ?

– Je ne vous ai pas dit tout ce qu'on avait sur elle.

– Mais elle était mariée avec un comte polonais, un héros de la guerre ?

– Il n'y a pas trace du comte en tant qu'officier de l'armée polonaise. C'est la couverture qu'ils lui ont fabriquée. Nous pensons qu'elle a été formée par la Gestapo et qu'elle est arrivée, argent et références en poche, par un bateau à destination du Canada, en tant que réfugiée ukrainienne de haut rang. Elle a alors emménagé à Detroit, et elle donne des conférences à des groupes féminins, elle leur raconte à quel point c'est épouvantable de vivre sous les nazis : pas de shampooing, pas de crème de beauté. Nous l'avons cataloguée comme une ressortissante étrangère au comportement hostile.

– Comment ça ?

– Elle rassemble des renseignements sur notre production de guerre.

– Parce que les Allemands ne savent pas qu'on fabrique des bombardiers, peut-être ?

– Voilà que vous faites la maligne.

– Ce que je vous demande, c'est si vous pensez vraiment qu'elle leur envoie des informations qui puissent les aider.

– Peu importe. Si elle travaille réellement en tant qu'agent allemand, le procureur des États-Unis la fera comparaître et elle sera envoyée en prison. Que ses renseignements aient servi à l'ennemi ou pas.

– Et Walter ?

– Il est citoyen américain depuis l'âge de quatorze ans. S'il est impliqué dans une entreprise subversive, c'est un acte de trahison. Il risque la corde.

Kevin jeta un œil sur son calepin, tourna une page, puis quelques-unes encore avant de s'arrêter.

– Déjà entendu parler d'un certain Joseph John Aubrey ?

Honey secoua la tête.

– Il vit à Griffin, en Géorgie.

– Ah, Joe Aubrey, d'accord, le propriétaire de restaurants. Il avait un rôle important à l'époque du Bund[1] germano-américain. Walter l'a rencontré au congrès qu'ils avaient organisé à New York.

– Au Madison Square Garden, en 1939.

– Il m'y avait emmenée en se disant que je serais impressionnée par tous les partisans qu'avait Fritz Kuhn, l'homologue américain d'Hitler.

– Ils étaient plus de vingt mille. Le Garden était bondé. Vous avez rencontré Joseph J. Aubrey, vous lui avez parlé ?

– On ne parle pas à Joe Aubrey, on l'écoute pérorer ou on s'en va. Joe était un membre actif du Bund et un Grand Dragon du Klan[2]. Aux petites sauteries du Bund, voilà le genre de choses qu'il disait : « C'est encore un d'ces sales tours fomentés par la juiverie internationale pour répandre le commonisme ». C'est comme ça qu'il prononçait : « commonisme ». Aux réunions du Klan, c'était : « S'ils veulent

---

1. Bund : ici, organisation d'Allemands pronazis vivant aux USA.
2. Responsable du Ku Klux Klan pour chaque État.

qu'y ait l'intégration, que les gosses de Nègres et nos enfants blancs aillent à la même école… »

– Il faudrait lui passer sur le corps avant, compléta Kevin.

– Vous n'êtes pas loin. C'était : « Faudra d'abord qu'ils m'arrachent des mains ma carabine vide et qu'ils m'étendent pour mon dernier sommeil dans la terre froide. » Joe Aubrey ne la ferme jamais. Il a fait fortune dans la restauration en faisant la promotion des barbecues où tout le monde se lèche les doigts.

– Il a un avion, un Cessna, je crois ?

– Oui, et il avait l'habitude de le piloter pour venir passer quelques jours à l'hôtel Book-Cadillac. Il descendait toujours au Book. Une fois où il était là-bas, alors qu'il se trouvait à la réception, à peine arrivé, il a levé le nez et n'a pas pu en croire ses yeux. « Vous connaissez c't'espèce de dandy nègre, le comte Basil ? Celui qui porte le genre de casquette de capitaine qui fait penser qu'il est propriétaire d'un yacht ? Voilà-t-il pas que je le vois se pavaner dans le hall d'entrée de l'hôtel ! Je vous demande un peu ce qu'il pouvait bien fiche là. Il pouvait pas y être descendu, à l'hôtel. »

– Qui est-ce, ce comte Basil ? demanda Kevin.

– Il voulait dire Count Basie, expliqua Honey. Joe n'est pas capable de faire la différence entre *One O'Clock Jump* et *Turkey in the Straw*.

Kevin jeta un regard au calepin qu'il gardait ouvert.

– Est-ce que vous connaissiez un certain Dr Michael George Taylor ?

– Je ne crois pas.

– Il est peut-être arrivé plus tard, dit Kevin avant de regarder à nouveau son calepin. Non, il était bien au meeting de New York. Même si je suis prêt à parier que Walter le connaissait déjà avant.

– Ce meeting, c'était une salle de sport remplie à craquer de tous ces débiles qui ponctuaient de *Sieg Heil* tout ce que disait Fritz Kuhn, cette petite frappe en uniforme, debout devant un portrait géant de George Washington. Il a fait réciter le Serment d'allégeance à la foule, puis il a parlé interminablement, en accusant le président Franklin Delano Roosevelt d'appartenir à la conspiration internationale des banquiers juifs. Je me souviens que Joe Aubrey appelait FDR Frank D. Rosenfeld et le New Deal le Jew[1] Deal. C'était leur truc, rendre les juifs responsables de tout ce qui n'allait pas dans le monde.

– Mais vous ne vous souvenez pas d'un certain Dr Michael George Taylor. Un obstétricien, qui a une clientèle assez fournie ici, surtout parmi les Germano-Américaines.

– Ça ne me dit rien, fit Honey en secouant la tête.

– Il a fait quelques années d'études en Allemagne, poursuivit Kevin en regardant son calepin. Il pense que les Allemands ont tout à fait raison avec leur solution au problème juif. Il reconnaît que leurs méthodes sont extrêmes, certes, mais au moins ils font le boulot.

– Comment vous avez appris cela ?

Kevin continuait à regarder ses notes.

– Le Dr Taylor est un ami de Vera Mezwa, à qui il rend fréquemment visite. Une fois, il lui a dit qu'il était prêt à faire n'importe quoi, tout ce qui était en son pouvoir, pour promouvoir la cause du national-socialisme, même si cela signifiait l'incarcération ou la mort. Il a dit, je cite : « Le monde serait un endroit bien meilleur pour mes enfants (il regardait maintenant Honey) sous l'égide de la ferme philosophie nazie. »

– Il a l'air d'être encore plus crétin que Joe Aubrey.

– Ce sont ses paroles, sa profession de foi.

– Vous avez mis son téléphone sur écoute ?

– Ce n'est pas comme ça que nous l'avons obtenu. Mais je vais vous dire encore une chose. Le Dr Taylor fournit Vera

1. Jew : juif.

en amedo pyrine. Vous savez ce que c'est ? L'un des ingrédients qu'on utilise pour fabriquer de l'encre invisible.

– L'officier allemand déplie la feuille de papier vierge, lui jette un œil et dit : « Quelle belle écriture a notre Vera, n'est-ce pas ? »

– Je suis sérieux, ces gens travaillent pour le Reich.

– Comment avez-vous découvert le coup de l'encre sympathique ? demanda-t-elle, les yeux rivés sur lui. Je ne le répéterai pas, Kevin, je vous le jure.

– Nous avons une taupe à l'intérieur. Mais je n'en dirai pas plus.

– Si je devine de qui il s'agit, disons... vous hocherez la tête ?

– Allons ! Je ne plaisante pas.

– Est-ce que c'est le garçon de maison ? Comment s'appelle-t-il... ?

– Bohdan Kravchenko. C'est un type falot mais il a quelque chose de sournois.

– À quoi il ressemble ?

– Il a des cheveux blonds comme Buster Brown[1], mais nous pensons qu'il les teint.

– Il est homosexuel ?

– Ce n'est pas exclu.

– Vous en avez fait un agent double, n'est-ce pas ? Vous l'avez embarqué pour un interrogatoire et vous avez utilisé une matraque pour le faire parler. Est-ce qu'il vous donne de bons tuyaux ?

– Nous ne frappons pas les gens quand nous leur posons des questions. Ce que j'aimerais savoir, c'est si Walter était proche de Fritz Kuhn.

– Parler de Fritz lui faisait briller les yeux. Quand on est rentrés du meeting de New York, j'étais prête à le quitter.

---

1. Personnage de bande dessinée.

Mais lorsqu'il a découvert que Fritz avait filé avec environ quinze mille dollars provenant des recettes du meeting, il a changé de musique. Il s'est assagi pendant un temps. Je crois qu'il était désorienté.

– Est-ce que Walter connaissait Max Stephan ?

– Seigneur, Max Stephan ! Pendant toute la période où son nom était dans le journal, et on avait l'impression que c'était tous les jours et que ça a duré des mois, je me suis demandé si Walter était au courant, pour l'aviateur allemand. Quel était son nom, déjà ? Krug ?

– Hans Peter Krug, vingt-deux ans, pilote de bombardier. (Il ouvrit son calepin.) Abattu au-dessus de l'estuaire de la Tamise. Envoyé dans un camp de prisonniers de guerre au Canada, à Bowmanville, dans l'Ontario. S'échappe et arrive à Detroit le 18 avril 1942. Il trouve une barque et traverse la Detroit en pagayant avec une planche.

– Le nom de Walter n'est jamais apparu dans le journal, alors je me suis dit qu'il n'était pas impliqué. Vous savez, ça s'est passé trois ans après mon départ.

– Mais vous connaissiez Max Stephan ?

– C'était un pauvre crétin, aussi sentencieux et bêcheur que Walter, et grossier par-dessus le marché. Cela dit, c'était avant qu'il soit accusé de trahison.

Elle connaissait les détails. Krug avait débarqué chez Johanna Bertlemann, une sympathisante de la cause nazie qui utilisait la Croix-Rouge allemande pour envoyer des boîtes de conserve, des cakes, des vêtements, au camp de prisonniers de Bowmanville. Son adresse à Detroit, il l'avait trouvée sur un paquet qu'elle avait envoyé au camp, et il l'avait recopiée. Johanna l'avait présenté à Max qui lui avait fait faire la tournée des bars et des clubs allemands avant de l'expédier à Chicago. Quelqu'un avait mouchardé. Krug avait été cueilli à San Antonio alors qu'il essayait de gagner le Mexique, et Max avait été arrêté.

– Krug, rappela Kevin, a dit aux agents qui l'avaient arrêté qu'il trouvait les Américains « effroyablement stupides ». Il avait visité certaines de nos plus grandes villes, dont Chicago et New York, et on ne lui avait presque jamais demandé ses papiers.

– En Allemagne, ça fait partie de la vie quotidienne.

– Mais si on voulait emprisonner Max Stephan pour trahison, il fallait deux témoins oculaires. Ou forcer Krug à avouer comment Max l'avait aidé. Pourquoi l'aurait-il fait ? Tout ce qu'on exigeait de lui, c'était qu'il décline son identité.

– Mais il a bien fini par dénoncer Max, non ?

– Le procureur des États-Unis l'a eu en lui posant des questions qui l'ont mis à l'aise et lui donnaient le beau rôle, sur la façon dont il s'était échappé de Bowmanville, ou la raison pour laquelle il était venu à Detroit. Krug a dit que c'était pour rejoindre son escadron. Ça y était, il s'était mis à parler… Il a reconnu que oui, il connaissait Max Stephan. Et il a craché toute l'histoire. Que, quand Max Stephan lui avait proposé de lui trouver une prostituée, il avait dit non. Il a décrit tout ce qu'ils avaient fait sur une période de vingt-quatre heures, avant de comprendre qu'il avait donné Max. Et c'est lui qui disait que *nous* étions stupides. Max a été reconnu coupable et condamné à la pendaison, en date du vendredi 13 novembre 1942. Mais FDR a commué la sentence en peine de prison à perpétuité. Il loge maintenant au pénitencier fédéral d'Atlanta.

– Et qu'est-il arrivé au pilote, Krug ?

– La police montée est venue le récupérer. Il est retourné à Bowmanville.

– J'ai entendu parler d'évasions de prisonniers de guerre allemands, mais la plupart de ces histoires tournent à la rigolade.

– Au bout de quelques jours passés à se trimballer dans la nature avec PW[1] écrit sur leurs vêtements de travail, on leur remet le grappin dessus. Ou alors ils ont faim, ils regrettent

1. PW, abréviation de *Prisoner of War* : prisonnier de guerre.

leurs trois repas par jour au camp, et ils se rendent d'eux-mêmes.

– Donc ce n'est pas un problème.

– Sauf qu'il y a un type qui m'a appelé, un marshal des États-Unis...

Il s'interrompit.

Honey le regarda sortir un paquet de Chesterfield qu'il lui tendit pour lui en offrir une. L'agent spécial plutôt beau garçon semblait se sentir tout à fait chez lui sur son canapé. Elle prit une cigarette et se pencha pour qu'il la lui allume, tout en lâchant :

– Vous avez l'air si bien installé. J'espère que vous n'allez pas vous endormir.

Elle était proche de lui à le toucher et il tentait de tenir son nez hors du kimono orange, rouge et ocre. Elle s'assit, avec juste le coussin du milieu pour les séparer.

– Il y a un marshal fédéral qui vous a appelé ?

– De Tulsa, oui. Il demande à me parler personnellement, vu que c'est moi qu'il a eu la première fois qu'il a téléphoné.

– Il vous connaissait avant ?

– En fait, au départ, je suis de Bixby, en face de Tulsa, sur l'autre rive. Je ne le connais pas mais j'avais entendu parler de lui, et je découvre qu'il est célèbre. Comme les représentants de la loi le respectent, on écoute ce qu'il a à dire. Il le dit de la même manière que vous, sans tourner autour du pot. Enfin bon, il nous a fait envoyer, par l'antenne du Bureau de Tulsa, des compléments d'information sur les deux prisonniers de guerre évadés. Ils viennent d'un camp situé près d'Okmulgee, ce sont des officiers de l'Afrika Korps, dont l'un est commandant dans la SS. Avec ces renseignements, il y avait une déclaration du marshal de Tulsa qui précisait qu'il connaissait l'un des deux pour avoir longtemps discuté avec lui et l'avoir observé attentivement.

– Lequel ? Le type de la SS ?

– Non, l'autre.

Il vérifia dans son calepin et elle allongea le bras sur le dossier du canapé. Il poursuivit en levant les yeux :

– Le marshal connaît ce type et il sait – il ne dit pas qu'il a des raisons de le penser, il le *sait* — qu'ils sont venus ici après leur évasion.

– À Detroit.

Kevin consulta à nouveau ses notes.

– Le commandant de la SS se nomme Otto Penzler. L'autre s'appelle Jurgen Schrenk, c'est un jeune homme de vingt-six ans, commandant de tank dans le corps expéditionnaire de Rommel.

– Ne venez pas me raconter que Jurgen vivait à Detroit avant la guerre, fit Honey à sa manière directe. On ne me la fait pas. Son père était dans quoi ?

Elle laissa Kevin la détailler du regard tandis qu'elle tirait sur sa Chesterfield en relevant le visage pour souffler un mince filet de fumée, avant d'ajouter :

– Pourquoi il serait venu ici, sinon, après son camp de prisonnier ? Il doit avoir des amis dans le coin.

– Vous vous amusez bien, hein ? Le père de Jurgen était ingénieur de production chez Ford, en Allemagne. Il a amené sa femme et son fils avec lui quand il est venu ici en tant que conseiller pour accélérer la cadence des chaînes d'assemblage. Henry Ford pensait qu'Hitler faisait du bon boulot pour remettre l'Allemagne sur pied. La famille de Jurgen s'est installée à l'hôtel résidence Abington, dans Seward Street. Je crois qu'ils sont restés deux ans, c'était Ford Motor qui couvrait les frais.

– Quel âge avait Jurgen ?

– Au moment où ils sont partis, répondit Kevin en remettant le nez dans son calepin, ça devait lui faire...

– Quatorze ans à peu près ?

– Quatorze ans, dit Kevin avant de lever les yeux.

– Vous avez parlé à Walter des prisonniers évadés ?

– Ces dernières semaines, nous avons parlé à la plupart des personnes dont le nom figure sur la liste de sympathisants de la cause nazie à surveiller, Walter inclus. Il a dit qu'il n'avait jamais entendu parler de Jurgen Schrenk. Comment vous avez fait pour savoir qu'il avait quatorze ans ?

– J'ai deviné. Parce que Walter avait quatorze ans quand il est arrivé aux États-Unis. Ou, selon ses termes, quand il a été amené ici contre son gré. Un jour, on était à Dakota Inn, on buvait un coup de trop, et Walter m'a dit qu'il était venu dans le même bar célébrer un départ quelques années plus tôt. En l'honneur d'une famille qui retournait en Allemagne après avoir vécu ici un moment. Je ne me souviens pas combien de temps exactement ils étaient restés, ni leur nom, ou si Walter a mentionné que le père avait travaillé chez Ford. Mais je sais que Walter faisait un blocage sur le gamin. Il disait : « À quatorze ans, ce gosse rentre chez lui dans une Allemagne nouvelle, à l'apogée de son histoire. Moi, quand j'avais quatorze ans, j'ai été amené ici et on m'a appris à préparer la viande. »

– C'est comme ça qu'il voyait les choses ?

– Pratiquement mot pour mot.

– C'était avant la guerre.

– Je crois qu'il avait rencontré ce gamin en 1935.

– Si l'Allemagne lui manquait tellement, qu'est-ce qui l'empêchait d'y retourner ?

– Vous savez combien de fois je le lui ai demandé ? Il me répondait toujours que c'était sa destinée d'être ici, par conséquent il n'avait pas à se plaindre.

– Qu'est-ce ça veut dire exactement, sa destinée ? Qu'il ne peut rien y changer ?

– À mon avis, que son destin est d'être impliqué dans quelque chose d'important. Je lui ai demandé : « Tu ne veux pas rester dans l'histoire en tant que coupeur de viande ? »

– Vous le faisiez marcher exactement comme ça, hein ? Et lui, il prenait toujours ça au premier degré ?

– Dites-moi à qui il ressemble, selon vous. Et je ne parle pas d'une vedette de cinéma.

– La première fois que j'ai ouvert son dossier et que j'ai vu sa photo, je me suis dit : est-ce que j'ai affaire à Walter Schoen ou à Heinrich Himmler ?

– Quand on lui dit qu'il ressemble à Himmler, il acquiesce, il opine du chef et dit : « Merci. » Vous saviez qu'ils sont tous les deux nés la même année, en 1900, le même jour, le 7 octobre, dans le même hôpital de Munich ?

Kevin la regardait fixement sans dire un mot.

– Walter pense qu'il est le jumeau de Himmler et qu'ils ont été séparés à la naissance.

– Il vous a dit pourquoi ?

– Il pense que Himmler et lui ont chacun leur destinée, leur mission à accomplir. On connaît celle de Himmler, n'est-ce pas ? Tuer tous les juifs qu'il peut dénicher. Mais Walter, je ne sais pas… Il y a cinq ans, il n'avait toujours pas trouvé quelle était sa mission.

– Il n'est pas idiot, pourtant ?

– Il sait faire marcher un commerce. Sa boucherie a toujours rapporté de l'argent. Mais c'était avant le rationnement. Je ne sais pas comment il se débrouille aujourd'hui.

– L'été dernier, il a acheté une ferme d'une cinquantaine d'hectares mise aux enchères pour arriéré d'impôts : il y a une maison, une grange et un verger rempli de pommiers. Il a dit qu'il avait l'intention d'avoir son abattoir à domicile et de vendre sa viande comme grossiste.

– Il s'est débarrassé de sa boucherie ?

– Il l'a toujours. Mais pourquoi se lancer dans le conditionnement, alors que chaque jour on apprend qu'un conditionneur de plus est au chômage ? Le problème, c'est la pénurie et le contrôle des prix, vu que les forces armées réquisitionnent le tiers de la viande disponible.

– Demandez-lui, suggéra Honey, s'il est un traître à sa patrie, ou s'il vend de la viande au marché noir pour s'en mettre plein les poches.

Elle se leva et se dirigea vers la chambre en disant :

– J'en ai pour dix minutes, Kev. Si vous me conduisez à mon travail, je vous raconterai dans la voiture pourquoi j'ai épousé Walter.

Kevin traversa la pièce pour jeter un œil à la bibliothèque de Honey. La plupart des titres lui étaient inconnus. Il vit *Mein Kampf*, glissé entre *Pour qui sonne le glas* et *Tueur à gages*. Il sortit le livre d'Adolf Hitler et commença à le feuilleter : des pages et des pages d'un texte très serré. Il se tourna dans la direction du petit corridor qui menait à la chambre de Honey.

– Vous avez lu *Mein Kampf* ?

Il y eut un moment de silence.

– Pardon... qu'avez-vous dit ?

Il traversa la pièce pour s'approcher du corridor, car il ne voulait pas crier, et il arriva à la chambre dont la porte était ouverte. Il vit Honey assise à sa coiffeuse.

– Je vous demandais si vous aviez lu *Mein Kampf*.

– Non, et vous savez pourquoi ?

Elle se penchait tout près du miroir pour appliquer du rouge sur ses lèvres. Dans la glace, son kimono bâillait, et il pouvait voir un de ses seins, le téton et tout le reste.

– Parce que c'est affreusement chiant. J'ai essayé à plusieurs reprises et j'ai laissé tomber.

Il la vit lui jeter un regard dans le miroir, le bâton de rouge à lèvres à la main, puis rabattre le kimono suffisamment pour cacher sa poitrine.

– Je ne pense pas que ça vous plairait, lâcha-t-elle.

– Vous croyez ?

– Je parle du livre. *Mein Kampf*.

3

Ils prirent Woodward Avenue vers le sud, depuis Six Mile Road, dans une conduite intérieure Olds de 1941, propriété du FBI. Honey regardait les vitrines tandis que Kevin patientait. Il finit par demander :

– Vous avez commencé à vous voir, Walter et vous, et avant même de vous en rendre compte vous étiez raide dingue de lui ?

Elle sortit un paquet de Lucky de son sac en cuir noir, en prit une, et actionna son Zippo une seule fois pour l'allumer.

– C'est exactement ce qui s'est passé. Je suis tombée amoureuse de Walter parce que c'est un type vraiment formidable, gentil et attentionné, et drôle avec ça.

Elle lui tendit la cigarette, qui portait une trace de rouge à lèvres.

Il lui jeta un coup d'œil tandis qu'elle en allumait une autre. Avec son trench et son béret noir, qu'elle portait enfoncé sur ses cheveux blonds et légèrement incliné de côté, comme les actrices dans les films d'espionnage, elle ne ressemblait à aucune des femmes qu'il avait connues.

– Tout le temps qu'a duré notre conversation, vous savez que pas une seule fois vous ne m'avez appelée par mon nom ? Qu'est-ce qui vous pose problème, Honey ou Miss Deal ?

Il en avait bien conscience, et répondit :

– Eh bien, si je vous appelais « Honey », ça donnerait l'impression, vous savez, qu'on sort ensemble.

– Au travail, mes amis m'appellent Honey. Et je ne sors avec aucun d'entre eux. Le jour où je suis née, mon père m'a prise dans ses bras et il a dit : « C'est ma petite honey[1] », et il m'aimait tellement qu'on m'a baptisée « Honey ». Le prêtre a dit : « Vous ne pouvez pas l'appeler comme ça. Il n'y a pas de sainte Honey dans l'Église catholique. » Mon père a répondu : « Eh bien, maintenant il y en a une. Vous la baptisez Honey ou nous allons chez les évangélistes. » Et vous savez quoi ? Walter ne m'a jamais demandé d'où me venait mon nom.

– Vous le lui avez dit ?

– On arrive à l'église du Saint Sacrement, où Walter et moi, on s'est rencontrés. C'était après la messe de onze heures. Oui, je le lui ai dit mais ça ne lui a fait ni chaud ni froid. Il m'appelait Honig, quand il daignait me donner un nom.

– Vous avez pris ça pour un signe de bon augure, de vous rencontrer à l'église ?

– Je pense que c'était la seule raison qu'avait Walter d'aller à la messe : rencontrer une fille aux cheveux blonds. Il a cessé d'y aller dès qu'il a été avec moi, et j'ai cessé moi aussi puisque nous vivions dans le péché, vu qu'on n'était pas mariés à l'église.

– Vous le pensez vraiment ? Que vous viviez dans le péché ?

– Non, pas vraiment. Ça ressemblait plutôt à une vie de pénitence. Mais je dois avouer que j'aimais bien son allure, la façon dont il s'habillait, ses petites lunettes perchées sur son nez : il était tellement différent. Je n'avais jamais rencon-

---

1. « Honey », dont le sens premier est « miel », est un petit nom affectueux : « chéri(e) », « mon chou ». En allemand, « miel » se dit « Honig ».

tré quelqu'un comme lui. Je pense que j'ai dû avoir pitié de lui, aussi, il avait l'air si seul. Il prenait toujours tout au sérieux et quand on se disputait, ce qui arrivait tout le temps, je lui tenais tête, quel que soit le sujet de la dispute, et ça le rendait fou.

– Vous étiez déterminée à en faire un homme neuf.

Elle se redressa pour regarder sur sa gauche.

– C'est sa boutique, dit-elle avant de se réinstaller. Il y avait une pancarte dans la vitrine, mais je n'ai pas pu voir ce qui était écrit dessus.

– Elle disait qu'il n'y a pas de viande aujourd'hui. Je suis passé devant en allant chez vous. Donc, vous pensiez que vous pourriez le faire changer ?

– Je voulais qu'il cesse d'être si sérieux, qu'il s'amuse un peu. Peut-être même l'amener à rire d'Adolf Hitler, tel que Charlie Chaplin l'a incarné dans *Le Dictateur*. Chaplin avec son petit pinceau de moustache et son uniforme : Adenoid Hynkel, dictateur de Tomanie. Mais le film n'est sorti qu'après mon départ.

– Et vous croyez qu'il l'a vu ?

– Je n'ai pas réussi à lui faire écouter Jack Benny. Il le traitait de juif prétentieux. « Mais ça fait partie du rôle qu'il joue, celui d'un radin, je lui répondais. Tu ne le trouves pas drôle ? » Non, il ne le trouvait pas drôle, pas plus que Fred Allen. Un jour, on prenait un verre dans un bar allemand, et je lui ai demandé : « Walter, est-ce qu'il t'est déjà arrivé de raconter une blague ? Pas une caricature politique, une histoire drôle ? » C'était comme s'il ne comprenait pas ce que je voulais dire. Je lui ai dit : « Je vais te raconter une blague, et après, tu me la répètes. On va voir comment tu t'en sors. »

Kevin Dean regardait droit devant lui en souriant de toutes ses dents.

– Vous étiez déjà mariés à ce moment-là ?

– *Ja*, je suis Frau Schoen. Je lui raconte celle où trois types arrivent au paradis en même temps. La journée a été chargée, ça se passe pendant la guerre, et saint Pierre dit : « Je n'ai le temps d'en recevoir qu'un aujourd'hui. Si je prenais celui qui a eu la mort la plus originale ? » Vous la connaissez ?

– Je ne crois pas.

– Le premier raconte qu'en rentrant chez lui à l'improviste il trouve sa femme au lit, nue, alors il écume l'appartement à la recherche de son amant. Il sort sur le balcon et voit un type suspendu à la balustrade, vingt-cinq étages au-dessus de la rue. Le mari se déchausse et frappe sur la main du type jusqu'à ce qu'il lâche prise et tombe dans le vide. Mais il ne s'écrase pas sur le trottoir, cet abruti, il atterrit dans un arbre touffu, et il s'en sort. Le mari, fou de rage, attrape le réfrigérateur, le traîne sur le balcon et le fait basculer au-dessus de la rambarde. Le frigo tombe sur le type qui était dans l'arbre et le tue sur le coup. Mais l'effort a été trop violent pour le mari, il fait une crise cardiaque et s'écroule, mort. Saint Pierre dit : « Ce n'est pas mal ! » avant de se tourner vers le deuxième candidat au paradis. Celui-là raconte qu'il faisait de la gymnastique sur son balcon, qu'il a perdu l'équilibre et qu'il a basculé par-dessus la balustrade. Il se voit déjà fichu, mais il tend le bras et parvient à se saisir de la rambarde du balcon de l'étage inférieur. C'est à ce moment-là qu'un type sort, et celui qui est suspendu vingt-cinq étages au-dessus du sol dit : « Dieu merci, je suis sauvé. » Mais le type qui vient de sortir ôte une chaussure et, avec, il se met à frapper les mains de l'homme agrippé à la rambarde qui finit par tomber. Il atterrit dans un arbre touffu, vivant, et c'est les yeux grands ouverts qu'il voit tomber le frigo qui va le rayer de la carte. Saint Pierre dit : « Celle-là, elle me plaît ! » Il se tourne vers le troisième à vouloir entrer au paradis et lui demande : « Et vous, c'est quoi votre histoire, amigo ? » Le type répond : « Je comprends pas ce qui s'est passé. J'étais nu, caché dans un réfrigérateur… »

Honey s'interrompit.

Kevin riait à gorge déployée.

– Il a trouvé ça drôle ?

– Sur le coup, il n'a pas dit un mot, pas même souri. Il réfléchissait à ce qu'il avait entendu. Finalement, il m'a demandé lequel des trois saint Pierre avait accepté au paradis, et où les deux autres avaient dû attendre. Dans les limbes ? J'ai répondu, « Oui, c'est ça, dans les limbes, avec tous les bébés morts avant d'être baptisés. »

– Comment se fait-il qu'il n'ait pas saisi ?

– Parce qu'il a la tête dans le cul et que tout ce qu'il voit, c'est des croix gammées.

Une gentille fille comme elle, utiliser pareil langage.

– Je ne sais jamais à l'avance ce que vous allez dire, commenta Kevin.

– J'ai essayé une autre blague sur Walter. Je lui ai raconté celle du gars qui, en rentrant chez lui, passe la porte de la cuisine avec une brebis dans les bras. Sa femme, devant l'évier, se tourne vers lui, et il dit : « Voilà la truie avec laquelle je couche quand je suis pas avec toi. » Et sa femme répond : « Espèce d'idiot, c'est pas une truie, c'est une brebis. » Alors le gars dit : « C'est pas à toi que je parlais. »

À nouveau, Kevin rit à gorge déployée en la regardant fumer sa cigarette.

– Vous aimez raconter des blagues ?

– À Walter, pour essayer de le détendre.

– Il a ri ?

– Il a dit : « Le type ne parle pas à sa femme, il parle à la brebis ? » J'ai répondu que oui, que c'était sa femme qu'il traitait de truie. Et il a objecté : « Mais comment une brebis peut-elle comprendre ce qu'il dit ? » Fin de l'histoire. Il n'y avait aucun moyen au monde de faire changer Walter. C'était une idée idiote depuis le début, et c'était vraiment présomptueux de ma part de penser que je pourrais le transformer. Mais vous savez, j'ai fini par comprendre que même s'il lâchait du lest, le mariage ne durerait pas.

– Il devait bien y avoir quelque chose qui vous plaisait chez lui. En tant que personne.

– C'est ce qu'on pourrait croire, hein ? fit-elle en hochant sa tête coiffée du béret noir. Quelque chose de plus que son accent ou ses inamovibles lunettes, mais je ne vois pas du tout ce que ça pouvait être. J'étais jeune et j'étais idiote.

Elle resta silencieuse un moment, tira sur sa cigarette avant d'ajouter :

– Cette année avec Walter a comporté des moments étranges que je n'oublierai jamais. Par exemple quand il pointait son doigt sur moi, comme si c'était un pistolet, et qu'il en lâchait un.

– Vous voulez dire qu'il lâchait des vents devant vous ?

– Devant moi, derrière moi…

Mais ils arrivaient à Seward Street et il avait quelque chose à lui dire.

– C'est là que Jurgen Schrenk, son père et sa mère ont habité dans les années trente. L'hôtel résidence est dans le deuxième pâté de maisons.

– L'hôtel Abington, dit Honey. J'y ai dîné deux ou trois fois. Ils font restaurant. Il y a un type que je connaissais qui descendait toujours à cet hôtel. Il disait qu'il lui suffisait de parcourir à pied les cinq pâtés de maisons qui le séparaient de l'immeuble de la General Motors, au sud, pour revenir avec un contrat signé dans sa mallette.

– Quel genre de contrat ?

– Je ne sais pas, il ne m'a jamais dit exactement ce qu'il faisait. Il était argentin et il s'occupait plus ou moins des courses de voitures du Grand Prix en Europe, avant la guerre. Il ne parlait jamais des autos autrement qu'en disant automobiles. Il séjournait à l'hôtel Abington dans un appartement de deux pièces avec une minuscule cuisine. S'il y avait des lits jumeaux, il ouvrait le canapé dépliant dans le salon. C'était un type petit, très mince, mais il aimait les grands lits. Vous savez, je me souviens d'avoir lu des choses sur l'évasion de Jurgen et du SS. C'était dans tous les journaux de Detroit.

Cela arracha Kevin à l'image de Honey accompagnée d'un personnage aux manières suaves qui ressemblait à un danseur de tango.

– Jurgen et le garçon dont Walter m'avait parlé pourraient bien n'être qu'une seule et même personne, mais le contraire peut être vrai aussi. Le fait est que Walter a bien correspondu avec quelqu'un qui était au front. Je me souviens qu'en 1939 il a reçu une lettre postée de Pologne, mais il ne m'a jamais parlé de son contenu. À ce stade, on ne se parlait quasiment plus.

– Selon le marshal de Tulsa, celui qui jure que Jurgen est planqué dans le coin, Jurgen Schrenk était en Pologne avant d'aller en Afrique du Nord.

– Vous dites que ce marshal est célèbre ?

– Il y a eu un livre écrit sur lui, toutes sortes d'articles dans des magazines, un long papier dans *True Detective*. Le livre, *Carl Webster, la Tête brûlée du service des marshals*, est sorti il y a une dizaine d'années.

– Vous l'avez lu ?

– Oui, je m'en suis procuré un exemplaire. C'est un bon bouquin. Carl s'est trouvé dans des situations vraiment délicates. J'ai discuté avec des agents qui le connaissent, ils disent tous que c'est un vrai dur. Il a abattu au moins une douzaine de criminels recherchés, ou des types réputés pour être dangereux comme Emmett Long et Jack Belmont. (Kevin s'interrompit.) Non, Jack Belmont, c'est sa femme Louly qui l'a abattu. Elle a aussi descendu un autre braqueur de banques, mais j'ai oublié son nom.

– Sa femme l'accompagne, quand il est sur les traces des criminels ?

– Non, ça s'est produit dans des circonstances particulières. Louly avait un lien de parenté avec la femme de Beau

Gosse Floyd, et à une époque tout le monde a cru que Louly était la petite amie de Beau Gosse.

– Avant qu'elle épouse Carl Webster.

– C'est ça, et maintenant elle est dans les Marines, elle enseigne aux nouvelles recrues à tirer avec une mitraillette depuis le poste arrière d'un chasseur-bombardier. Tous les types que Carl Webster a tués, il les a abattus avec le même Colt 38 dont il avait limé le cran de mire. Non, il y en a un qu'il a descendu avec une Winchester, à quatre cents mètres de distance. De nuit, qui plus est. Mais il y a une chose que je ne comprends pas : quand on voit son nom dans le journal ou dans le bouquin, c'est Carl Webster, alors que quand il m'appelle il dit invariablement : « Carlos Webster au bout du fil. »

– C'est son vrai nom ?

– Carlos Huntington Webster. Son père était à Cuba avec les Marines de Huntington, à Guantanamo en 1898, pendant la Guerre américano-espagnole. La mère de Carl était cubaine et la mère de son père avait du sang cheyenne du Nord. Mais comment faut-il l'appeler ? Carl ou Carlos ?

– Il a quel âge ?

– Avec tout ce qu'il a fait, on pourrait s'attendre à ce qu'il ait vécu pas mal d'années, mais il n'a pas quarante ans.

– Vous l'avez rencontré ?

– Pas encore. Il était tout disposé à venir seul à Detroit pour nous aider à chercher Jurgen et le SS, Otto. Mais son chef, le marshal en chef de Tulsa, a pris sa retraite, et il a été nommé chef par intérim. Il a fait tout un foin en disant qu'il n'avait jamais été employé de bureau et qu'il n'avait pas l'intention de le devenir. Le service des marshals de Washington a accepté de chercher quelqu'un pour le remplacer. Il m'a dit que si nous n'avions pas encore mis la main sur Jurgen au moment où son remplaçant arriverait, il viendrait toutes affaires cessantes.

Kevin jeta un regard à Honey. Il aimait regarder son profil. Elle avait un joli nez, un peu comme les filles des publicités pour les maillots de bain Jantzen. Elle ne se comportait pas comme si elle avait conscience d'être splendide, mais il était prêt à parier qu'elle le savait pertinemment, et qu'elle savait faire usage de son charme sans coquetterie superflue.

– Ça vous dirait de le rencontrer, s'il vient ?

– Je n'aurais rien contre. Mais pourquoi se donnerait-il la peine de me voir ?

– À cause de Walter. Il veut que vous soyez là quand il lui parlera.

4

Chaque fois que Carl approchait de l'hôtel Mayo, il pensait au type qui avait tenté de l'abattre dans le dos alors qu'il pénétrait dans le hall d'entrée. Le racketteur de la Main Noire, dix ans plus tôt. Avec un nom italien dont il ne parvenait pas à se souvenir. Le chasseur de l'hôtel, ce jour-là, lui avait tenu une des portes ouverte. Il s'engageait à peine dans l'entrée que la vitre de la porte voisine et celle du battant qui se refermait derrière lui volaient en éclats, en même temps que se faisaient entendre des détonations de gros calibre puis un crissement de pneus sur la chaussée. Carl avait foncé dans la rue, le Colt à la main, mais le coupé Ford avait déjà disparu.

Aujourd'hui, le même homme lui tenait la porte ouverte. C'était Marvin, un Noir, qui lui demanda, alors qu'il approchait de l'entrée, comment il allait en cette belle matinée de printemps. À ce moment-là, son regard se porta derrière Carl et il lâcha, à voix basse :

– Oh-oh !

Puis :

– Un type armé.

Carl s'arrêta. Entendant son nom, il se retourna et vit un jeune gars qui portait, plaqué contre la jambe, un gros automatique nickelé, bien lourd, clinquant. Tout de noir vêtu, en costume excentrique à épaulettes, le pantalon serré sur ses chaussures brun clair. Avec sa tignasse de cheveux noirs que les lumières de l'hôtel faisaient briller, il avait tout du jeune gangster, italien ou juif, venu abattre Carl Webster. S'il était juif, ce serait un parent des frères Tedesco, Tutti et Frankie Bones, qui appartenaient au Purple Gang. La fois où ils lui étaient tombés dessus à Okmulgee, tous flingues dehors, Carl avait tiré deux fois et les Tedesco avaient mordu la poussière.

Celui-là, debout sur le trottoir devant l'hôtel, lui dit :

– C'est vous Carl Webster ?

– Oui, c'est moi. Dis-moi de quelle famille tu viens.

– Vous avez tué mon frère.

C'était le troisième à se ramener avec un frère mort.

– Tu veux dire, celui qui avait l'habitude de te casser la gueule quand l'envie l'en démangeait ? C'était qui, ton frère ?

– Luigi Tessa.

Bon Dieu ! Lou Tessa, le type qui tirait dans le dos. Carl secoua la tête.

– Tu sais qu'il m'a attaqué en traître ? Ici-même, alors que j'entrais dans l'hôtel ? Toi aussi, tu aurais pu me descendre dans le dos, mais t'as voulu jouer à la loyale, hein ? Alors tout n'est pas perdu pour toi, mon gars. Tu t'appelles comment ?

– Qu'est-ce que ça peut vous fiche ?

– Pour pouvoir donner ton nom de baptême quand je raconterai ce qui s'est passé ici. Dire qui tu étais.

Carl ouvrit le bouton qui retenait sa veste de costume avant d'ajouter :

– Attends un peu. Je n'ai jamais tué ton frère. Il est allé en prison.

– Où il a écopé de la chaise électrique, répondit le jeune gangster. C'est comme si vous l'aviez tué.

– Écoute. Tu veux pas vraiment me tuer.

Des deux mains, il maintenait son veston grand ouvert.

– Tu vois un revolver sur moi ?

Il laissa retomber ses bras, et sa main droite repoussa le veston de côté pour dégainer le calibre 38 qu'il portait à la ceinture, au contact de sa colonne vertébrale. Il le pointa sur le frère de Lou Tessa, et dit :

– Eh bien, maintenant, tu le vois. Porte la main gauche à ce flingue que tu trimballes et éjectes-en les munitions jusqu'à ce qu'il soit vide. Si tu t'arrêtes en chemin, je considérerai que tu veux me tuer et je te tirerai une balle en plein cœur.

– Je croyais que tu préférais les étuis d'épaule, dit Virgil, le père de Carl.

– Je vais pas en porter en conduisant. Quand je monte dans la voiture, mon revolver va dans la boîte à gants. J'ai quitté le bureau et je m'étais juste arrêté au Mayo pour boire un verre. Tu devrais aller faire un tour à Tulsa. Ce bar au sous-sol est vraiment bien achalandé.

– Et le gangster à la manque, tu en as fait quoi ?

– Je l'ai remis à la police de Tulsa. Ils vont vérifier son casier, et voir si son gros flingue nickelé a quelque chose à se reprocher ou pas. Vito Tessa, ils peuvent se le garder. Moi, je pars demain matin à six heures trente.

– Comment tu peux être sûr que les deux Boches sont à Detroit ?

Carl et son père, en bras de chemise mais coiffés de leurs feutres, étaient assis ce soir-là dans des fauteuils en osier sur la véranda du grand bungalow californien de Virgil, situé au milieu de ses quatre cents hectares de noyers de pécan.

– Ce que tu me demandes, c'est comment je sais qu'ils sont toujours à Detroit, cinq mois et demi après leur évasion.

La conversation roulait essentiellement sur Jurgen Schrenk, un prisonnier de guerre, ancien de l'Afrika Korps, commandant de char dans les troupes de reconnaissance de

Rommel. 165 jours après celui où Jurgen et son acolyte, Otto Penzler, le commandant SS, s'étaient échappés du camp de prisonniers de Deep Fork, vêtus de costumes confectionnés avec du tissu provenant d'uniformes allemands, au volant d'une camionnette de livraison, Carl était enfin libre de se lancer à leurs trousses.

Pour aller voir son père, il avait fait les quarante kilomètres vers le sud qui séparaient Tulsa d'Okmulgee, en ce 7 avril 1945.

Carl et son père buvaient de la bière mexicaine fournie par la compagnie pétrolière... elle était bien meilleure que la bière à trois degrés locale. Ça faisait partie de l'arrangement qui accordait à la Texas Oil l'exploitation d'une demi-section[1] de la propriété, une concession sur laquelle les puits n'avaient pratiquement pas cessé de pomper en quarante ans, tandis que Virgil s'occupait de ses noyers de pécan et que Carl, quand il était encore jeune homme, élevait du bétail pour l'emmener au marché de Tulsa. La maison de Virgil se trouvait à quelques kilomètres d'Okmulgee et, par rapport au camp de prisonniers, de l'autre côté de la Deep Fork.

– Il est toujours à Detroit, reprit Carl, parce qu'il n'a pas encore été pris, sans ça on en aurait entendu parler. Jurgen peut très bien passer inaperçu, il parle américain presque sans accent. Il faut savoir à quels mots prêter attention. Je t'ai dit qu'il avait vécu à Detroit quand il était gosse ? Il peut parler comme un gars du Nord ou te convaincre qu'il est de l'Oklahoma, les deux sont dans ses cordes.

– Je le voyais quand il venait travailler au milieu d'une équipe de prisonniers. C'est vrai qu'ils avaient tous l'air d'étrangers, sauf Jurgen. Je lui ai demandé une fois s'il avait dans l'idée de mettre le feu à des puits de pétrole ou à des

1. Dans les zones cultivables des États-Unis, une grande partie des terres est divisée en sections (ou grandes parcelles) souvent d'un mile carré, soit 2,5 km^2 environ, généralement clôturées.

réservoirs de stockage, pour voir s'il était susceptible de se rendre responsable d'actes de sabotage.

– Ça, c'est après lui avoir raconté que tu étais sur le *Maine*.

– Oui, je lui ai raconté ça, je lui ai dit que j'avais été Marine sur ce cuirassé le jour où les *dons* l'ont fait sauter dans le port de La Havane, en 1898, ce qui a déclenché la guerre contre l'Espagne. Je lui ai dit qu'il n'existait aucun acte de sabotage qui puisse se comparer à la destruction du *Maine*.

Carl dit que ça l'avait beaucoup amusé que Jurgen s'éclipse tous les deux ou trois mois pour s'envoyer en l'air et passer un peu de temps avec Shemane, sa petite amie.

– Elle, il fallait pas lui en promettre, dit Virgil. Elle travaillait dans un bordel de Kansas City, et du jour au lendemain elle débarque chez nous au volant d'une Lincoln Zephyr.

– Elle cherchait Jurgen, expliqua Carl. Il disparaissait dans la nature pendant quelques jours et après on le voyait se pointer au Café OK, avec les lettres PW imprimées sur les fesses de son short (il portait toujours ces shorts de l'Afrika Korps), et il attendait tranquillement que les flics viennent le cueillir. Pour sa dernière évasion, nous en sommes certains : c'est Shemane qui a conduit Jurgen et Otto à Fort Smith, et c'est elle qui leur a acheté la voiture avec laquelle ils ont pu s'enfuir, une Studebaker de 1941.

– Tu vas l'arrêter un jour ?

– La mère de Shemane avait participé au voyage. Elle a fait une scène épouvantable aux agents qui les ont ramenées de l'Arkansas. Elle leur a dit qu'elle et sa fille se rendaient à Hot Springs pour une cure thermale, qu'elles n'avaient jamais fréquenté le moindre Allemand, et qu'elles n'en fréquenteraient jamais. J'ai dit aux agents de Tulsa qu'à leur place je laisserais Shemane se figurer qu'elle est tirée d'affaire. J'attendrais qu'elle laisse sa mère et monte à

Detroit. Si elle fait ça, on tient Jurgen. Sinon, c'est qu'ils n'étaient pas aussi fous l'un de l'autre que je le croyais. J'ai dit à l'un des procureurs des États-Unis : « Et sur quel chef d'accusation vous allez la faire comparaître ? Pour avoir couché avec l'ennemi ? Vous voulez inculper cette pauvre fille, alors qu'elle a couché avec certains des avocats de la défense les plus en vue des États-Unis ? »

– C'est vrai ? demanda Virgil.

– Aussi vrai que je te parle. Je compte sur le fait que Jurgen ne lâchera pas Otto, et qu'il fera son possible pour que son copain passe inaperçu. Certains de ces nazis, les purs et durs, les types de la SS, vont jusqu'à refuser d'apprendre l'anglais. Otto est un SS, mais il est malin. J'ai dans l'idée qu'il doit se débrouiller pas mal dans notre langue. Cela dit, Jurgen pourrait bien avoir encore du fil à retordre s'il veut l'empêcher de claquer des talons en public et de se tenir aussi raide, et qu'il finisse par sortir des choses du genre de : « Ça baigne ? » À moins qu'Otto ait un accent de Schleu trop prononcé pour qu'on envisage même de l'emmener quelque part. Mais je pense que la raison principale pour laquelle ils sont toujours à Detroit, c'est que Jurgen y a des amis qui sont prêts à lui donner un coup de main.

– À le cacher, compléta Virgil.

– Ou ils lui ont dégotté une nouvelle identité, un certificat de naissance, et une carte de réformé. Il est peut-être en ce moment même sur une affaire qu'il trouve épatante, tout en apprenant à Otto à parler américain. Un jour, il m'a raconté que le Comité d'évasion, les nazis purs et durs qui dirigent tout à l'intérieur du camp, voulaient qu'il étudie la possibilité de faire sauter un dépôt de munitions dont ils avaient entendu parler, situé en rase campagne au sud de McAlester. Le fait que Jurgen me l'ait confié indique bien ce qu'il pense du Comité. Il a ajouté : « Et quand bien même je pourrais le faire sauter, ce dépôt au milieu de nulle part, je me demande bien qui entendrait l'explosion ? Et à quoi ça servirait ? » Se livrer à ce genre de sabotage maintenant, à un stade aussi avancé de la guerre, selon lui, ça n'avait pas de sens. La Bataille des Ardennes aura été la dernière attaque totale de l'Allemagne. Ils ont lancé l'assaut avec mille tanks le 16 décembre, et arrivé le 20 janvier, ils comptaient cent mille victimes tandis que huit cents de leurs tanks étaient détruits. De notre côté, on a perdu beaucoup de bons soldats mais on a refoulé les Boches sur leurs positions antérieures, ce qui était un joli coup. Ç'aura été leur dernier assaut, mais bon sang, qu'est-ce que ça nous aura coûté !

– Si la guerre en Europe se termine bientôt, il va leur arriver quoi, à Jurgen et Otto ?

– Je les ramène au camp. Le Comité a fait exécuter certains prisonniers qu'ils considéraient comme des mauviettes feignant la loyauté à la cause nazie. Ils les ont fait pendre dans les toilettes pour simuler des suicides. Dans une déclaration qu'il a laissée au commandant du camp, Jurgen a expliqué qu'Otto et lui devaient sortir de là en vitesse, sinon ils seraient les prochains sur la liste. Depuis, les types du Comité ont été expédiés à Alva, dans l'ouest de l'Oklahoma, dans le camp où on enferme les cogneurs, les super-nazis.

– Tu as dû te mettre cet agent du FBI dans la poche, depuis le temps.

– Kevin est un brave garçon. Il m'aide beaucoup. C'est encore un bleu, il ne sait pas qu'il n'est pas censé parler aux gens de l'extérieur, comme les marshals.

– Tu lui as dit qu'il y avait un livre écrit sur toi ?

– Il m'a répondu qu'il n'était pas à la bibliothèque, alors je lui en ai envoyé un exemplaire.

– Quand tu as commencé, tu devais bien avoir une centaine d'exemplaires. Il t'en reste combien ?

– Quelques-uns. J'ai appelé Kevin, et je lui ai demandé : « Alors, vous les avez trouvés, mes Boches ? » Cinq mois qu'ils cherchent, et toujours pas de résultat. Ils essaient de se procurer des informations sur un cercle d'espions nazis, et ils ont mis plusieurs personnes sous surveillance. Je lui ai demandé d'où les espions tiraient leurs tuyaux : des journaux ? Il m'a répondu que je lui faisais penser à une fille à qui il a parlé, Honey Deal. Elle a été mariée pendant un an à l'un des nazis de Detroit, et elle a divorcé en 1939. Kevin dit qu'elle est célibataire, jolie et futée, qu'elle se tient au courant de tout ce qui se rapporte à la guerre, ce qui l'a impressionné, alors qu'elle ne connaît personne qui y soit impliqué et pour qui elle pourrait s'inquiéter. Il a notre dossier sur les deux types, il sait donc que Jurgen a vécu à Detroit dans le temps et qu'il a sans doute encore des amis dans les parages. « Il avait quatorze ans quand il est retourné en Allemagne, en 1935 », il m'a dit. Il a ajouté que, selon Honey Deal, il y a de fortes chances que son ex-mari l'ait connu à l'époque. Il s'appelle Walter Schoen. Kevin dit qu'ils ont demandé à Walter s'il le connaissait, et qu'il s'est contenté de secouer la tête.

– Je suppose que tu veux parler à ce type en personne.

– J'y ai pensé, et aussi à son ex-femme, Honey. J'ai demandé à Kevin si selon lui, Walter Schoen était séduisant, pour une femme. Et voilà ce qu'il m'a répondu : « Vous trouvez Heinrich Himmler séduisant ? C'est à lui que ressemble Walter. » Ce que je voulais comprendre, c'est comment une fille de l'est du Kentucky, intelligente et jolie, avait pu avoir envie de l'épouser. Kevin m'a dit : « Honey pensait qu'elle pourrait le faire changer, et aussi faire évoluer ses idées. » À quoi j'ai répondu : « Bon Dieu, c'est à ça que toutes les femmes s'emploient. » Elle lui a dit qu'épouser Walter avait été la plus grosse erreur de sa vie, jusque-là. J'irai la voir d'abord, et après seulement je m'occuperai de Walter Schoen. Kevin a parlé à son patron qui a contacté l'antenne du FBI à Tulsa, et ils se sont portés garants de moi, alors j'ai les mains libres.

– D'autant que ce Boche était un ami à toi.

– Il pourrait l'être, quand la guerre sera terminée. J'espère qu'il sera toujours en vie.

5

Narcissa Raincrow, la concubine de Virgil depuis trente-neuf ans, appela pour dire que le dîner était prêt et leur servit du poulet rôti accompagné de riz au jus de viande qu'ils mangèrent à la table ronde au fond de la cuisine. Narcissa, qui avait cinquante-quatre ans maintenant, vivait là depuis l'âge de seize ans, quand elle avait été embauchée par Virgil pour nourrir Carl à la suite du décès en couches de sa mère, Graciaplena. C'était en 1906. Virgil avait épousé Grace à Cuba et l'avait ramenée aux États-Unis à la fin de la guerre contre l'Espagne. Carl avait été baptisé en l'honneur du père de Grace, Carlos. De son côté, Narcissa, qui n'était pas mariée, avait donné naissance à un enfant mort-né et avait besoin d'allaiter un nourrisson. La première fois que Carl leur avait amené sa femme, Louly, il lui avait expliqué qu'avant que lui-même perde tout intérêt pour la poitrine de Narcissa, son père s'en était fait une certaine idée, qu'il avait donc gardé Narcissa d'abord en tant que gouvernante et cuisinière, puis comme concubine. Selon Virgil, elle ressemblait à Dolores Del Rio, en un peu plus en chair.

– J'ai reçu une lettre de Louly, dit Narcissa à Carl tandis qu'il mangeait son poulet. Tu peux la lire si tu veux. Quand je lui écris, elle me répond toujours.

Carl dit qu'il lui parlait au téléphone une fois par semaine.

– Tu as fait savoir à l'agent du FBI que ta femme est dans les Marines ? demanda Virgil.

– Je le dis à tous ceux que je rencontre. Louly est instructeur de tir sur une base aérienne des Marines. Elle montre aux nouvelles recrues comment tirer avec une mitraillette Browning du poste arrière d'un chasseur-bombardier Dauntless, sans en sectionner la queue. Elle, elle doit bien s'amuser.

– La guerre lui manque, énonça Virgil en parlant de son fils.

– Il y serait encore, renchérit Narcissa, si cette fois-ci il n'avait pas été blessé.

Puis elle se tourna vers Carl :

– Tu as eu de la chance, tu sais ? Virgil t'a dit que le gars du FBI avait téléphoné ?

– J'ai essayé de le rappeler, mais il était sorti pour la journée, répondit Carl tout en s'affairant sur son poulet et son riz. Je le verrai demain.

– Comment ça se fait qu'il ait demandé à parler à Carlos Webster ?

Carl vit son père interrompre sa mastication pour l'observer.

– J'ai dit à Kevin que je m'appelais Carlos. J'envisage d'utiliser à nouveau ce prénom pendant mon séjour à Detroit.

– Depuis ton enfance, remarqua Virgil, plus personne t'a appelé comme ça. Ou depuis le jour où tu t'es engagé chez les marshals et où ils ont commencé à t'appeler Carl. Tu leur répétais que ton nom c'était Carlos, et jusqu'à ce que ton patron te dise de te calmer, tu étais prêt à en venir aux mains si on le respectait pas. Tu te souviens pourquoi tu voulais t'en tenir à Carlos ?

– Parce que c'est mon nom ? suggéra Carl.

– Il fait toujours autant l'innocent, nota Narcissa.

– Tu portais ce nom comme si tu en voulais au monde entier, dit Virgil. Et tu sais pourquoi ?

– Je sais ce que tu vas dire.

– Parce qu'y a des années, ce crétin d'Emmett Long t'a pris ton cornet de glace et t'a traité de métèque. Moi, je t'avais bien dit qu'il savait ni lire ni écrire, sans ça il en aurait pas été réduit à braquer des banques.

– Il a dit que j'étais *en partie* métèque par ma mère, rectifia Carl. Alors je lui ai appris que ma grand-mère était une Cheyenne du Nord, et je lui ai demandé si le fait d'avoir du sang indien, ça faisait de moi autre chose qu'un simple métèque.

– Ça donne pas envie de le serrer dans ses bras, ça ? fit Narcissa en secouant la tête.

– Alors il t'a dit que ça faisait de nous des sang-mêlé, dit Virgil, moi plus que toi. Et six ans plus tard, l'étoile de marshal sur la poitrine, tu as abattu Emmett Long parce qu'il avait insulté tes ancêtres. C'est comme ça que je raconte les choses aux soldats quand je vais au café, ceux du camp où ils gardent les Boches. Et après, j'ajoute : « À moins que la Tête brûlée du service des marshals ait abattu le braqueur de banques en cavale parce qu'il lui avait pris son cornet de glace ? »

– C'est les soldats qui régalent, pour la bière à trois degrés comme pour les verres d'alcool, commenta Narcissa qui avait une bouteille de bière mexicaine fraîche dans chaque main. Il enchaîne les histoires, et il rentre à la maison complètement fait.

– Mais la première chose qu'il leur raconte, intervint Carl, c'est qu'il est passé par-dessus bord quand les Espagnols ont fait sauter le *Maine*, et qu'il a été emprisonné en tant qu'espion dans la prison d'El Morro.

– Et quand ça, c'est fait, je leur raconte que t'as jeté le voleur de bétail à bas de son cheval en tirant avec une Winchester à presque deux cents mètres de distance.

– Tu te souviens de son nom ?

– Wally Tarwater. J'ai tous leurs noms notés quelque part.

– Quand je l'ai vu mener mes vaches, je l'ai interpellé.

– T'avais que quinze ans, fit remarquer son père, et les marshals étaient prêts à t'embaucher.

– Je voyais bien qu'il savait s'y prendre pour mener des vaches sans se fatiguer.

– Après coup, je t'ai demandé si tu l'avais regardé alors qu'il était étendu à terre, mort. T'as répondu que t'étais descendu de ce cheval louvet que tu montais pour lui fermer les yeux. Je t'ai demandé si t'avais eu pitié de lui. Tu te souviens de ce que tu m'as répondu ?

– C'était il y a vingt-cinq ans.

– T'as dit que tu l'avais prévenu : s'il laissait pas le troupeau, tu tirais. J'imagine que tout ce que ce voleur de bétail a vu, c'est un gosse sur un cheval. Tu m'as dit après coup : « Ouais, mais s'il m'avait écouté il serait pas étendu là, raide mort, hein ? » Alors, je me suis dit, mon Dieu, ce gosse, c'est pas un tendre.

Narcissa, qui avait nourri Carl au sein les premiers mois de sa vie, posa les bières mexicaines sur la table et se pencha pour l'entourer de ses bras. Puis elle lui posa la main sur les cheveux en disant :

– Mais c'est un bon garçon aussi, hein ? Oh oui, c'est une bonne pâte…

Enfin, Carl Webster put démissionner de son poste de marshal intérimaire du district de l'Est de l'Oklahoma, et la tâche fut confiée à un marshal venu de l'Arkansas, un vieux routier du nom de W. R. « Bill » Hutchinson. Carl et lui avaient traqué des criminels ensemble et, au fil des ans, éclusé de concert nombre de bouteilles d'alcool de contrebande, chacun sachant que l'autre assurait ses arrières. Dans le bureau des marshals, Carl le voyait pour la première fois sans une chique pour lui gonfler la joue derrière sa moustache de représentant de la loi. Bill Hutchinson lui demanda s'il était certain de vouloir aller à Detroit.

– Tu sais que là-bas, c'est encore l'hiver. J'ai entendu dire qu'ils ont de la neige en mai.

Carl regarda les os saillants sous la peau de son visage, les rides qui lui ravinaient le coin des yeux. Des marshals lui avaient dit qu'il leur faisait un peu penser à Bill Hutchinson. Il en avait l'allure, si on exceptait la moustache surannée qui avait les faveurs du marshal de l'Arkansas.

– Je me lance sur la piste des Boches, lui dit Carl. Soit tu m'y envoies, soit je prends un congé sans solde et j'y vais. Si tu veux m'envoyer en mission, donne-moi la Pontiac et des bons d'essence en quantité suffisante. C'est la voiture dont je me servais avant de passer les cinq derniers mois et demi ici, les fesses sur cette chaise et les pieds sur ce bureau.

– Tu as besoin de quelque chose d'autre ?

– D'argent pour mes frais.

– Tu sais que ces flics du Nord ne sont pas comme nous. Ils ont une façon différente de procéder, de s'habiller.

– L'agent qui est mon contact vient de Bixby, dans l'Oklahoma, si ça te dit quelque chose. Juste de l'autre côté de la rivière.

– Je suppose que tu vas respecter la limitation de vitesse de soixante kilomètres à l'heure, conclut Hutchinson. Tu devrais pas en avoir pour plus de deux ou trois jours. Tu peux me dire dans quel hôtel tu vas descendre ?

Pas avant que Kevin Dean lui ait trouvé un point de chute.

Mille cinq cents kilomètres de Tulsa à Detroit en passant par Saint Louis, Indianapolis, Ford Wayne, puis direction Toledo à suivre des voitures qui se traînaient à soixante à l'heure sur les routes à deux voies. Carl s'épuisait à tenter de doubler et ne parvint pas à appuyer sur le champignon avant la nuit, où il poussa la Pontiac à cent dix à travers les campagnes de l'Indiana, avec un jerrycan de vingt litres d'essence dans le coffre pour parer à toute éventualité.

Il avait quitté Tulsa à six heures quarante du matin, dans l'espoir de faire le trajet en vingt-quatre heures, mais il était huit heures le lendemain matin quand il commença à approcher de Detroit par le sud-ouest, et pratiquement neuf heures quand il arriva dans le centre et essaya de repérer Lafayette Ouest. Il avait en tête une carte qui lui donnait un aperçu grossier des rues du centre de Detroit, avec des jalons aux endroits où étaient localisés les tribunaux fédéraux, ainsi que quelques hôtels, au cas où Kevin Dean, de Bixby, ne connaîtrait pas encore la ville comme sa poche. Il tourna dans Lafayette et arriva au Federal Building, qui se trouvait à l'endroit exact où il était censé être.

Carl laissa Kevin le balader dans le bureau du FBI en le présentant comme le marshal adjoint de l'Oklahoma sur lequel le bouquin parlant de la Tête brûlée avait été écrit, et il secoua la tête en regardant Kevin qui parlait comme s'il était son agent littéraire. Il fut surpris de constater que ces types semblaient tous savoir qui il était.

Ils durent patienter quelques instants avant de pouvoir rencontrer John Bugas, l'agent spécial responsable de l'affaire, car il était interviewé par un reporter du *Detroit News*. Quand il sortit de la pièce, un photographe dans son sillage, le journaliste se dirigea vers Carl, qui se tenait dans le couloir, et lui tendit la main en se présentant sous le nom de Neal Rubin.

– Vous saviez que John Bugas était votre plus fervent admirateur ?

– Vous me faites marcher, répondit Carl.

– Il est très impatient de vous rencontrer. Je lui ai demandé s'il avait lu le livre qui a été écrit sur vous, et il m'a répondu : « Sans sauter une ligne. » Il m'a demandé si je l'avais lu. « John, je lui ai dit, c'est moi qui en ai fait la critique pour le *News*, et l'exemplaire que vous avez, c'est moi qui vous l'ai envoyé. » C'était il y a dix ans, et il ne se souvenait plus comment il se l'était procuré. Je lui ai demandé ce que la Tête brûlée faisait à Detroit. Il m'a répondu qu'il vous croyait juste en villégiature. Mais je suis prêt à parier que vous êtes sur la piste d'un criminel recherché ou d'un détenu en cavale, n'est-ce pas ?

– Je ne veux rien dévoiler qui puisse effrayer ma cible, dit Carl. Il risquerait de me filer entre les doigts.

– Vous savez quel est mon passage préféré ? Celui où vous avez terrassé ce type du Klan, Nestor Lott, quand il dégaine ses deux automatiques de calibre 45 en même temps. C'était un cinglé, hein ?

– Un véritable serpent venimeux.

Neal Rubin consulta sa montre.

– Il faut que j'y aille. J'ai rendez-vous avec Esther Williams pour déjeuner au Chop House et il faut que je change de chemise.

Celle qu'il avait sur le dos donnait l'impression de venir de Hawaï. Il ajouta :

– Procurez-vous le *News* de demain, il y aura quelque chose sur vous dans mon papier.

Carl n'était pas convaincu que ce soit une bonne idée, mais le reporter et le photographe avaient déjà tourné les talons et s'éloignaient dans le couloir.

Kevin annonça à John Bugas que Carl avait quitté Tulsa en voiture seulement la veille, et qu'il était là ce matin, à la première heure. John Bugas ne sembla pas impressionné outre mesure. Il demanda à Carl pourquoi selon lui les deux prisonniers de guerre évadés se trouvaient toujours à Detroit, ce qui signifiait qu'il tenait pour avéré qu'ils y étaient bien venus.

Carl lui donna sa réponse standard.

– Parce que Jurgen Schrenk a vécu ici, et qu'il n'y a pas trace de leur capture.

Il dit à John Bugas que ses services avaient fait du bon boulot en mettant la main sur Peter Krug, le pilote nazi évadé, et en envoyant le traître Max Stephan à Atlanta.

– Joli travail, poursuivit Carl. Ce que je pense, c'est qu'il y a quelqu'un, sur votre liste d'étrangers subversifs, qui aide Jurgen et Otto, mais sans esbroufe contrairement à Max qui s'affichait avec le gars de la Luftwaffe. Je pense qu'ils se sont trouvé une bonne planque et qu'ils attendent la fin de la guerre.

Le reporter avait dit que John Bugas était impatient de le rencontrer, mais Carl n'eut pas cette impression. Bugas était resté debout à son bureau depuis qu'ils étaient entrés dans la pièce, comme s'il n'attendait qu'une chose, qu'ils partent le plus vite possible. Il souhaita bonne chance à Carl, lui serra la main à nouveau, et lui dit que s'il découvrait où se cachaient les prisonniers, il devait le faire savoir à ses services pour qu'ils puissent prendre les choses en main.

– Appelez Kevin, c'est votre contact.

Carl pensa qu'il était tout à fait capable de prendre les choses en main tout seul, mais ne fit pas de commentaire.

Dans le couloir, alors qu'ils se dirigeaient vers le hall d'entrée, Kevin dit :

– Il ne l'a peut-être pas montré, mais il voulait absolument faire votre connaissance. Hier il m'a demandé de vous retenir une chambre au Statler ou au Book. Il a ajouté : « Nous voulons témoigner tout notre respect à cet homme. »

– Il a vraiment dit ça ? fit Carl.

– Quand on a commencé à se parler au téléphone, je ne savais pas que vous étiez célèbre. Je vous ai réservé une chambre au Book-Cadillac sur Washington Boulevard. Sur le trottoir opposé, deux ou trois pâtés d'immeubles plus bas, vous verrez Stouffer, le meilleur self-service dans lequel j'aie jamais mis les pieds, meilleur que le Buffeteria de Nelson à Tulsa, c'est dire.

Ce garçon de Bixby se débrouillait mieux que ce que Carl aurait pu espérer.

– Mais ils n'ont pas de poulet frit, si ?

Sans laisser à Kevin le temps de répondre, Carl enchaîna en disant qu'il allait prendre sa chambre et dormir quelques heures.

– Appelez Honey et dites-lui qu'on déjeune dans son magasin et qu'on aimerait qu'elle se joigne à nous. Comme ça, elle n'aura même pas besoin d'enfiler un manteau.

– Et si elle ne peut pas ?

– Pourquoi elle ne pourrait pas ?

– Je veux dire, si elle est déjà prise ?

– Par quoi ? Dites-lui bien qu'on l'attend sans faute.

– À quelle heure ?

– Disons treize heures quinze. Demandez-lui où on peut se retrouver.

Kevin entra aussitôt dans un bureau vide pour passer son coup de fil.

Le photographe du *News* prenait des clichés des portraits exposés sous verre qui présentaient certains des fugitifs les plus recherchés par le FBI. Il s'écarta avec son gros Speed Graphic tandis que Carl s'approchait des photos. Carl lui fit un signe de tête. C'était un type plus vieux que lui, d'une cinquantaine d'années environ.

– Vous avez fini ?

– J'ai tout mon temps. Vous pouvez jeter un coup d'œil si vous voulez.

Chacun des clichés d'identité judiciaire était connu du marshal ; tous les noms lui étaient familiers, sans exception. Jurgen et Otto étaient là : PRISONNIERS DE GUERRE ÉVADÉS, lisait-on sur leur avis de recherche. Un éclair de lumière se refléta sur la vitre du présentoir et Carl se tourna vers le photographe au moment où il abaissait son appareil.

– Si je vois ma photo dans le journal, dit Carl, vous allez avoir des ennuis.

– Je vous ai pris de dos, objecta le photographe. Un type qui regarde les criminels endurcis. Personne ne pourra jamais vous reconnaître.

– Vous en avez terminé ?

– Faut croire, dit le photographe avant de tourner les talons et de prendre la direction des ascenseurs.

Kevin arriva quelques minutes plus tard.

– Ce sont les mêmes clichés que ceux des fichiers du camp, fit Carl. J'ai dit à Jurgen, un jour, qu'il avait une mine abominable, comme s'il attendait la fin du monde. Il m'a répondu que devenir prisonnier de guerre, c'est effroyable, au début. C'est le mot qu'il a employé. Il a ajouté que ce qu'il fallait faire, c'était mettre à profit le temps perdu. Apprendre une langue, ou se mettre à faire quelque chose de constructif. Je lui ai dit : « Et pourquoi pas s'échapper pour trouver des filles ? » Il arrivait à s'esquiver du camp quand ça lui chantait. Il m'a répondu que ce qu'il voulait dire, c'était apprendre un métier. Apprendre à travailler sur les voitures, par exemple, pour quitter le camp et trouver un boulot de mécanicien dans un garage. Je pense que c'est la raison pour laquelle vous n'avez pas réussi à lui mettre la main dessus : c'est exactement ce qu'il est en train de faire, il travaille quelque part, en tant qu'ancien combattant de retour de la guerre. Qui va lui demander de quel côté il était ? Il est tout à fait capable de se glisser quelque part sans que personne ne remarque rien d'étranger chez lui.

Carl continuait à fixer Jurgen derrière la vitre.

– Ces clichés ne sont pas à son avantage.

– Au bout du rouleau, dit Kevin en contemplant ces photos d'identité judiciaire qui ne mettaient pas le sujet en valeur.

Mais quand on le voit, on se dit que ça doit être un brave type.

– Pour un nazi.

– C'est comme ça que vous le voyez ?

– C'est ce qu'il est.

Un silence se fit, que Kevin rompit :

– J'ai pu joindre Honey. Il faut demander Better Dresses au sixième étage. Honey répond, comme si elle était en train de lire son texte : « Better Dresses, un magasin pour les femmes de Detroit soucieuses de la mode qui s'habillent avec un œil critique. » Je vous l'ai déjà dit, vous me faites penser à elle. On déjeune au Pine Room, au douzième étage. S'échapper ne lui pose pas de problème. Elle m'a même dit que si on avait le temps, on pourrait s'arrêter à l'auditorium, au onzième, pour voir l'exposition de souvenirs de guerre.

– C'est quel genre de souvenirs ? Des trucs que les gars ont rapportés avec eux ?

– Je suppose qu'on a droit au lot habituel de sabres japonais et de Luger allemands. J'ai connu des types, là où j'étais, qui achetaient aux autochtones des dents de Japonais. Les plombages étaient en acier.

– Je n'ai jamais tiré avec un Luger, remarqua Carl.

Il poursuivit :

– Des Croix de fer[1] et des brassards avec des croix gammées, on peut s'en procurer auprès des prisonniers de guerre sans même quitter le pays. Au fait, je ne vous ai pas demandé, vous êtes allé au front ?

– J'étais dans le Pacifique, jusqu'au jour où j'ai essayé d'esquiver une grenade japonaise. Je l'ai vue arriver, j'ai pensé l'attraper pour la renvoyer à l'expéditeur, puis j'ai changé d'avis parce que je ne savais pas de combien de temps je disposais, et j'ai plongé dans un trou.

---

1. Décoration militaire allemande qui fut établie en 1813 lors des guerres napoléoniennes.

– C'était où ?

– Un peu au nord de la Nouvelle-Guinée, dans une île qui s'appelle Los Negros, dans l'archipel de l'Amirauté. Vous connaissez ?

Carl en resta pantois.

– Vous étiez dans la Première Division de cavalerie ?

C'était au tour de Kevin d'être surpris.

– Vous avez entendu parler de nous ?

– *J'y étais*, répondit Carl.

6

– Tu sais ce que tu es devenu ? dit Jurgen à Otto. Un emmerdeur.

– Tout ça parce que je veux être allemand, parler notre langue et l'entendre ?

– Tu te comportes comme un gosse.

Otto ne parlait qu'en allemand à Walter, quand il venait, ainsi qu'au vieux couple qui tenait la maison et avait peur de lui. Ils répondaient aux questions et s'en tenaient là, refusant d'entamer la conversation.

Assis à la table de la cuisine devant la porcelaine blanche, Jurgen et Otto prenaient leur café du matin.

Quand Otto parlait en allemand, Jurgen ne lui répondait pas.

Il prétendait que s'ils parlaient exclusivement anglais et essayaient de ne penser qu'en anglais, il y aurait beaucoup moins de risques qu'ils se fassent prendre.

– Tu as envie de sortir. Moi aussi. Mais si tu mets ton point d'honneur à parler allemand et à prendre de grands airs comme tu le fais, en défiant les gens de poser les yeux sur toi, comme pour dire, « Regardez-moi, je suis le grand pourfendeur de tanks britanniques dans le désert », ou n'importe quoi d'autre du même acabit, tu peux être sûr qu'ils ne vont pas s'en priver, de te regarder. Et si tu attires l'attention sur toi, tu seras de retour au camp sous peu.

– Tu veux de l'anglais ? Pourquoi tu ne vas pas foutre ?

– On dit : « Aller se *faire* foutre », rectifia Jurgen.

Deux ans dans le camp de prisonniers, et voilà qu'il leur fallait affronter une réclusion d'un nouveau genre : des mois dans une ferme dont Walter Schoen était propriétaire. La maison était là depuis une centaine d'années, au milieu des vieux pins de Norvège et des pommiers du verger, flanquée d'un poulailler et d'une étable transformée en abattoir où le bétail s'engouffrait pour être estourbi d'une balle de carabine de calibre 22 en pleine tête. Pour rien au monde Otto ne se serait approché de l'étable. Jurgen, lui, ne pouvait s'en écarter, fasciné par l'opération menée de main de maître par trois bouchers qui, tout en parlant allemand entre eux, tranchaient et aiguisaient, tranchaient et aiguisaient, jusqu'à ce qu'ils aient réduit une vache de mille livres en morceaux de viande.

Ce matin-là, Jurgen attendit l'arrivée de Walter dans son coupé Ford de 1941, une quatre-portes grise à la carrosserie invariablement rutilante, chaque fois qu'il l'avait vue en tout cas. La voiture approcha sous le couvert des arbres dans l'allée qui décrivait un cercle jusqu'à l'arrière de la maison de bois à un étage qui, un jour, des années plus tôt, avait été peinte en blanc. Walter descendit de voiture et Jurgen fonça sur lui.

– Walter, il est d'une importance capitale que tu emmènes Otto en ville. Il veut se rendre compte par lui-même des destructions causées par la Luftwaffe. Si tu ne le fais pas, il m'a averti qu'il irait les voir tout seul.

Walter fronça les sourcils. Quoi qu'on lui dise, il fronçait les sourcils.

– Mais il n'y a pas eu de bombardement aérien ici.

– Dans le camp de prisonniers, Otto a écouté les bulletins d'informations sur la radio basse fréquence de Berlin. Ils ouvrent leur programme sur *Der Blomberger Badenweiler-Marsch*, puis ils font le point sur les derniers raids aériens en date menés par la Luftwaffe contre les villes américaines et les usines de guerre.

– Ce serait donc vrai ?

– Tant qu'il est impossible aux bombardiers d'effectuer la traversée de l'Atlantique et retour sans avoir à s'arrêter pour faire le plein, ça ne peut pas être vrai. Mais Otto y croit. Et tu sais que s'il quitte la maison seul, il se fera prendre, ce n'est qu'une question d'heures. Il dira à la police qu'il appartient à la SS et exigera d'être traité avec le respect dû aux militaires. Il faut que tu comprennes qu'Otto n'est pas très au fait des manières d'agir très particulières des Américains. Il les prendra de haut et leur dira qu'il s'est échappé d'un camp de prisonniers, il s'en vantera en prétendant que ce n'était pas bien compliqué, un vrai jeu d'enfant. Il est même capable de dire qu'il a des amis allemands ici. Walter, Otto te donnera exactement comme le pilote de la Luftwaffe a donné celui qui l'a aidé et qui a été condamné pour trahison, Max Stephan. Il est capable de te dénoncer sans même s'en rendre compte.

Walter Schoen, qui était plus dévoué au Reich que Jurgen ne le serait jamais, dit :

– Ton camarade appartient à la SS, c'est l'un des hommes d'honneur de Himmler, il a un pedigree, il vient d'une famille d'Aryens de race pure qui a des siècles d'histoire derrière elle. Il n'y a pas une once de possibilité que le commandant Penzler trahisse un soldat allemand. Et laisse-moi te dire que je te trouve bien américain quand tu parles. Tu l'es bien davantage que moi, et ça fait plus de trente ans que je suis contraint de vivre ici.

– Je vais t'expliquer une chose sur le compte d'Otto. Il s'est engagé dans la SS parce qu'à l'époque il voyait ça comme un honneur, et que ça lui donnait une position sociale. Pas pour être le garant de la pureté raciale ou pour mener une croisade contre les bolcheviks. Ça, c'est ce qu'il servait à ses copains de la SS. Mais je l'ai entendu dire plus d'une fois qu'il n'avait jamais pris l'endoctrinement politique au sérieux. Et ça, je suis tout à fait prêt à le croire. Il a réussi à faire équipe avec Rommel, et il est fort probable qu'il ait été le seul membre de la Waffen-SS en Afrique du Nord. Pendant tout le temps qu'on a passé en Oklahoma, jamais il n'a fanfaronné ni pris de grands airs. En Afrique, il commandait des panzers et on le surnommait le *Scharfrichter*[1], le pourfendeur de tanks britanniques. Walter, ce qu'Otto veut à tout prix, en ce moment, c'est avoir à nouveau le sentiment d'être en guerre. Voilà ce qu'il est : un guerrier. Il veut revivre l'excitation qu'il a connue en écrasant la Pologne. Il veut voir des immeubles entiers réduits à néant par les raids aériens de la Luftwaffe. Tu dis que rien de tel n'a eu lieu, que tu attends toujours les bombardiers. Je ne sais pas, peut-être qu'il a besoin de matraquer un pauvre type et de le cogner jusqu'à ce qu'il en perde connaissance. Ça, il en serait bien capable, simplement parce que sa frustration l'aura mené au bord de la folie. Et si la police l'arrête, il parle. Il parle, c'est garanti. J'espère qu'une promenade à Detroit pourra relâcher la tension, lui montrer comment les Américains vivent, pour qu'il se rende compte à quel point nous leur ressemblons.

Walter Schoen clignait des yeux à nouveau, rempli de perplexité :

– Parce que tu penses vraiment que c'est le cas ?

Quelque chose d'étrange arrivait à Walter depuis six mois : des gens venaient lui demander son aide.

Ça avait commencé par Rudi et Madi, soixante-quinze ans chacun, de bons Allemands, mais ruinés, restés sans le sou quand leur maison avait brûlé de fond en comble. Ça s'était passé dans le quartier noir de Detroit, le Black Bottom. Rudi

1. Littéralement, « le bourreau ».

disait que c'étaient des Nègres qui avaient mis le feu à la maison pour les forcer à partir. Madi, elle, disait que c'était Rudi, avec sa manie de fumer des cigarettes tout en buvant du whisky jusqu'à l'évanouissement. Walter n'avait pas eu le choix : ils étaient parents, car Madi était sa tante, une des sœurs de son père. Il les avait conduits à Grand River, sur la propriété qu'il avait achetée aux enchères, et leur avait dit qu'ils pouvaient y vivre et subvenir à leurs besoins en élevant des poules, en plantant un jardin potager, en voyant si les pommes du verger valaient quelque chose sur le marché. Il leur avait dit qu'il les verrait quand il aurait installé son abattoir domestique et qu'il serait sur place pour superviser l'abattage des bêtes.

Il avait travaillé à l'aménagement de la grange, en avait équipé l'intérieur de glissières et de crochets pour en faire un abattoir. Il en était à daller le sol et à installer des trous d'écoulement, quand le suivant était apparu : le frère de Honey en personne, nom de nom, qui entrait dans sa boutique, lui tendait la main par-dessus le comptoir en se présentant, Darcy Deal.

– J'ai toujours voulu vous rencontrer, Walter, mais la cinglée qui me sert de sœur vous a faussé compagnie avant que je puisse le faire. Vous savez, vous êtes dans une branche que je connais bien. Dès que j'ai été libéré de prison, où ils m'avaient collé pour distillation sauvage de gnôle et où j'ai appris à découper la viande, j'ai eu cette idée. Alors je suis venu vous voir sans traîner avec une proposition juteuse. Vous êtes prêt ? Je vous apporte toute la viande que vous pensez pouvoir vendre et je vous la donne gratis, vous n'avez pas à débourser un centime. Combien vous payez en ce moment pour du bœuf, dans les dix-sept dollars les cent livres ? Ce que je vous propose, ça vous coûtera pas un rond. Je vous apporte des bœufs dépiautés, saignés, conservés dans de la glace. Tout ce qu'il vous reste à faire, c'est découper des steaks, les vendre, et on partage nos gains moitié moitié.

– Et d'où vous sortez cette viande que vous proposez gratuitement ?

– Des champs. Je vole des vaches.

Walter demanda au frère de Honey s'il avait connaissance des règles et du rationnement imposés par le gouvernement sur la vente de la viande. La marchandise devait être inspectée pour accord avant que les autorités y appliquent leur tampon.

– Bon Dieu, vous comprenez donc pas ce que je vous propose ? On les emmerde, les autorités ! Je vous offre toute la viande que vous voulez pour que vous la vendiez au prix qui vous chante, pas à celui que les autorités prescrivent. Vous la vendez sans que vos clients aient à utiliser de tickets de rationnement. Vous avez pas des amis allemands qui crèveraient d'envie de poser sur la table un bon gros rôti braisé tous les dimanches ? Vous êtes pas fatigué qu'on vous dise comment faire tourner votre affaire ? Qu'il y ait des jours où vous avez même pas de viande à vendre ?

– Vous enfreignez la loi.

– Sans blague !

– Vous risquez la prison.

– Je connais déjà. Vous la voulez, cette viande, oui ou non ?

– Comment vous tuez la bête ?

– Je l'abats d'une balle entre les deux yeux avec un calibre 45. Elle jette la tête en arrière, elle vous regarde en louchant, et elle s'écroule.

– Vous êtes sérieux ?

– Est-ce qu'il faut pas que les vaches soient mortes pour qu'on les dépiaute ?

– Je pourrais vous montrer un procédé qui ne détruit pas la cervelle.

– Donc le marché est conclu ?

C'était tentant. Ça permettait non seulement de gagner de l'argent, mais aussi de prendre soin de Vera Mezwa et du Dr Taylor. Et d'envoyer quelques doubles faux-filets à Joe Aubrey.

– Mais je ne vous connais pas.

– Qu'est-ce que vous racontez, bon Dieu ? On a été beau-frères, merde. Je vous ai fait confiance, pour ma sœur, non ? Si vous l'aviez frappée, je me serais radiné et je vous aurais cassé la mâchoire. Non, vous et moi, on n'a pas de souci à se faire. On marche ensemble. La seule différence entre nous, c'est que vous êtes un Boche et moi un Américain.

– Eh bien... fit Walter avant de demander si Darcy avait vu sa sœur ou s'il lui avait parlé récemment.

Il était rempli de curiosité, il se posait des questions sur ce qu'elle devenait, ce qu'elle faisait.

– Je l'ai ni vue ni appelée, pour l'instant. Je passerai un de ces jours, je lui ferai la surprise.

– Ah, vous savez où elle habite ?

Et maintenant, ceux qui avaient le plus besoin de son aide étaient là, au plus mauvais moment. Ou peut-être était-ce le meilleur, s'ils devaient jouer un rôle dans sa destinée ?

Les officiers de l'Afrika Korps avaient pénétré dans sa boutique, et il avait immédiatement reconnu Jurgen qui, depuis 1935, avait gardé sa jeunesse et souriait, toujours aussi beau garçon que dix ans plus tôt. L'envie avait pris Walter de le serrer dans ses bras... enfin, de l'agripper aux épaules dans un geste viril et de glisser un bras pour lui tapoter le dos. De lui demander pourquoi il avait cessé d'écrire, après la Pologne. Ah, et cet Otto Penzler, le Waffen-SS, qui appartenait à cette troupe d'élite qui avait préféré combattre plutôt que d'entasser des juifs dans des wagons de marchandises.

– Commandant, avait-il dit à Otto, votre maintien vous trahit. Au moment même où vous avez franchi cette porte, j'ai su que vous étiez *Schutzstaffeln*, prêt à vous débarrasser de votre costume, qui, à l'évidence, a été grossièrement confectionné à partir d'un uniforme.

Walter s'était arrêté. Il ne voulait pas avoir l'air de critiquer le vêtement, fabriqué sous la contrainte dans un camp de prisonniers, et il avait ajouté :

– Même si je dois bien reconnaître que ce costume vous a été utile. Il vous a permis d'arriver ici incognito ?

Qu'ils logent à l'étage n'était pas envisageable. Non, en ce jour d'octobre où ils étaient entrés dans la boucherie, il avait immédiatement su qu'il les conduirait à la ferme et qu'il les y laisserait le temps nécessaire pour qu'ils décident de ce qu'ils feraient après.

À moins que ce soit le destin qui les ait envoyés. Pas pour que Walter les aide, *eux*. Non, l'inverse. Pour qu'ils l'aident, *lui*. Et pourquoi pas ?

Il pouvait très bien leur expliquer qui il était et ce qu'il projetait sans trahir toute l'entreprise. Leur raconter son lien mystérieux avec Heinrich Himmler et leurs rôles dans l'histoire du Reich, leurs destinées respectives. Celle de Himmler leur était familière. À l'heure qu'il était, il avait probablement débarrassé l'Europe du plus grand nombre de ses juifs, et il était le successeur logique d'Hitler. Walter, qui pendant ce temps-là contemplait sa destinée les yeux mi-clos, savait qu'il ne s'attaquerait pas au problème juif. La presse américaine faisait de Himmler le portrait de l'homme le plus détesté au monde. Parmi les connaissances de Walter, même des gens ouvertement antisémites disaient que ça les soulagerait énormément si les juifs allaient ailleurs. On parlait de les envoyer tous vivre sur l'île de Madagascar. Mais on n'extermine pas ainsi une race entière. Nous sommes chrétiens, les juifs sont notre croix. Ils sont arrivistes, insolents, ils se croient intelligents, ils se garent en double file devant leurs boutiques de traiteurs de la Douzième Rue, sans parler de celles de Linwood Avenue, et nous, que faisons-nous ? Absolument rien. Nous nous contentons de les tourner en ridicule. Il y a toujours quelqu'un pour dire : oui, mais ce sont eux qui réalisent les films qu'on va voir. Pas Walter, en tout cas. Le dernier film qu'il ait vu était *Autant en emporte le vent*. Il avait trouvé Clark Gable bon en briseur de blocus, mais le reste du film était une perte de temps. Il avait bien mieux à faire : il lui fallait travailler à devenir aussi célèbre que Himmler, peut-être même un martyr de la cause nazie. Il s'était finalement décidé à exposer son projet à Otto et Jurgen. C'était ce qu'il fallait faire, ça tombait sous le sens. Ils étaient officiers de l'Afrika Korps, par conséquent eux-mêmes des héros. Il leur dirait qu'ils étaient les seuls au monde à être informés de l'événement avant sa réalisation.

Les seuls, à l'exception de Joe Aubrey, son ami qui était dans la restauration et possédait une chaîne d'enseignes Mr. Joe's Rib Joint en Géorgie, qui marchaient très bien. Encore que, récemment, des soldats noirs venus du Nord « l'aient pris de haut », pour reprendre les mots de Joe : ils entraient et exigeaient d'être servis, ce qui l'avait amené à envisager de vendre sa chaîne de restaurants. Joe possédait un avion, un Cessna monomoteur qu'il pilotait jusqu'à Detroit, et il emmenait volontiers Walter en balade pour lui montrer comment utiliser les commandes. Walter en était venu à considérer Joe Aubrey comme son meilleur ami. C'était un Américain qui n'avait jamais cessé de témoigner de la sympathie à la cause nazie. Il montait à Detroit en avion et emmenait Walter faire des loopings, il survolait la ville, descendait en piqué pour passer sous le pont Ambassadeur et en sortait au-dessus du Canada. Walter disait alors à son ami Joe Aubrey :

– Quel dommage que tu ne sois pas dans la Luftwaffe ! Tu serais un as depuis longtemps.

Joe Aubrey se disait qu'il savait ce que Walter avait en tête, mais n'avait pas la moindre idée de la façon dont il comptait s'y prendre pour atteindre son but. La perspective l'excitait beaucoup.

– Bon sang, Walter, j'ai hâte d'y être.

On était quoi, aujourd'hui ? Le 8 avril. Encore douze jours à tenir.

7

Ils sortirent de la cuisine par la porte de derrière, tandis que Jurgen disait :

– Je lui ai dit que tu deviendrais fou et que tu t'enfuirais si on ne te laissait pas sortir de cette maison.

– L'enfermement, ici, répondit Otto, c'est pire qu'au camp, avec Walter qui est terrorisé à l'idée que quelqu'un nous reconnaisse. Je ne vois pas comment ça pourrait arriver, vu les photos de nous qu'ils ont à la poste.

– Je lui ai dit que tu voulais aller voir les prouesses de nos bombardiers.

– Ce dont je crève d'envie, c'est de quitter cet endroit pour trouver quelque chose à faire en attendant la fin de la guerre. Et j'aimerais parler allemand, ce que tu refuses. Tu es devenu tellement américain.

– Tu parles allemand avec Madi et Rudi.

– Ouais, on discute de poulets.

– Monte à l'avant avec Walter, il adore parler allemand.

– Walter ne fait pas la conversation, il tient des discours. Il dit que la plus grande attaque d'envergure dans l'histoire de la guerre moderne, notre contre-offensive, a été stoppée. Ce qu'ils appellent la Bataille des Ardennes. D'accord, on a été repoussés, mais on n'a pas perdu la guerre pour autant.

– Pas tant que le feu du national-socialisme brûle en nous, ajouta Jurgen en reprenant la phrase au vol.

– Walter dit « brûle dans nos poitrines ».

– Il pense qu'on pourrait avoir envie de voir une exposition de souvenirs de guerre chez Hudson, un grand magasin du centre.

– Des armes à feu et des sabres de samouraïs ?

– La camelote habituelle que les Américains ramènent à la maison pour montrer qu'ils ont fait la guerre. Ou ce qu'ils ont acheté à quelqu'un qui y était si eux n'y étaient pas. Des casques avec des trous laissés par des balles. Peut-être que tu verras la Croix de fer que les Yankees t'ont volée. Walter a dit qu'il nous déposerait et reviendrait nous chercher quelques heures plus tard. Je suppose que tu as compris, depuis le temps, que c'est un trouillard. Son ticket pour la célébrité, c'est sa ressemblance avec Himmler.

– Et il se prend au sérieux, avec ça. Quand il met son pince-nez, on dirait vraiment le jumeau de l'autre malade. Il est aussi fou que Heinrich mais pas aussi dangereux. Il voudrait tellement être un vrai nazi, et je ne peux pas l'aider. Jurgen, il faut que je fiche le camp d'ici.

Ils se dirigèrent vers l'arrière de la maison. Otto était vêtu de son nouveau costume croisé gris, le chapeau mou incliné très modérément sur le côté : costume et chapeau étaient des présents de leur hôte. Jurgen portait une veste de tweed qui avait coûté trente-neuf dollars à Walter, alors que le feutre lui était revenu à six dollars cinquante.

Lequel Walter les attendait à côté de sa conduite intérieure gris métallisé qui miroitait sous le soleil, la carrosserie toujours impeccablement lustrée. La préoccupation de Jurgen en approchant de la voiture était de trouver un moyen de se procurer un double de la clé de contact. Même si, en cas d'urgence, il pourrait toujours la faire démarrer en court-circuitant les fils d'allumage.

À Farmington, au milieu de la circulation dense du samedi dans une petite ville, Walter s'engagea sur Grand River Avenue, tout en leur disant en allemand que, jusqu'au centre de Detroit, sur une distance de trente-cinq kilomètres, le chemin était tout droit en direction du sud-est jusqu'à Woodward Avenue et le magasin Hudson. Depuis la banquette arrière, Jurgen regarda défiler des kilomètres de paysage campagnard, de prairies, de champs cultivés pour l'heure dépourvus de récolte, à la vitesse de soixante kilomètres à l'heure. Au fur et à mesure qu'ils avançaient, il y avait plus de choses à voir : des stations-service et quelques boutiques, puis des magasins de voitures d'occasion quand ils dépassèrent Eight Mile Road, qui marquait les limites de la ville. Pendant ce temps, Walter expliquait le rationnement de la viande à Otto, en allemand.

Jurgen pensait que si Otto insistait pour s'en aller, il lui faudrait l'accompagner, l'empêcher d'avoir des ennuis, à condition que pareille chose soit possible. Ou encore, le laisser partir et cesser de s'inquiéter à son sujet. Mais avant tout, essayer au moins de le convaincre de rester là jusqu'à la fin de la guerre. Quand il arrêta de réfléchir, il entendit ce que Walter racontait à Otto, et prêta l'oreille.

Il expliquait que les États-Unis produisaient vingt-cinq millions de livres de viande par an, que les forces armées et leurs alliés, l'Angleterre et la Russie, en recevaient huit millions, ce qui en laissait dix-sept pour les cent vingt et un millions de mangeurs de viande des États-Unis, soit deux livres et demie par mangeur de viande par semaine, si on comptait une demi-part pour un enfant ou un malade. Walter ajouta :

– La devise qui régit la vie du boucher, c'est : « Tu la vends ou tu la sens. » La viande pourrit. Qu'est-ce qui se passe si on garde la viande pour les bons clients et qu'ils ne viennent pas ? Il n'y a plus qu'à la jeter. Il faut vendre sur la base du « premier arrivé, premier servi ». Mais si on a suffisamment de viande aux États-Unis pour que chacun puisse en avoir deux livres et demie par semaine, pourquoi y a-t-il du rationnement ? Parce que quand les sous-marins allemands touchent et coulent des vaisseaux transportant de la viande, les centaines de milliers de livres qui vont alimenter les troupes en Europe, il faut en renvoyer. Et où est-ce qu'ils la prennent ? Sur les dix-sept millions qui devaient revenir aux boucheries, et alors je n'ai plus qu'à mettre dans ma vitrine l'écriteau : PAS DE VIANDE AUJOURD'HUI. Le gouvernement ne révélera jamais que ce sont les sous-marins allemands qui sont responsables du rationnement ; c'est un secret de guerre. Et ça devient un mystère pour les mangeurs de viande. Ils se lamentent et ils s'écrient : « Pourquoi il n'y a pas de viande pour nous ? Pourquoi on donne notre viande aux Russes ? »

Il poursuivit, toujours à l'intention d'Otto :

– Allez dans un restaurant de qualité ou dans un night-club et commandez un steak. Et si je vous dis qu'il vous en coûtera jusqu'à sept dollars, ne vous évanouissez pas. Vous croyez que les gens sont prêts à payer aussi cher pour un steak chateaubriand ? Eh bien oui, parce qu'il y en a beaucoup qui gagnent un tas d'argent à travailler dans les usines de guerre. Certains mangent au restaurant trois fois par jour. On peut trouver de la viande au marché noir presque partout. Un morceau de paleron rôti au prix plafonné de trente et un cents la livre ? Eh bien, peut-être qu'on sera prêt à payer soixante-quinze cents la livre si on veut vraiment l'avoir. Si on paye le prix, pas besoin de donner au boucher un ticket de son carnet de rationnement. Les gens ne trouvent pas que ce soit mal d'acheter de la viande au marché noir. C'était la même chose pendant la prohibition : ils buvaient de l'alcool de contrebande parce que ça ne regardait pas le gouvernement qu'ils boivent ou pas.

– Qu'est-ce qui se passe si on se fait prendre en vendant de la viande au marché noir ? demanda Jurgen.

Il vit Walter jeter un coup d'œil dans son rétroviseur intérieur.

– Le gouvernement vous sanctionne, il vous force à arrêter les affaires pour un moment, trente jours, soixante jours. S'ils le veulent, ils peuvent vous forcer à fermer boutique jusqu'à la fin de la guerre.

Walter s'adressait en allemand à Otto, et en anglais à Jurgen.

Il remonta Grand River Avenue sur toute sa longueur, s'arrêta au feu de Woodward. Le centre-ville leur tendait les bras : des grappes de piétons qui traversaient dans les deux sens devant la voiture, des gens qui attendaient le bus au bord du trottoir ou le tram dans des zones sécurisées au milieu de l'avenue. Walter dit en anglais :

– Là-bas, ce que vous voyez, c'est le magasin de la J.L. Hudson Company, je crois que c'est le deuxième plus grand de ce genre au monde. Vous remarquerez qu'il occupe tout le pâté de maisons. Quand le feu passera au vert, je vous déposerai au coin de la rue, à l'endroit où vous voyez l'horloge, au-dessus de l'entrée du Kerns, un autre grand magasin, même s'il ne peut pas rivaliser avec Hudson. Et dans exactement deux heures, je repasserai. Arrangez-vous pour être tous les deux ici à m'attendre, s'il vous plaît. Sous l'horloge.

Il ajouta à l'intention de Jurgen :

– Entre dans le magasin et demande où se trouve l'exposition de souvenirs de la guerre. C'est toi qui demandes, pas Otto. D'accord ?

Ils déambulèrent au milieu des rayons cosmétiques et parfums, mercerie, bijoux de pacotille, gants et ceintures pour femmes, et ils en étaient au rayon parapluies, qui se trouvait face à celui des cols, cravates et bretelles pour hommes, de l'autre côté de l'allée centrale, quand Jurgen s'arrêta.

– C'est là, dit-il en levant le nez vers l'affiche placardée sur la colonne carrée et blanche qui s'élevait au-dessus du présentoir où étaient disposés les nœuds papillons.

Otto regardait maintenant.

NE MANQUEZ PAS
L'EXPOSITION DE SOUVENIRS DE GUERRE
ORGANISÉE PAR LE *DETROIT NEWS*
ET J.L. HUDSON
Dans l'Auditorium au 11ᵉ étage !

– Regarde-moi ces fanfarons, dit Otto en allemand. Regarde comme ils sont fiers de faire parade de ce qu'ils ont volé sur les cadavres de nos camarades.

Jurgen tourna la tête et vit une vendeuse du rayon gants et ceintures pour femmes qui les regardait. Il était impossible qu'elle ait entendu Otto, mais cela se produirait inévitablement s'il continuait à palabrer en allemand.

– Tu sais épeler le mot emmerdeur ? Tant mieux, parce que tu te comportes pas autrement, une fois de plus. Si tu n'as pas envie de voir les souvenirs de guerre, dis-le-moi en anglais. Je m'en fiche pas mal, moi, de les voir.

– J'aimerais boire un whisky, un double, et manger dans un bon restaurant. Mes besoins sont simples.

– Reste là, dit Jurgen avant de s'avancer vers le rayon où la fille vendait des gants et des ceintures.

Otto regarda Jurgen lui parler. Elle ouvrit grands les yeux pour montrer à son interlocuteur qu'elle l'écoutait et qu'elle répondrait à sa question, et il se disait qu'il aurait bien l'usage d'une fille de ce genre pour trouver un peu de réconfort. Elle lui sourirait, lui caresserait le visage, lui dirait qu'elle était prête à faire n'importe quoi pour lui, vraiment n'importe quoi. Il n'avait pas été avec une femme depuis plus de deux ans, depuis l'Italienne de Benghazi.

Jurgen revenait vers lui. Otto attendit, et Jurgen déclara :

– Les restaurants sont au douzième étage. Géorgien, Early American, Pine Room. Fais ton choix.

8

Honey n'en revenait pas de la façon qu'avaient les deux hommes de poursuivre leur conversation sans lui accorder une once d'attention, Kevin Dean, l'agent du FBI, et Carl Webster, l'adjoint au marshal des États-Unis, plus vieux que Kevin, mais pas tant que ça, assis de part et d'autre de la table, et parlant d'une île qui se trouvait dans le Pacifique Sud, Los Negros, où il s'avéra qu'ils avaient servi l'un comme l'autre, mais pas au même moment. Kevin s'y était trouvé avec la Première Division de cavalerie, et n'était à terre que depuis deux jours quand il avait été grièvement blessé par une grenade japonaise. Carl y était avec une unité du Génie maritime, l'unité de maintenance du bataillon de construction 585, quand il avait été touché par balle à deux reprises. Carl reprochait à Kevin d'avoir laissé sur l'île deux Japs embusqués dans les buissons.

Honey était assise face à l'entrée du Pine Room de Hudson, rempli de clients qui déjeunaient. Pendant un moment ses yeux allèrent de l'un à l'autre au gré de la conversation. Puis elle se surprit à laisser son regard s'appesantir sur Carl, un vieux pro au visage décharné qui n'avait même pas quarante ans.

– Je ne vois pas comment vous avez pu vous faire tirer dessus : l'île était sécurisée, reprit Kevin.

– Vous savez ce qu'est un Duck[1] ? Pas celui qu'on mange, celui qu'on conduit. Ça va sur terre comme sur mer, ça ressemble à une péniche de débarquement de neuf mètres, les roues en plus. On revenait du magasin militaire de Manus, l'île principale, avec des provisions et cent cinquante caisses de bière. On met le Duck à l'eau pour une distance d'une trentaine de mètres, et nous voilà de retour sur Los Negros. Une minute plus tard il y a un tir de carabine, quatre coups provenant d'un buisson, et je suis touché. Juste là au côté, dans la partie charnue, c'était la première fois de ma vie que je prenais une balle. Les deux types qui étaient avec moi se jettent à plat ventre sur le pont. L'un d'eux, George Klein, était tombé amoureux de Lauren Bacall la nuit précédente, en regardant *Le Port de l'angoisse* projeté en seize millimètres. C'est le film dans lequel Lauren demande à Humphrey Bogart : « Tu sais comment on siffle, Steve ? », au cas où il aurait besoin d'elle pour quoi que ce soit. « Tu rapproches les lèvres, et tu souffles. » L'autre gars qui était sur le Duck, c'était un type du nom d'Elmer Whaley, qui venait de quelque part en Arkansas. Lui et moi on avait sucé des faines de hêtre ensemble pendant le trajet. J'ai été blessé et j'ai failli en avaler ma chique de tabac. Je me souviens que j'ai dit : « Les gars, ces buissons sont touffus. Faut qu'on attende que les Japs en sortent. »

– Vous étiez armés ?

– On avait des carabines.

– Au cas où vous verriez des Japs ?

– Vos gars nous avaient dit que l'île était sécurisée et on le croyait. Non, on avait emmené les carabines pour s'amuser, histoire de tirer quelques balles. Le problème, c'est qu'elles étaient à la proue. On ne pouvait pas aller les chercher sans être à découvert. Mais sur ce trajet j'avais aussi mon cali-

---

1. « Duck », dont le sens premier est « canard », désigne en langage militaire un camion amphibie.

bre 38, celui que j'ai utilisé dans l'exercice de mes fonctions ces dix-sept dernières années.

– Le calibre 38 sur un châssis de 45, avec le cran de mire limé.

– Oui, pour pouvoir le dégainer comme s'il baignait dans la graisse.

– C'était dans le livre. La même arme que celle que votre femme a utilisée pour abattre Jack Belmont quand il vous traquait.

Et, se tournant vers Honey :

– Je vous en ai parlé, vous vous souvenez ?

– Je crois, répondit-elle d'une voix qui ne paraissait pas si convaincue.

– J'ai vérifié, dit Kevin. Jack Belmont était sur la liste des criminels les plus recherchés par le FBI en 1934.

S'adressant à Carl :

– C'est lui dont le père était millionnaire ?

– Oris Belmont avait foré des puits à Glenn Pool, au sud de Tulsa, et était devenu multi-multi-millionnaire. Jack Belmont a inventé des combines délirantes dès son plus jeune âge. Il a d'abord essayé de faire chanter Oris parce qu'il avait une maîtresse. Ça n'a rien donné, alors il a mis le feu à un des réservoirs de stockage de son père, qui l'a fait jeter en prison. Quand Jack est sorti de McAlester, il s'est mis à braquer des banques, pour montrer à son père qu'il pouvait s'en sortir tout seul. Pourquoi Jack était remonté contre moi, je ne le saurai jamais, en tout cas il est venu à la propriété de mon père près d'Okmulgee pour me régler mon compte. Et ça s'est fini avec Jack qui pointait un calibre 45 sur moi à un moment où je ne le regardais même pas, et Louly, bénie soit-elle, lui a tiré dessus à trois reprises.

Honey se souvenait que Kevin lui en avait parlé, mais sans les détails, comme par exemple la raison pour laquelle c'était elle qui avait le revolver de Carl. Et n'avait-il pas dit que

Louly aurait été la petite amie de Beau Gosse Floyd ? Elle se disait qu'elle ferait peut-être bien de lire le livre sur Carl.

– Il y en a un autre que Louly a abattu, non ? demandait Kevin. Un braqueur de banques aussi, c'est bien ça ?

– Oui, Joe Young, celui qu'ils surnommaient Booger. Il était censé avoir appartenu au gang de Beau Gosse Floyd, c'est ce qu'il disait à Louly, mais ça n'a jamais été le cas. Louly s'est trouvée avec Joe Young dans un motel le jour où on est arrivés pour l'arrêter.

Honey pensait dans sa tête : Minute papillon, elle s'est *trouvée* être là avec Booger ?

– Il a ouvert le feu sur nous, parce qu'il ne voulait pas retourner en prison. On a riposté, et il y a eu un échange de coups de feu. Louly était à l'intérieur avec lui, impliquée dans une fusillade qui ne la concernait en rien. Elle a compris qu'il y avait de fortes chances qu'elle soit abattue, vu que des balles transperçaient la porte et les fenêtres. Tandis que j'essayais de dire aux flics de la police locale de cesser le feu, elle a sorti un revolver de son sac en crochet et a abattu Joe Young, ce qui a réglé les choses pour lui une bonne fois pour toutes.

– Elle portait une arme sur elle ?

– C'en était une que Joe lui avait donnée. Il lui avait dit qu'il allait lui montrer comment braquer une banque.

Honey pensait : Et moi, je devrais avaler ça ?

– Je lui ai dit, après, que l'Association des banquiers de l'Oklahoma était prête à lui donner un chèque de récompense de cinq cents dollars pour avoir mis son copain hors d'état de nuire. Elle m'a répondu que Joe n'avait jamais été son copain, mais elle a admis qu'elle avait le béguin pour Beau Gosse Floyd. Elle l'a rencontré quand elle était encore gamine, le jour où il s'est marié avec sa cousine Ruby. Puis elle lui a écrit quand il purgeait sa peine à Jeff City. Elle avait inventé une histoire selon laquelle Joe Young avait volé la Ford Modèle A de son beau-père et l'avait enlevée pour l'emmener au motel. Je lui ai dit que si elle s'en tenait à cette histoire elle n'irait pas en prison. Mais les journaux ont monté la chose en épingle : « Une fille de Sallisaw abat son ravisseur ». Les reporters se sont mis à interviewer Louly, ils voulaient entendre sa version des faits, et avant qu'elle ait le temps de se retourner, les gros titres étaient devenus : « La petite amie de Beau Gosse abat un criminel enragé ». Au bout d'un moment, elle s'est fatiguée des gens qui pensaient qu'elle était la chérie de Beau Gosse et qui l'importunaient en permanence, alors ça lui a passé.

– Et vous l'avez épousée.

– Pas avant qu'elle grandisse un peu. Maintenant elle est dans les Marines, elle apprend à la bleusaille à tirer avec une mitraillette Browning.

– Vous nous avez laissés alors que vous étiez toujours sur le Duck.

– J'entends le Jap approcher dans le sous-bois, et je vois un visage asiatique coiffé d'une casquette sale apparaître au-dessus du plat-bord. J'appuie sur la détente au moment où il lève son arme. On croyait que c'était un tireur isolé, mais voilà qu'il y en a un autre qui pointe sa carabine sur moi, visage pressé contre la crosse. Je lui ai tiré dessus à peu près une seconde avant qu'il fasse feu et ça l'a projeté en arrière. Il m'a touché à la jambe au lieu de m'atteindre entre les deux yeux.

– Et ça vous a réexpédié chez vous ?

– Quand c'est arrivé, j'avais déjà servi mon pays, j'avais un tatouage et une Purple Heart, dit-il avant de se tourner vers Kevin. Ils ont dû vous en donner une, à vous aussi.

– Effectivement, j'en ai eu une. Après, j'ai été invité à suivre la formation du FBI.

– Et c'est tout, ils ne vous ont pas octroyé de médaille ?

– Pas pour avoir échoué dans un hôpital de l'Administration des anciens combattants.

– Moi, ils m'ont donné une Navy Cross, pour avoir éliminé les deux Japs. Je crois que c'est parce qu'à ce moment-là c'était le calme plat, puisque l'île, comme vous ne cessez pas de me le dire, était sécurisée.

Carl manqua le regard impuissant de Kevin. Il s'était tourné vers Honey Deal.

– J'ai hâte de vous entendre me parler de Walter.

Elle aima ses yeux, et sa façon de la regarder, qui n'avait rien à voir avec celle de Walter.

– Si vous en avez terminé avec vos histoires d'anciens combattants, dit-elle, on pourrait commander ? Il va falloir que je retourne à mon boulot de vendeuse, que j'affiche à nouveau mon sourire.

– J'espérais qu'on aurait le temps de parler, remarqua Carl.

– Je pourrais vous retrouver après le travail autour d'un verre, répondit-elle.

Elle vit une lueur s'allumer dans les doux yeux bruns du marshal.

– Dites-moi quand vous avez vu Walter pour la dernière fois.

– Le jour où je suis partie, le 9 novembre 1939.

– Vous pensez à lui ?

– Presque jamais.

– Vous voulez m'accompagner quand j'irai le voir ?

Elle en resta bouche bée. Elle imagina Walter ouvrir la porte avec son regard fixe, et la voilà qui débarque à nouveau dans sa vie. Il a l'air abasourdi. Enfin, au moins, un peu perdu.

– Vous êtes sérieux ? demanda la jeune femme qui avait envie de sourire mais se retint. Et je ferais quoi, je vous présenterais ?

– Je pense que votre présence le rendra nerveux. Moi, je le ferai parler, je lui poserai des questions. Vous, vous regarderez, et vous interviendrez quand vous pensez qu'il ment.

– Et moi, je suis là aussi, non ? intervint Kevin.

– Le seul problème, si vous êtes avec nous, dit Carl, c'est que Walter vous a déjà dit qu'il n'avait jamais posé les yeux sur Jurgen et Otto, et il s'en tiendra à cette version, parce qu'il comprendra que c'est pour ça que je viens lui parler. Ce que je veux, c'est en arriver aux deux Boches de manière détournée et le prendre par surprise, l'amener à reconnaître les choses avant même qu'il s'en rende compte, sous le regard de Honey qui le mettra mal à l'aise. Mais vous pouvez m'être utile en découvrant si Walter est à la boucherie ou à la ferme.

Elle regarda Kevin, qui ne savait pas s'il devait se mettre à pleurer ou réagir en agent fédéral chevronné, le pauvre. Il se raccrocha à la mission à remplir et dit à Carl :

– Mais vous ne connaissez pas du tout la région.

– Je sais où se trouve la boucherie, intervint Honey. Donnez-moi l'adresse de la ferme et je veillerai à ce que Carl y parvienne.

– D'accord, dit Kevin en regardant le marshal. Très bien. Si c'est comme ça que vous voulez organiser les choses.

Il encaissait comme un homme, pensa Honey en regardant Carl, avec l'envie de lui dire : « On fait un joli tandem, non ? » Mais elle se contenta de demander :

– On déjeune, oui ou non ?

Carl commanda un pâté en croûte au poulet.

Kevin demanda à la serveuse s'il pouvait prendre une soupe canadienne au fromage et, disons, un sandwich club, au pain grillé, mais sans mayonnaise.

Honey avait faim mais arrêta son choix sur une salade mauricienne… pour le moment. Elle se voyait bien tenir compagnie à Carl jusqu'à son retour en Oklahoma.

9

L'ascenseur s'arrêta deux fois en montant afin que des clients puissent s'y engouffrer, et Otto et Jurgen se retrouvèrent pressés contre le fond de la cabine avant d'avoir atteint le douzième étage. Otto attendit que la cohue qui l'empêchait de passer sorte de l'ascenseur. Tous savaient où ils allaient, ils avaient un but précis, à l'exception des deux vieilles dames juste devant lui. Il vit l'entrée grande ouverte d'un restaurant, des gens assis à des tables dressées en rang jusqu'à des baies qui laissaient entrer la lumière du soleil, et il se dit qu'il aimerait avoir une table au fond là-bas, pour pouvoir regarder la ville en contrebas, les tramways et la foule, dans laquelle on apercevait des uniformes, mais pas en si grand nombre que ça. Cette ville avait un surnom : l'Arsenal de la Démocratie. Ah bon ? Il ne voyait rien qui puisse laisser deviner que ces gens étaient en guerre. Jurgen était sorti de l'ascenseur et Otto le vit discuter avec l'hôtesse. Les deux vieilles dames parvinrent à se frayer un chemin hors de la cabine, puis s'arrêtèrent, et Otto fit de même. Il vit Jurgen passer en revue l'ensemble des tables en compagnie de l'hôtesse qui pointait son stylo. Elle avait belle allure, les cheveux soignés… Jurgen se retourna, regarda dans la direction d'Otto, vers l'ascenseur, puis il leva la main en l'air pour lui dire *Halt*, tout en secouant la tête. Otto fit demi-tour et remonta dans la cabine. Jurgen avait repéré quelqu'un qu'il ne s'attendait pas à voir, qu'il ne *voulait* pas voir, et c'était suffisant. Il revenait avec un visage, une expression, qui n'indiquaient rien à Otto. Les deux vieilles dames lui bloquèrent le passage, ce dont Otto se rendit compte depuis la cabine de l'ascenseur, alors que les portes se refermaient et que la Négresse tournait la poignée circulaire et disait, tandis que la cabine s'élevait :

– Treizième étage : les salons de beauté, le salon Gloire à l'Amérique de Hudson, le salon de coiffure de la Direction, le bureau de l'emploi, la cafétéria des employés, et l'hôpital de la J.L. Hudson Company.

– Où sont les livres ? lui demanda Otto.

Sur la mezzanine, il y avait des tables entières recouvertes de livres, presque tous d'auteurs américains. Otto n'avait pas de mal à l'accepter car il pensait que les Américains publiaient la plus grande variété de livres que l'on puisse lire, toutes langues confondues, des romans aux genres divers écrits par des auteurs qui savaient tenir un lecteur en haleine. L'un de ses préférés parlait de ce gentleman très sûr de lui qui appelait son ami « vieux frère[1] ». Il appréciait également l'écrivain qui racontait sans les enjoliver des histoires qui se passaient en Espagne ou en Afrique, pas l'Afrique du Nord, mais l'Afrique de l'Est, là où cet Américain, un homme au corps d'athlète parti en safari avec sa femme, « détalait comme un lapin » devant un lion adulte blessé qui fonçait sur lui. Jurgen et lui avaient tous deux lu cette histoire quand ils étaient au camp de prisonniers dans l'Oklahoma. Jurgen n'avait pas compris que la femme se tourne vers le pauvre bougre et lui jette des insultes au visage. « C'est parce qu'il

1. *The Great Gatsby*, de F. Scott Fitzgerald.

s'est conduit en poule mouillée », avait expliqué Otto. « Mais ce n'était pas son boulot, de tuer des lions », avait objecté Jurgen. Otto se souvenait de lui avoir dit : « Que lui dit leur guide blanc au froid regard bleu ? "En Afrique, aucune femme ne manque jamais son lion, et aucun homme blanc ne prend ses jambes à son cou." » Otto aimait le fait que la femme utilise la couardise de son mari comme prétexte pour coucher avec le guide de chasse blanc, Robert Wilson, qui amenait toujours un lit de camp à deux places lors de ces excursions, car il anticipait l'étrange conduite des femmes américaines. Otto aimait les armes aussi, le gros calibre 505 Gibbs de Robert Wilson, et le calibre Mannlicher 6,5 que la femme utilisait contre son mari après qu'il se fut racheté et qu'elle eut compris qu'elle l'avait perdu, tuant Francis Macomber d'une balle « deux pouces au-dessus de la base du crâne, un peu sur le côté[1] ». Otto l'appelait Margot. Il se voyait très bien prendre un verre avec Margot, lui sourire, lui porter un toast.

Il approcha d'une table chargée d'exemplaires vert et or d'un livre intitulé *Ambre*[2]. Sur certains d'entre eux, dressés verticalement sur la table, la femme de la couverture le regardait, lui montrant des épaules nues, mais pas grand-chose en guise de poitrine. Il prit soudain conscience qu'une autre femme, de l'autre côté de la table, l'observait tandis qu'il avait les yeux posés sur celle de la couverture, qui devait être Ambre, en dépit des bouclettes blondes qui lui donnaient un air d'innocence.

– Ambre Saint Claire, dit la femme qui se trouvait de l'autre côté de la table avant de commencer à réciter, « se sert de son esprit, de sa beauté et de son courage pour...

1. *The Short Happy Life of Francis Macomber* de Ernest Hemingway.
2. Roman de Kathleen Winsor, 1944.

disons, devenir la maîtresse en titre du “joyeux” monarque, Charles II ».

Otto leva les yeux vers cette femme, qui n’était pas en vert mais en tailleur-pantalon noir, jeune, bien plus intéressante que celle de la couverture. Et qui avait une idée en tête.

– Est-ce que l’intrigue est bonne ? demanda Otto.

Elle ne marqua pas d’hésitation en entendant son accent.

– Il a été interdit à Boston, et vous ne l’avez pas lu ?

– Non, répondit Otto en lui souriant.

Il se sentait bien et ne pouvait s’empêcher de sourire.

Elle portait des lunettes rondes cerclées de fines montures noires, du brillant à lèvres rouge, pas de bijoux, et pas de chemisier sous la fine, très fine veste de tailleur dont il savait qu’elle avait coûté cher. Elle était grande, encore très jeune quoiqu’elle n’ait pas du tout l’air d’une fillette, avec une chevelure sombre et bien tenue qui lui arrivait à l’épaule. Il aima le raffinement naturel de cette fille, dont il pensait qu’elle avait quelque chose en tête.

– Êtes-vous un inconditionnel de Vicky Baum ? demanda-t-elle. Elle vient de sortir *Once in Vienna...*

– Je ne crois pas avoir jamais lu de livre écrit par quelqu’un qui s’appelle Vicki.

Il la regarda repousser ses cheveux du bout de ses doigts aux ongles vernis de rouge brillant, puis rejeter sa chevelure en arrière, et il aima sa façon de le faire, même si ce n’était qu’un geste. Il la vit se retourner pour prendre un livre sur une table avant de lui dire :

– Que diriez-vous de *Reeducating Germany*, de Werner Richter ? Vous connaissez Richter ?

– République de Weimar, avant l’époque nazie, il y a longtemps. Dites-moi comment vous vous appelez.

– Aviva Friedman.

– Vraiment ? Vous êtes une juive ?

– Et vous un Boche, un nazi ?

– Je suis un officier SS, déclara Otto que l'envie de sourire démangeait.

– Oh mon Dieu, fit Aviva.

Il souriait maintenant parce qu'il se sentait bien, de savoir qu'il pouvait parler avec cette femme, cette fille qui avait quelque chose en tête.

– Vous me faites penser à une femme que j'ai connue à Benghazi. Elle était italienne.

Il sourit à nouveau avant d'ôter son chapeau qu'il posa sur deux exemplaires d'*Ambre*.

– J'étais amoureux d'elle, poursuivit-il.

– C'est dans l'ordre des choses, dit Aviva. Ils sont dans votre camp, les Italiens.

– Pour ce que ça peut nous aider.

– Vous avez l'air beaucoup plus jeune sans le chapeau.

– Mais je *suis* jeune, et libre, fit Otto en consultant sa montre, en tout cas pendant l'heure et demie qui vient. Après, je serai reconduit et invité à ne pas mettre le nez dehors.

Elle continuait à le dévisager.

– Vous êtes un prisonnier de guerre allemand.

– Et si vous le dites à quelqu'un, je vous lance la Gestapo aux trousses. Je vous ai dit que j'étais officier de la SS.

– Est-ce que vous avez envoyé des gens dans les camps de la mort ?

– J'étais en Afrique du Nord avec Rommel. Je commandais des tanks.

– La fille italienne à qui vous trouvez que je ressemble, c'est là que vous l'avez rencontrée ?

– Oui, en Libye. Elle était infirmière à l'hôpital. Elle m'a posé un pansement sur la poitrine, où j'avais été brûlé, et je suis tombé amoureux d'elle.

– Vous êtes comme… comment s'appelle-t-il déjà… le héros de *L'Adieu aux armes.*

– Frederic Henry. Vous êtes sûre que vous n'êtes pas italienne ?

– Vous savez que dans la réalité, l'infirmière n'était pas anglaise, comme dans le livre.

– Non, je crois qu'elle était polonaise.

– Je crois que j'ai trouvé ce qui vous plairait : *Leave Her to Heaven*[1].

Mais l'instant d'après elle se reprit et dit :

– Non.

Elle se tourna à nouveau vers la table derrière elle, et en ramena un livre sur lequel il lut : *The Prisoner*, par Ernst Lothar. Elle le retourna pour parcourir la quatrième de couverture :

– « D'une tête de pont alliée en Normandie à un camp de prisonniers américain du Colorado, le récit de la perte des illusions d'un nazi. » Qu'en pensez-vous ?

– Dites-moi ce que vous avez en tête.

– J'éprouve une certaine curiosité pour ce que vous lisez, dit-elle de but en blanc.

– Pourquoi ?

– J'ai su tout de suite que vous étiez allemand. Ou peut-être devrais-je dire que je savais que vous n'étiez pas américain et que je me suis doutée que vous étiez un Boche.

– Je n'aime pas qu'on me traite de Boche.

– Je n'aime pas qu'on me traite de juive. Vous êtes quoi, luthérien ?

– À une époque, oui, je l'ai été.

– Et comment appelez-vous les femmes qui sont de cette religion-là, des luthériennes ?

– Vous marquez un point. Mais qu'est-ce que ça peut vous faire, ce que je lis ?

– Dites-moi d'abord comment vous vous appelez.

– Otto Penzler.

---

1. Roman de Ben Ames Williams (1945) tourné par John Stahl en 1946, avec Gene Tierney, sous le titre *Péché mortel*.

– Otto, je faisais la conversation, c'est tout. Vous avez plutôt belle allure. Puis j'entends votre accent, je découvre qu'en effet, vous êtes allemand, et je me dis : « Ma petite, tu devrais faire la connaissance de ce garçon. »

– Qu'est-ce qui vous fait dire que je n'ai pas l'air américain ?

– Je ne sais pas, la façon dont vous vous tenez. Vous ne vous comportez pas comme un Américain.

– Mais pourquoi avoir envie de faire ma connaissance ?

Elle donna l'impression d'avoir besoin de réfléchir à la réponse.

– Je ne vis pas ici. Mais quand je viens à Detroit, je m'arrête toujours chez Hudson. J'aime ce magasin, surtout cet étage, avec ces tables chargées de livres, des livres à perte de vue. Je suis venue à Detroit cette fois-ci pour acheter le tapuscrit d'une pièce de Bertold Brecht.

– Laquelle ?

– Vous connaissez Brecht ?

– Le dramaturge communiste.

– Il adore Marx, mais il n'a jamais eu la carte du parti. Vous connaissez son œuvre ?

– *Mère Courage et ses enfants*. J'ai vu la pièce qu'il a faite avec Kurt Weill avant qu'ils brûlent ses livres et qu'ils l'expulsent d'Allemagne, *L'Opéra de quat'sous*. Vous l'avez vu, c'est le *Threepenny Opera*. Qu'est-ce qu'il fait maintenant ?

– Il est à Hollywood, il travaille sur des films, sur *Les bourreaux meurent aussi*, de Fritz Lang, avec Brian Donlevy. Ça parle de l'assassinat de Reinhard Heydrich, l'alter ego de Himmler. Brecht a écrit l'histoire, mais pas le scénario. Quand on écrit un scénario, il y a toujours quelqu'un pour vous dire ce qu'il faut écrire, et il ne sait pas écrire sur ordre. Mais ce qui l'occupe principalement, en ce moment, c'est la préparation de sa nouvelle pièce.

Elle s'interrompit et fit le tour du présentoir chargé d'exemplaires d'*Ambre* pour se rapprocher d'Otto.

– Je peux vous faire confiance ? lui demanda-t-elle.

– Aviva, dit-il sans pouvoir s'empêcher de lui sourire, vous demandez si vous pouvez me faire confiance ? Vous pouvez faire de moi ce que vous voulez. N'appelez pas la police, et je ne lancerai pas la Gestapo à vos trousses.

– Dites-moi, ils vous ont laissé sortir pour la journée, l'après-midi ? Ne me dites pas que vous vous êtes évadé, hein ? Si je peux vous faire confiance, j'ai un travail à vous proposer. Traduire la pièce de Brecht en anglais.

– Comment elle s'appelle ?

– *The Caucasian Chalk Circle.*

– *Der kaukasische Kreidekreis*, dit Otto en marmonnant. De quoi ça parle ?

– Je n'en sais rien. C'est plus ou moins inspiré d'une pièce chinoise qui a cinq ou six cents ans, *Le Cercle de craie.*

– Brecht est de vos amis ?

– Non. Le type avec qui je traite est dans l'armée, il courait le jupon à Hollywood et il a croisé la route de Brecht. Je crois qu'il lui a vendu quelque chose. Ils prenaient un verre chez Brecht, pendant qu'une sorte de soirée s'y déroulait. Une copie de la pièce est restée posée sur la table basse toute la soirée. Brecht a fini fin saoul et il est allé se coucher.

– Oui ? fit Otto en esquissant un sourire.

– Pete n'avait pas quitté le script des yeux. Il est parti en l'emportant sous sa veste et m'a appelée depuis son hôtel. Pour me demander si ça m'intéresserait de l'acheter.

– Qu'est-ce qui l'a incité à penser que cela puisse vous intéresser ?

– Nous sommes associés. Pete est dans les transports, dans l'armée. C'est un gangster de Detroit qui, pour une raison ou une autre, s'est retrouvé incorporé. L'année qui vient de s'écouler, il m'a vendu des tableaux et des objets d'art que lui et ses gars ont fait sortir de France en douce. Sur tout le fatras que les nazis ont raflé, Pete en a arraché une bonne part de leurs griffes.

– Des œuvres d'art de valeur ?

– Certaines, oui, mais toutes sont vendables.

– C'est votre activité, vous recelez des marchandises volées ?

– Je déniche des collectionneurs qu'un simple coup d'œil sur mon catalogue fait bander. Je vends des tableaux qui étaient accrochés au Louvre à des gens qui vivent à New York et à Palm Bach, à des prix cassés. Je fais quand même un joli bénéfice et les collectionneurs me sautent au cou.

– Comment êtes-vous entrée dans ce trafic ?

– C'est mon père qui a lancé l'affaire. Il était capitaine dans la marine marchande, il est à la retraite, il a presque soixante-dix ans aujourd'hui. Je l'ai appelé pour lui demander s'il était opportun d'acheter une pièce de Brecht, une pièce encore inédite. Papa m'a dit qu'il se renseignerait auprès de bibliophiles, pour voir jusqu'où certains d'entre eux pourraient aller. Je voyais bien qu'il trouvait l'idée excitante. Il m'a dit : « Donnes-en cinq cents dollars à Pete, mais ne monte pas au-delà de mille. »

– Et vous l'avez eue pour… ?

– Deux cent cinquante. J'ai dit à Pete que nous serions ravis de lui offrir un pourcentage si nous faisions le moindre profit dessus. On joue franc jeu avec quelqu'un comme lui.

– Si vous comptez la vendre, pourquoi voulez-vous une traduction ?

– J'aimerais savoir de quoi elle traite.

– Vous risquez la prison.

– Tout ce que je vends vient d'Europe. Bonne chance à qui essaierait d'en retrouver l'origine. Les hommes de Pete font entrer la marchandise sur le territoire. Je n'y participe pas du tout.

– Et maintenant, vous rentrez chez vous ?

– Je suis en train de me dire que vous devriez venir avec moi. Vous pourriez commencer la traduction sur le bateau.

– Le bateau ? s'enquit Otto qui aimait déjà cette fille.

– Un Chris-Craft de douze mètres de long. Il est amarré au port de plaisance de Belle Isle.

– Vous avez un équipage ?

– C'est moi le capitaine. J'ai un niaqwe, excusez-moi, un Philippin qui s'occupe des amarres et qui sert à boire en livrée blanche. On descend la Detroit, on dépasse Fort Rouge et les aciéries jusqu'au lac Érié, et on est presque arrivés.

Otto souriait à Aviva et elle lui demanda :

– Vous êtes déjà allé à Cleveland ?

La première chose que Walter dit à Jurgen, qui s'installait sur le siège avant, fut :

– Où il est ?

Walter était inquiet, il cherchait le chapeau mou d'Otto dans la foule qui attendait que le feu passe au vert. Des voitures derrière eux se mirent à corner. Walter ne bougea pas. Il regarda dans le rétroviseur et lâcha :

– Silence !

Il enclencha malgré tout la première et entreprit de longer au ralenti la façade du grand magasin Hudson.

– Nous avons été séparés, dit Jurgen.

– Comment ça a pu se produire ? Vous aviez pris vos précautions ?

– Il est monté dans un ascenseur sans moi.

– Vous vous étiez disputés ?

– Les portes se sont refermées avant que je puisse monter. Il n'y a pas de raison de s'inquiéter, Walter. On va le retrouver. Fais le tour de l'immeuble, je suis sûr qu'on va le voir.

– Je savais qu'il allait se passer quelque chose de ce genre. C'est pour ça que j'étais contre cette sortie, avec en plus vos portraits affichés dans tous les bureaux de poste du pays.

– D'accord, mais est-ce qu'on a la moindre ressemblance avec ces âmes perdues ? J'espère bien que non.

Il fallut dix minutes à Walter pour achever le circuit complet après avoir longé plusieurs immeubles, à cause de panneaux qui lui interdisaient de tourner. Il s'efforçait de repérer Otto dans la foule.

– Est-ce que tu le vois ? Non, parce qu'il n'y est pas. Tu l'as perdu de vue, et maintenant il a disparu. On aura de ses nouvelles dans le journal : « Prisonnier de guerre en cavale appréhendé par la police ».

– S'il est pris, il ne parlera pas de tes projets. On sait que tu prépares quelque chose avec la séduisante Vera et le muet Dr Taylor. Pourquoi tu ne veux pas nous expliquer quoi ?

– Je peux bien te le dire, à *toi.* Mais pas en présence d'Otto. Je crains qu'il soit en train de devenir fou.

– Il l'a toujours été. C'est ça qui lui a permis d'avoir sa Croix de fer en Afrique du Nord. Je pense qu'il peut passer inaperçu, ici, avec un peu de chance. (Jurgen pensait qu'il pouvait presque tout dire à Walter.) Otto peut être très agréable, s'il a une raison valable pour ça. Je n'ai pas l'intention de me faire du souci pour lui.

Encore moins avec Carl Webster dans les parages.

Implacable Carl, qui non seulement savait que Jurgen serait à Detroit, mais qui trouvait encore le moyen de déjeuner à l'endroit exact où Otto et lui projetaient de se restaurer. Pas au Géorgien, ni au Early American, ou à la cafeteria du sous-sol dont lui avait parlé la fille de l'ascenseur… non, au Pine Room.

Carl qui se rapprochait inexorablement.

Comment s'y prenait-il ?

C'était amusant, parce que Jurgen n'avait pas été surpris de le voir assis là. Il avait sursauté sur le coup, évidemment, mais sans être autrement surpris. Il savait que Carl, tôt ou tard, serait à ses trousses.

Il s'imaginait très bien assis avec lui, à discuter comme de vieilles connaissances. Un bar serait l'endroit idéal pour ça, comme le Brass Rail devant lequel ils étaient passés en allant au magasin Hudson. Ou un night-club dont il avait vu la publicité dans le journal, Frank Barbaro's Bowery. Divertissement à volonté, baryton romantique, repas à partir d'un dollar cinquante. Et quoi d'autre ? La salle était équipée d'air conditionné, pour le confort des clients.

Un jour, après la guerre.

Mais maintenant il lui fallait ouvrir l'œil et le bon, en se demandant où Carl ferait sa prochaine apparition.

10

Carl aima la manière dont elle lui offrit un verre quand il passa la chercher : elle lui dit qu'il avait le choix, tant qu'il voulait du whisky. Il aima la silhouette qu'elle avait en pull-over et jupe noirs, et la façon dont sa jupe fendue s'ouvrit quand elle se dirigea vers la cuisine. Elle en ramena les boissons et lui offrit une Lucky, en lui disant sur un ton pince-sans-rire :

– Je suis navrée, mais il semblerait que je sois à court de faines.

Il sourit, appréciant l'intention à sa juste valeur, et la mémoire encore davantage. Elle était attentive à ce qu'il disait.

Ils étaient maintenant assis chacun à une extrémité du canapé rembourré, tous deux calés au fond du siège, leurs cocktails et leurs cigarettes à la main, jambes croisées. Carl découvrait une botte de cow-boy, d'âge vénérable mais cirée, Honey un escarpin noir tout simple qui se balançait au bout de ses orteils et révélait la cambrure de son pied. Elle lui demanda s'il portait toujours des bottes de cow-boy.

– J'en ai porté presque toute ma vie.

– Parce que vous vivez en Oklahoma ?

– Ce sont mes chaussures, c'est tout.

Il demanda si elle se sentait nerveuse à l'idée de revoir Walter.

– J'attends cette rencontre avec impatience. J'ai hâte de voir comment vous allez vous y prendre avec lui.

– Est-ce qu'il lui est arrivé d'être brutal avec vous, de ne plus se contrôler ?

– Il ne m'a jamais frappée, si c'est ce que vous vous demandez.

– Est-ce qu'il possède une arme ?

– Il avait un fusil de chasse qu'il emmenait en Géorgie, pour aller chasser les oiseaux.

– Vous ne l'accompagniez jamais ?

– Il retrouvait son ami Joe Aubrey.

– Celui de la chaîne de restaurants. J'ai lu le dossier que le bureau a sur lui. Il est propriétaire d'un avion ?

– Un Cessna. Il venait ici en avion, de Géorgie, il emmenait Walter faire un tour et il lui montrait comment actionner les commandes. C'était en 1939. Je ne sais pas s'il est venu depuis.

– Il vient voir Walter deux ou trois fois par an. Ou alors Walter prend le bus pour Griffin, au sud d'Atlanta. Ça lui épargne l'usure des pneus. Vous avez eu l'occasion de rencontrer Joe ?

– Je m'en suis bien gardée. Pour moi, c'était une saleté du même acabit que Fritz Kuhn. J'ai toujours pensé que Joe prendrait son pied à descendre quelqu'un.

– Et pourquoi ça ?

– Il déteste les gens de couleur. Je serais très étonnée qu'il n'ait pas participé à des lynchages.

– Il n'a jamais été arrêté.

– Il déteste les juifs, et ce qu'il appelle les « commonistes ».

– Et Vera Mezwa, vous la connaissez ?

– Elle n'est arrivée qu'après mon départ. Vera et le Dr Michael George Taylor. Je ne connais ni l'un ni l'autre.

– Vous pensez que ce sont des agents allemands ?

– Kevin le croit, et il en sait davantage sur eux que moi. Je pense qu'ils envisagent sérieusement de travailler pour les nazis. Ils aiment l'idée de se saluer mutuellement par des *Sieg Heil*, et ils se plaisent à tenir des réunions secrètes. Mais d'où tirent-ils leurs renseignements sur l'industrie de guerre ?

– Des journaux ? suggéra Carl.

– C'est aussi mon avis. Ils envoient des renseignements écrits à l'encre sympathique et ça suffit pour faire d'eux des espions. Je pense que le FBI est à l'affût d'un acte vraiment subversif de leur part, dans l'espoir qu'ils passent la vitesse supérieure et qu'ils abattent leur jeu avant la fin de la guerre.

– Kevin vous a parlé des types de l'Afrika Korps.

– Ceux dont vous êtes certains qu'ils sont ici. Mais vous n'avez pas l'intention de jouer cartes sur table et de questionner Walter de but en blanc à leur sujet. Vous avez dit que vous préfériez en venir progressivement aux deux types et essayer d'amener Walter à les dénoncer sans qu'il s'en rende compte.

Il apprécia qu'elle se souvienne de ce qu'il avait dit au déjeuner sur la stratégie qui consistait à arriver aux fugitifs de manière détournée.

– Est-ce que vous comptez le fixer du regard ? demanda-t-il.

– Je lui soufflerai ma fumée à la figure. Et en ce qui me concerne, vous pouvez le torturer si ça vous chante, ça m'est égal. Même, je vous aiderai.

– À lui arracher les ongles ?

– Je ne sais pas : il les ronge tellement court, il se les mordille comme un écureuil. Ce serait difficile de trouver une prise. Mais vous avez une arme, non ? Collez-lui le canon dans la bouche et demandez-lui ce que vous voulez savoir. Walter est l'homme le plus grave que vous rencontrerez jamais dans votre vie. Dites-lui quelque chose d'extravagant en gardant votre sérieux, il le gobera sans problème.

– Kevin prétend que vous lui avez raconté quelques blagues vraiment marrantes qui lui sont passées largement au-dessus.

– Walter analyse les blagues. Mais il est dépourvu d'imagination, par conséquent il ne les trouve pas drôles. Il ne croira pas à une sauterelle qui entre dans un bar pour commander à boire. Ou à un type amoureux d'une brebis. Mais il y en a une que je lui ai racontée, et il m'a étonnée : il a presque ri. Je crois que je n'en ai pas parlé à Kevin. C'est l'histoire d'un type qui raconte à son copain qu'il souffre du postérieur comme un damné.

Carl jeta un coup d'œil en direction de la fenêtre tandis que Honey finissait sa phrase.

– Vous me la raconterez dans la voiture. Je veux voir l'endroit où habite Walter à la lumière du jour.

Ils étaient sur Ten Mile Road maintenant, une route étroite qui avait grand besoin de raccords de goudron. Il y avait des champs à perte de vue des deux côtés, et la Pontiac se dirigeait droit vers le soleil.

– Le gars dit à son copain qu'il a terriblement mal au cul, relança Carl.

– Et le copain lui répond qu'il a des hémorroïdes et il lui indique la crème à utiliser. Le type essaie la crème mais continue à souffrir terriblement. Il rencontre un autre copain et lui raconte ses malheurs. Celui-là lui dit : « Mon vieux, la crème ça marche pas. » Il dit au type de boire une tasse de thé, puis de prendre les feuilles infusées et de se les bourrer dans le derrière comme un cataplasme. Le gars l'écoute, pendant une semaine il prend une tasse de thé par jour et s'enfonce les feuilles de thé dans le cul. Il a toujours horriblement mal, alors il finit par aller voir un médecin. Qui lui dit de baisser son pantalon et de se pencher. Il examine le trou de balle du gars et fait : « Ouais, vous avez des hémorroïdes. Et je vois que vous vous apprêtez à partir pour un long voyage. »

Honey sourit en le regardant rire. Il lui rendit son sourire qui flottait encore sur ses lèvres quand il reporta les yeux sur la route. Il dit qu'il se représentait très bien le petit docteur accroupi, une lampe électrique à la main, derrière le gars penché sur la table à examen.

– Je sais, dit Honey. On ne peut pas s'empêcher de se représenter le médecin. C'est comme ça que je le vois aussi, un type de petite taille. J'ai raconté la blague à Walter et je n'en ai pas cru mes yeux quand je l'ai vu sourire. Puis rire... ou plutôt non, émettre deux ou trois gloussements. J'ai dû lui demander : « Tu as saisi ? » Et il m'a répondu : « Si je comprends bien, le docteur lit dans les feuilles de thé ? Bien sûr que j'ai saisi. »

– Peut-être que Walter est déjà allé consulter des diseuses de bonne aventure.

– Ou qu'il a des hémorroïdes.

Ils quittèrent Ten Mile Road pour emprunter Farmington Road, et Carl dit :

– Ce doit être la maison qu'on voit là-bas, devant nous.

Du côté où Honey était assise, un camion pickup tirant une remorque à bestiaux vide arriva pleins gaz à travers champs en soulevant des nuages de poussière. Carl freina et rétrograda. Le petit camion s'arrêta au bord de la chaussée et, alors qu'ils passaient à sa hauteur, Honey s'écria :

– Oh, mon Dieu ! Je crois que c'est mon frère qui est au volant.

Le véhicule bifurqua dans Farmington Road et Carl, qui le surveillait dans le rétroviseur, le vit tourner à nouveau pour prendre Ten Mile Road.

– Quand est-ce qu'il est sorti d'Eddyville ?

Honey avait pivoté sur son siège pour regarder par la lunette arrière. Elle se retourna vers Carl.

– Vous avez des informations sur Darcy ?

– Pas autant que je voudrais. Son dossier est juste à côté du vôtre au FBI.

11

Walter entra par la porte qui menait à la cuisine et se dirigea vers l'évier en pensant à Otto. Il n'avait pas cessé de penser à lui depuis qu'il avait essayé de repérer son chapeau mou dans la foule grouillante du centre-ville. Jurgen avait aidé Darcy à faire descendre les trois vaches et la génisse de la remorque à bestiaux, puis à les pousser dans l'enclos attenant à la grange, devenue l'abattoir. Darcy avait discuté avec Jurgen quelques minutes, et il était parti avec sa remorque. Jurgen devait être dans la grange à l'heure qu'il était, ce n'était pas lui qui posait problème. C'était Otto.

Ils étaient rentrés sans lui et Madi avait dit en anglais :

– Où est le nazi ?

Pour la vieille femme, ils étaient « Jurgen et le nazi », le nazi exigeant d'elle et de Rudi qu'ils lui parlent exclusivement en allemand, et se plaisant à les bombarder de questions, comme un responsable de l'immigration, pour les forcer à parler. Rudi aimait bien discuter avec lui, tous deux évoquaient la guerre, assis à la table de la cuisine avec une bouteille de whisky, et le nazi lui racontait l'Afrique du Nord et les femmes italiennes.

– Où il est, le nazi ? avait-elle demandé à Walter.

Il avait lu l'espoir dans ses yeux et lui avait dit, très patient puisque c'était sa tante, qu'il ne leur restait qu'à attendre pour voir s'il serait capable de retrouver son chemin tout seul depuis le centre-ville.

– S'il dit à la police qu'il est perdu, ils le mettront en prison ? Tu devrais accrocher un mot, à son manteau, pour indiquer où il habite.

Ça s'était passé un peu plus tôt dans la journée.

Des pommes de terre pelées dans une casserole remplie d'eau attendaient que Madi allume le brûleur. Walter sentait l'odeur du rôti de porc qui cuisait au four. Il remplit un verre d'eau à l'évier, s'approcha du four dont il ouvrit la porte pour jeter l'eau sur le rôti. Madi revint de la salle à manger où elle avait mis la table et le prit sur le fait. Ce n'était pas la première fois. Elle lui demandait à chaque fois, en anglais, pourquoi il arrosait le rôti. Il répondait invariablement que c'était parce qu'il était en train de cramer. Madi demandait alors quel intérêt elle aurait, selon lui, à laisser cramer un rôti. En plus d'un demi-siècle de cuisine quotidienne, jamais de sa vie ça ne lui était arrivé.

– Tu veux que je te prépare de bons repas ? Alors, ne mets pas les pieds dans ma cuisine. Va voir tes visiteurs.

Walter était occupé à s'essuyer les mains sur un torchon à vaisselle.

– Quels visiteurs ?

– La voiture qui s'est garée près de la maison pendant que tu jetais de l'eau sur ma viande.

Il quitta la cuisine sans lâcher le torchon à vaisselle, contourna la table dressée pour deux, Jurgen et lui, et alla se poster à côté de la fenêtre de la salle à manger. Il ouvrit les rideaux et vit la Pontiac garée dans l'allée, sans personne à l'intérieur.

La sonnette tinta.

En entrant dans le salon, Walter se dit que c'était probablement au sujet d'Otto. Ils l'avaient trouvé. Ils voulaient savoir s'il vivait ici. Ici ? Non, ils venaient l'informer (c'était bien mieux) qu'ils avaient sommé Otto de s'arrêter mais qu'il avait continué à courir, alors ils avaient été contraints de l'abattre, et il devait aller identifier le corps. Le FBI. Ils lui avaient déjà demandé s'il connaissait Otto, et ils n'avaient cessé de revenir à la charge. Il était bien possible qu'ils essaient de le piéger, cette fois. Pas de problème, il leur dirait comme il le faisait toujours : « Qui ? », avant de secouer la tête. « Jamais entendu parler de cet homme. »

Il ouvrit la porte en se disant que s'ils voulaient qu'il identifie le corps d'Otto, il dirait quand même qu'il ne le connaissait pas. Alors il n'aurait plus à s'inquiéter à cause de lui, plus jamais.

Il ouvrit la porte.

Il ne s'agissait pas d'Otto.

Assurément non, parce que c'était Honig qui se tenait devant lui, si près qu'il aurait pu la toucher, Honig qui lui sourit en disant : « Salut, Walter. » L'homme qui était avec elle se présenta et lui montra sa carte dans un étui en cuir : ce n'était pas une carte du FBI, il y avait un insigne épinglé à l'intérieur, une étoile dans un cercle. Le nom, Carl quelque chose, ne dit rien à Walter. Grands dieux, c'était la première fois qu'il voyait Honig en plus de cinq ans.

Carl jeta un coup d'œil à Honey.

– Vous avez raison, lui dit-il avant de reposer les yeux sur Walter. Je n'ai jamais rencontré deux personnes ayant une telle ressemblance. Monsieur Schoen, vous êtes le portrait craché de Heinrich Himmler.

Il sortit de la poche de son veston une copie pliée en quatre d'une couverture de *Time Magazine*. Il l'ouvrit, étudia le portrait de Himmler et tendit le document à Walter.

– C'était il y a deux mois. Il commence à moins vous ressembler. On dirait de plus en plus une tête de mort. Je crois qu'il était superflu de rajouter le symbole nazi des os entrecroisés sur ses pattes de col.

Walter ne dit pas un mot. Il contempla l'image et plia la feuille entre ses doigts.

– C'est hallucinant, reprit Carl tout en remarquant que les mains de Walter étaient affairées à plier encore et encore le portrait jusqu'à ce qu'il n'en reste qu'un tout petit carré. Honey m'avait dit que vous étiez le frère jumeau de Himmler. Je vous regarde, monsieur Schoen, et je ne peux que le croire…

Walter hocha la tête, une seule fois.

– C'est vrai, dit-il en regardant Honey de nouveau. Heinrich et moi sommes nés à Munich dans le même hôpital, le même jour, exactement à la même heure et, pour une raison que je ne m'explique pas, nous avons été séparés.

– Vous avez la même mère, remarqua Carl. Si vous êtes jumeaux, s'entend.

– Oui, Heinrich serait né de ma mère.

– Et *sa* mère à *lui*, qu'en faites-vous ?

– Vous voulez dire, la femme qui se fait passer pour sa mère. Heinrich a dit un jour que si le Führer lui demandait d'abattre sa propre mère comme preuve de son inconditionnelle loyauté, il le ferait. Et pourquoi pas ? Puisque cette femme n'est pas sa véritable mère.

Il se tourna vers Honey.

– Tu te souviens qu'on en parlait, et qu'on se posait des questions sur elle ?

– Souvent.

– Vous avez essayé de la retrouver ? demanda Carl.

– J'ai écrit à plusieurs reprises à l'hôpital de Munich, pour demander s'ils avaient le registre où la naissance de Heinrich Himmler était inscrite. Ils ne m'ont jamais répondu.

– Votre mère ne vous a pas ramenés ensemble de l'hôpital ?

– Comment je pourrais le savoir ?

– Vous ne le lui avez jamais demandé ?

– Le temps que je grandisse et que j'apprenne la version officielle de la naissance de Heinrich, elle était morte.

– Et vous n'avez pas demandé à votre père ?

– Bien sûr que si. Il m'a répondu : « Ça va pas la tête ? »

– Vous ne vous souvenez pas d'avoir joué à vous botter les fesses avec Himmler quand vous étiez gosses ?

– Écoutez, dit Walter. Il y a des questions auxquelles je ne peux pas répondre. La preuve de notre gémellité, c'est que nous sommes physiquement semblables et le fait que nous soyons nés le même jour à la même heure...

– Mais vous ne vous souvenez pas de lui.

– Je ne l'ai jamais *vu*.

– Walter, ça ne me pose pas de problème que vous soyez le frère jumeau de Himmler. Non, ce que je me demandais en regardant vos terres, c'est si vous avez l'intention d'engraisser cette génisse qui se trouve dans l'enclos à bestiaux. Elle doit bien avoisiner les huit cent cinquante livres, maintenant ? Donnez-lui douze livres de maïs par jour, mélangées à sept livres de foin de luzerne broyé, et vous arriverez à lui faire prendre deux cents livres supplémentaires avant la fin de l'été. Je connais des familles en Oklahoma qui se sont lancées dans l'abattage à domicile et qui s'en tirent très bien.

Carl déplaça son poids d'un pied sur l'autre et se pencha suffisamment pour pincer sa cuisse gauche.

– Walter, ça vous dérange si on s'assied quelque part ? Je vous parlerai d'un élevage de vaches dont je me suis occupé quand j'étais gamin. Mais bon sang, j'ai cette blessure de guerre qui se rappelle à moi quand je reste debout trop longtemps. J'ai été touché à deux reprises mais j'ai réussi à le descendre, ce salaud.

Walter le regardait maintenant en clignant des yeux, l'air perturbé.

Carl aimait la tournure que prenaient les choses.

– Détendez-vous, Wally, dit-il, celui que j'ai abattu, c'était pas un Boche. C'était un Jap qui me visait comme à la fête foraine.

Honey ne prit part à la conversation qu'une fois qu'ils furent installés dans le séjour au mobilier capitonné de velours rouge qu'elle trouva déprimant. Walter n'avait cessé de la regarder.

– Pourquoi tu n'allumes pas quelques lampes, Walter, pour qu'on puisse se voir ? Ou tu peux ouvrir les rideaux.

– Bien sûr.

Il alluma une lampe, puis une autre, toutes deux pourvues d'ampoules de vingt-cinq watts, du genre de celles qu'en bon radin il avait toujours utilisées. Elle se sentait bien, d'être assise là avec Carl. Elle aimait les vantards, pour autant qu'ils soient drôles ; et Carl l'avait été, en parlant du Jap. Tous deux étaient sur le même canapé, face à Walter dans son fauteuil muni d'un coussin supplémentaire pour qu'il soit assis un peu plus haut, dominé par le dossier passementé du siège. Le trône du jugement. Bien plus haut que celui où il s'asseyait, dans leur ancien logement, courbé au-dessus du poste de radio. C'est à cela qu'il ressemblerait si elle était restée avec lui : vieux pull-over en laine grise boutonné jusqu'au menton, même coupe de cheveux nazie qu'elle appelait sa coupe de dingo, mêmes... non, ses lunettes sans monture ne lui pinçaient pas le nez, mais si elle le laissait s'approcher elle savait qu'il aurait la même mauvaise haleine. Pourtant ce ne serait plus le claqueur-de-talons qu'elle avait rencontré devant l'église.

– Comment va ta sœur ? Elle est toujours religieuse ? demanda Honey.

– Sœur Ludmilla. Elle est maintenant cistercienne de la Stricte Observance. Elles ne parlent jamais.

– Je croyais qu'elle était sœur du Cœur Immaculé de Marie. Elle n'enseigne pas à Detroit ?

– Elle est toujours ici, mais elle a quitté cet ordre pour une vie bien différente, dans son ordre cistercien. Je l'ai félicitée pour cette volonté qu'elle a eue de vivre une existence de prière et de silence.

– Elle avait l'air normale, remarqua Honey, les fois où je l'ai vue. Tu l'as encouragée à prononcer ses vœux pour ne plus avoir à lui parler ? Je me souviens, elle te disait que Jésus comptait plus dans ta vie qu'Hitler.

– Demandez-lui ce que votre frère fait dans le coin, suggéra Carl.

Elle regardait toujours Walter. Il avait entendu Carl, mais son expression n'avait pas changé.

– On a vu Darcy quitter ta propriété avec une remorque à bétail, dit-elle.

– Oui, bien sûr. Darcy Deal est ton frère. Il est venu à la boucherie et il s'est présenté, en me proposant de fournir des bêtes pour mon affaire d'abattage. Ton frère est un type qui n'y va pas par quatre chemins, n'est-ce pas ?

– Il a fait de la prison. Il te l'a dit ?

– Oui, bien sûr. Il m'a demandé si je serais prêt à lui donner une chance de s'engager dans une activité légale.

– Et les bêtes, où est-ce qu'il se les procure ? demanda Carl.

– Où voulez-vous que ce soit ? fit Walter en haussant les épaules. Dans les parcs à bestiaux. Il me montre toujours le contrat de vente.

– J'imagine que les inspecteurs du gouvernement doivent vous rendre fou avec leur façon de vous tomber sur le paletot sans prévenir.

Walter haussa à nouveau les épaules.

– Certainement, mais il faut bien que la viande soit homologuée. C'est la loi, alors il faut faire avec.

Pour Honey, ses haussements d'épaules signifiaient qu'il ne se sentait pas inquiet ; ils pouvaient bien lui demander tout ce qu'ils voulaient.

– Ce gars que je connais, qui est dans l'abattage à domicile, poursuivait Carl, il glissait quelques têtes de bétail à son compte entre deux passages des inspecteurs. Il expédiait la viande à toute vitesse vers des hôtels de Tulsa.

– J'ai cru comprendre que vous étiez représentant de la loi ? fit Walter.

– Marshal adjoint des États-Unis, Wally. Je ne fais pas partie du FBI.

– Mais vous pourriez arrêter cette personne si vous le vouliez ?

– Je ne travaille pas dans ce secteur.

– Mais vous êtes venu ici pour m'interroger, n'est-ce pas ? Pour voir si je vendais de la viande au marché noir ?

– Pas du tout, cher monsieur. J'enquête sur les lotos illicites dans les usines de guerre. Ford à Highland Park, Dodge Main à Hamtramck, Briggs Body. Le crime organisé envoie des gars dans les usines pour prendre les paris et vendre des bouquins permettant de lire l'avenir en analysant ses rêves. Je me suis souvenu que Honey habitait dans le coin, et je l'ai appelée.

– On s'est rencontrés dans un train, dit Honey en prenant le bras de Carl qu'elle étreignit à deux mains.

– Elle m'a dit que son frère travaillait pour vous, poursuivit Carl… Je me suis demandé si ça vous dérangerait que je jette un coup d'œil à votre installation. J'ai élevé du bétail dans le temps. Mon père a une propriété de quatre cents hectares avec des noyers de pécan.

– Vous n'enquêtez pas sur moi, alors ?

– Tout ce qui m'intéresse, c'est de voir comment vous vous y prenez avec les vaches, par ici. Pas forcément là, tout de suite. Vous ne devez pas être loin de l'heure du dîner, mais quand vous aurez une heure à me consacrer.

Walter continuait à le dévisager.

– Ce que vous faites n'est pas de mon ressort en tant que marshal, reprit Carl. Bon Dieu, soixante-dix pour cent des gens, des cuisinières, achètent l'essentiel de leur viande sans ticket et sont prêtes à payer ce que le boucher leur réclame. Au diable ces prix fixés par l'administration. (Carl prenait tout son temps.) Vous savez, Walter, j'engraissais mon troupeau pendant un an, j'en sélectionnais une partie que j'emmenais à Tulsa dans ma remorque à bestiaux. Je m'arrêtais sur le chemin du retour pour m'acheter un cornet de glace. La propriété de mon père n'est pas très loin d'un camp de détention de soldats de l'Afrika Korps. Ils disent que la seule raison qui les a amenés à se rendre, c'est qu'ils n'avaient plus d'essence. (Il prit le temps de sourire à cette idée.) Mais ils donnent l'impression de très bien s'en tirer en captivité. Le gouvernement leur donne la possibilité de prendre l'air en les embauchant pour faire des travaux agricoles s'ils veulent. Il a autorisé mon père à en employer plusieurs pour la récolte des noix de pécan, à gauler les branches avec des cannes à pêche en bambou pour les faire tomber. Ils apportent leur déjeuner, et ils s'assoient sous les arbres pour manger leur saucisse et leurs cornichons, des sandwichs froids à la *Bratwurst*. De temps en temps, quand je suis de passage, j'engage la conversation avec eux. Je leur dis : « Qu'est-ce qui vous empêche de vous tirer d'ici ? Suffit d'attendre que vos gardiens s'endorment. Mais même quand vous vous faites la malle, vous êtes de retour le lendemain pour l'heure du repas. » Et j'ajoute : « Bon Dieu, avec tous les Allemands qui vivent aux États-Unis, vous avez pas un seul parent qui pourrait vous cacher ? »

– Vous les incitez à tenter de s'échapper, pour mieux pouvoir les abattre ?

– Allons, Walter, je m'amuse, c'est tout, j'essaie de comprendre l'idée qu'ils se font de leur détention. Quand on les voit trois fois par jour à la tambouille, à dévorer comme des chiens affamés, on comprend mieux l'importance de la nourriture. C'est la raison pour laquelle, quand ils s'échappent pour de vrai, qu'ils passent à l'acte, au bout de quelques kilomètres sur la route, ils font demi-tour pour revenir au camp.

– Il doit bien y en avoir… dit Walter d'une voix qui fit penser à Honey qu'il choisissait ses mots avec une extrême prudence. Il doit y en avoir qui s'échappent avec l'intention de rentrer au pays, en Allemagne, s'ils en entrevoient la possibilité.

– Je sais qu'il y a eu un pilote allemand, en 1942, qui est presque allé jusqu'au Mexique. C'est le seul qui me vienne à l'esprit.

– Mais j'ai lu dans le journal que deux officiers s'étaient échappés d'un camp, dit Walter toujours sur ses gardes. Il y a quatre ou cinq mois de ça, je crois ?

– En octobre dernier, confirma Carl. Ouais, ils ont été repris.

Honey vit Walter se pétrifier.

– Vous en êtes certain ?

– Ils s'étaient évadés de Deep Fork, près de la propriété de mon père.

– C'est en Oklahoma ?

– Oui, le camp s'appelle Deep Fork, du nom d'une rivière qui coule pas loin. L'un des deux avait une petite amie qui habitait dans le coin. Il filait en douce lui rendre visite de temps en temps, pas besoin de vous faire un dessin, pour s'envoyer en l'air, et il comptait sur elle pour les cacher. Ce qu'elle a fait pendant quelques jours, mais elle a dû prendre peur alors elle a vendu la mèche, elle les a dénoncés.

– Ça doit être deux autres auxquels je pense, alors. Les journaux ont dit qu'une traque était lancée dans tout le pays pour ces deux-là.

– Tout pour vendre du papier… mais ce sont bien ceux dont je vous parle. Avec leurs uniformes, ils s'étaient confectionné des costumes civils mal fichus et s'étaient échappés du camp dans le camion qui apporte des films.

– Si vous le dites…, lâcha Walter sur un ton qui fit penser à Honey qu'il abandonnait.

Mais il ajouta alors, d'une manière plutôt dégagée :

– Est-ce que vous connaîtriez leurs noms, par hasard ?

– Ça fait un bout de temps, s'excusa Carl. Celui de la fille était bizarre, je ne l'avais jamais entendu avant, mais je ne m'en souviens pas non plus.

– Pourquoi est-ce que je n'ai pas lu dans le journal qu'ils avaient été capturés ?

Il n'abandonnerait pas. Tant qu'il y aurait une marge de manœuvre. Honey attendit l'explication de Carl, s'il en trouvait une.

– Je crois que ça tournait autour de la question de savoir si la petite amie devait être poursuivie en justice ou non. Pour avoir procuré du réconfort à l'ennemi, si vous voyez ce que je veux dire. Mais puisqu'elle les avait dénoncés, le procureur des États-Unis a décidé de ne pas la traduire en justice et d'empêcher ses voisins de lui jeter des œufs à la tête ou de la tondre ras. Moins il y avait d'information publiée, mieux ça valait pour elle. Alors, assez rapidement, les journaux ont cessé de s'intéresser aux deux gars.

– Ceux qui, selon vous, ont été capturés. Ils sont où à l'heure qu'il est ?

– De retour au camp. L'un d'eux appartient à la Waffen-SS. Je crois que ce sont les SS de l'armée. Le SS classique, c'est celui qui fait marcher les camps d'extermination, qui bourre des gens vivants dans des chambres à gaz. Vous me dites si je fais erreur, Wally.

– Vous êtes obligé de m'appeler comme ça ?

– Comment ? Wally ?

– Mon nom est Walter.

– On vous a déjà appelé Walt ?

– C'est *Walter.*

– J'ai essayé de l'appeler Walt, intervint Honey, et il a piqué une crise.

– Et un diminutif, vous en aviez un ? Elle vous appelait comment, votre mère, quand vous étiez gosse ?

Honey le savait, mais attendit que Walter le dise. Il secoua la tête et Honey lâcha :

– Sa mère l'appelait Buzz.

– D'où ça peut bien venir ?

– C'était le petit « buzzer » de sa sœur, celle qui a fait vœu de silence. Elle apprenait l'anglais et elle avait du mal à dire *brother.* Et il m'a raconté que son père ne l'avait jamais appelé autrement que Valter.

– Je me disais… reprit Carl. Vous m'avez demandé si je connaissais leurs noms, aux deux qui se sont échappés ?

– Oui… ? s'enquit Walter d'un ton hésitant.

– Comment s'appellent les deux auxquels vous pensiez ?

Honey lui pressa le bras au moment où il le levait pour glisser la main dans la poche intérieure de son manteau.

Elle pensait que Walter gagnerait du temps, en se mouchant, en se mettant à tousser, ou au moins en s'éclaircissant la gorge.

Il ne fit rien de tout cela. Il se contenta de dire :

– J'hésite, parce que ça fait si longtemps que les journaux n'ont pas parlé d'eux. J'avais pensé que si vous disiez leurs noms, ça me rafraîchirait la mémoire. Mais vous ne m'aidez pas du tout.

Honey le vit hausser les épaules, puis lever les yeux tandis que Carl faisait un pas dans sa direction, une carte de marshal à la main.

– C'est ma carte de l'Oklahoma, mais j'y ai inscrit le numéro de téléphone du bureau du FBI à Detroit. Au cas où les noms de ces gars vous reviendraient. Je vis du côté du camp, vous l'avez compris. Je les connaissais vraiment bien.

12

À nouveau sur Twelve Mile Road, ils retournaient chez Honey en laissant ce qui restait d'un ciel rouge derrière eux. Carl mit ses phares. Honey, très à l'aise, jambes croisées, alluma une cigarette qu'elle lui tendit, ornée d'une trace de rouge à lèvres à son extrémité.

– Pas tout de suite, merci, fit-il en se tournant pour la regarder. Vous avez été très drôle quand vous lui avez parlé de sa sœur.

– Sa sœur la bonne sœur. Je trouve qu'on s'est très bien débrouillés.

Elle ouvrit le déflecteur et fit tomber la cendre à l'extérieur.

– J'ai beaucoup aimé quand Walter vous a demandé si, par hasard, vous ne connaîtriez pas leurs noms.

– Il n'a pas pu s'en empêcher, hein ?

– Vous avez dit que vous ne vous en souveniez pas très bien, mais qu'ils avaient été repris au bout de deux ou trois jours. Là, il a été désorienté. Eh… est-ce qu'on parle bien des mêmes personnes ?

– J'espérais qu'il allait demander si je parlais de Jurgen et Otto. S'il avait prononcé leurs noms, je l'aurais menotté à ce fauteuil hideux sur lequel il était assis, et je serais allé jeter un œil dans les parages. Ce n'est pas une mauvaise planque pour les Boches.

Honey souriait.

– Vous lui avez renvoyé la balle en les lui demandant à lui, les noms de ces gars. C'était bien joué, ça semblait si naturel. Mais il s'en est sorti, et après il n'a plus été si inquiet que ça.

– Il a cru qu'il était tiré d'affaire. Mais il s'est trahi quand il m'a demandé si je connaissais leurs noms, en jouant la pure curiosité.

– Je pensais que vous le lui diriez, que vous en viendriez au fait. Mais vous ne l'avez pas fait.

– Qu'est-ce qu'il aurait dit ? Jamais entendu parler de ces types. Mais qui ça aurait pu être d'autre, s'il s'agissait de gars évadés d'un camp de l'Oklahoma en octobre dernier ?

– Ça ne signifie pas forcément qu'ils sont chez Walter.

– S'ils n'y sont pas, il sait où ils se cachent. Les agents du FBI vont se procurer un mandat qui tournera autour de soupçons d'activités subversives. On mettra Walter sur la roue, on l'écartèlera et on le questionnera sur le réseau d'espions.

– Il n'y a que Jurgen et Otto qui vous intéressent, pas vrai ?

– Au Bureau, ils croient possible qu'ils aident les espions. Ça ne me gêne pas. On trouve les deux gars, et je les ramène au bercail en Oklahoma.

Il jeta un coup d'œil à Honey.

– Vous avez vu comment Walter vous regardait ?

– Il m'aime encore.

– J'aurais pu sortir, pour vous donner la possibilité de vous souvenir du bon vieux temps.

– En lui racontant une blague ?

– Non, en lui demandant comment il allait. Si ses hémorroïdes faisaient toujours des leurs. Vous avez raison pour la blague sur les hémorroïdes, c'est pour ça qu'il la trouvait drôle. Il a dû baisser culotte dans le cabinet du docteur, il connaît la chanson.

– Il n'a pas changé du tout. Il est né vieux, et il est condamné à le rester.

– Vous avez envie de le revoir ?

– Pour quoi faire ?

– Il donne l'impression d'avoir besoin de compagnie, quelqu'un à qui il puisse confier ses plus intimes pensées.

– Pour voir si je peux l'amener à cracher le morceau ?

– Qu'en pensez-vous ?

– Comment je lui présenterais ça ?

– Il vous aime encore, vous n'avez qu'à lui dire que vous regrettez la façon dont vous l'avez quitté, sans un mot, aucune explication. Que vous n'étiez qu'une gamine, avec l'immaturité qui va avec.

– Est-ce que je dois l'embrasser si l'envie lui en prend ?

– Je pense qu'une fois que vous serez seuls tous les deux, vous saurez quoi dire. N'arrêtez pas de parler et ça viendra tout seul.

– Et cette scène, elle se passe où ? Dans sa boucherie ?

– Renseignez-vous sur les moments où il y est, et passez à l'improviste. Pas besoin de lui demander un rendez-vous. (Carl fixait du regard les faisceaux lumineux de ses feux braqués sur la route de campagne.) On pourrait dîner ensemble, si ça vous dit. Trouver Kevin, pour voir où il en est.

– Vous avez peur de rester seul avec moi ?

Il réfléchit. Elle sortait une cigarette du paquet.

– Vous voulez que je vous réponde sans détour ?

– Bien sûr, dit-elle en actionnant son briquet.

– Je ne crois pas que ce soit une bonne idée, que vous et moi commencions à nous voir.

Elle referma le briquet dans un claquement et tira sur sa cigarette avant de lâcher :

– Si c'est ce que vous pensez, d'accord. Appelons Kevin.

Le silence s'installa dans la voiture pendant quelques minutes. Honey attendait que Carl dise quelque chose. C'était à lui de parler.

Il la surprit.

– Quand vous avez dit à Walter qu'on s'était rencontrés dans un train…

– Je n'y avais pas pensé avant de le dire.

– Il vous est déjà arrivé de rencontrer quelqu'un dans un train ?

– J'étais assise dans le wagon-restaurant première classe pour aller à New York, pour le meeting du Bund. Walter était resté à nos places pour faire un somme. Il est capable de dormir tout en étant assis bien droit, comme s'il était au garde-à-vous. J'ai pris un cocktail et j'ai commencé à m'imaginer que j'étais une aventurière, que les hommes du wagon-restaurant se demandaient qui j'étais. J'avais des lunettes de soleil et un chapeau cloche plutôt chic abaissé bien bas sur les yeux. J'étais forcément quelqu'un. Plusieurs types m'ont offert à boire, j'ai décliné. Je lisais *Newsweek*. Un gars à qui je trouve quelque chose finit par s'asseoir à côté de moi. Dans les quarante ans, assez beau gosse. Vêtu d'un costume coûteux à fines rayures. Il me dit qu'il est investisseur dans l'immobilier, à New York, et les deux ou trois heures qui ont suivi, il les a passées à m'offrir des cocktails et des whiskys citron en plein après-midi, tandis qu'il essayait de deviner ce que je faisais et pourquoi j'allais à New York.

– Et vous le lui avez dit ?

– Il voulait me revoir. Je lui ai dit de passer au meeting germano-américain du Bund au Madison Square Garden. Qu'il pourrait entendre Fritz Kuhn parler des juifs et des communistes.

– Ce type était juif ?

– Oui. J'ai donc dû lui parler de Walter et de la raison pour laquelle je l'avais épousé.

– Et comment a-t-il réagi ?

– Il voulait toujours me revoir, alors on s'est revus. On a pris un verre et on a bavardé. Il voulait que je quitte Walter et que je m'installe chez lui à New York.

– Il était marié ?

– Divorcé.

– Vous lui faisiez confiance ?

– Il disait que je l'avais réveillé. Que je lui avais redonné le sentiment d'être vivant.

– Ce que je conçois, dit Carl.

Il attendit la suite.

Honey prenait son temps.

– Je suis retournée au Garden pour voir Walter saluer Fritz Kuhn d'un *Sieg Heil* et je me suis dit : « Qu'est-ce qui ne tourne pas rond chez moi ? En dehors d'être jeune et cruche. »

Ils restèrent à nouveau silencieux.

– Vous savez que Kevin a dû finir de manger, à l'heure qu'il est, fit-elle.

Les yeux toujours fixés sur la route, Carl répondit que c'était fort probable.

– Vous m'emmenez dîner ou vous me déposez à la maison ?

– On va s'arrêter quelque part.

– Je demande ça uniquement dans la mesure où vous n'avez pas envie de vous amuser avec des femmes qui ne soient pas la vôtre.

– Si je peux l'éviter.

13

Jurgen regarda la Pontiac, une quatre-portes verte, passer au ralenti devant la façade de la maison, disparaître quelques instants puis se montrer du côté le plus éloigné de la ferme et des arbres de la cour. Elle emprunta le chemin que Darcy avait tracé en traversant le champ avec sa remorque chargée de bêtes. Il la vit ensuite longer les dépendances pour passer toujours au ralenti devant l'enclos à bétail. Puis s'arrêter et reculer. Pour que ceux qui étaient dans la voiture puissent jeter un œil aux vaches ? Il regarda la vitre se baisser côté passager et vit apparaître un visage de jeune femme, un fort joli visage. Elle fumait une cigarette. L'homme qui conduisait échappait à son champ de vision. Il ne distinguait que son chapeau.

Il se souvenait d'avoir vu une Pontiac quatre-portes verte au camp, en Oklahoma. Avoir regardé à travers la clôture pour savoir qui était dedans. Tout comme aujourd'hui, il épiait, posté à l'entrée de la grange réservée au bétail, à côté du toboggan vers lequel ils allaient aiguillonner les vaches et la génisse, plus tard dans la soirée, pour qu'elles soient dépouillées de leurs peaux, leurs têtes, leurs sabots, et finalement de tous leurs organes.

Il vit la Pontiac décrire un arc de cercle ample et quitter la cour en roulant dans les traces laissées par Darcy à travers champs, tourner sur la grand-route et revenir vers la ferme, hors de vue à nouveau quand elle passa devant la façade de la maison. Il attendit. La Pontiac ne ressortit pas de l'autre côté. Elle avait dû tourner dans l'allée qui faisait le tour avant de repartir. Mais la voiture ne réapparaissait pas. Cela indiquait à Jurgen qu'après avoir examiné les vaches de Walter ils s'apprêtaient maintenant à lui rendre une petite visite.

Il ne pensait pas que ce soit des amis à lui.

Walter n'avait jamais évoqué que trois amis : Vera Mezwa, la comtesse ukrainienne, et son majordome Bohdan ; Michael George Taylor, le docteur qui fournissait Vera en encre invisible ; et Joe Aubrey, le responsable du Ku Klux Klan qui possédait des restaurants et un avion de plaisance. Des mois plus tôt, il avait demandé à Walter :

– Tu leur as parlé d'Otto et moi ?

– Tu sais ce qui est arrivé à Max Stephan et au pilote de la Luftwaffe.

– C'est parce que les murs ont des oreilles.

– Pardon ? avait fait Walter.

La femme de la voiture était trop jeune pour être Vera Mezwa. Quant au type qui conduisait, seul son chapeau était visible derrière cette jolie fille, mais sa façon de le porter, parmi toutes les façons qui existent de porter le chapeau mou, lui disait quelque chose et le faisait penser au marshal Carlos Huntington Webster : Carl qu'il venait de voir attablé dans le grand magasin avec un autre homme et une fille qui pouvait parfaitement, oui, parfaitement, être celle qui fumait une cigarette dans la voiture. Il aimait bien le béret qu'elle portait. Si c'était la même fille, le type au volant pouvait très bien être Carl, qui se rapprochait chaque jour davantage. Un peu plus tôt dans la journée, il s'était demandé : où le verras-tu la prochaine fois ?

Ici, debout à l'entrée du toboggan des abattoirs de Walter. Jurgen fit un pas pour entrer dans la grange.

Les bouchers de Walter arriveraient une fois la nuit tombée pour se mettre au travail sur les vaches et la génisse et faire en sorte qu'il y ait des quartiers de bœuf suspendus aux crochets avant l'aube. Darcy arriverait au volant de la camionnette réfrigérée au capot avant très court qu'il avait achetée aux enchères, et sortirait la viande de l'abattoir avant qu'un inspecteur du gouvernement se pointe avec ses tampons pour estampiller les quartiers. Il emmènerait le chargement à la boucherie de Walter, où il serait entreposé et réfrigéré pendant vingt-quatre heures avant que le boucher débite la viande. Il y avait en permanence, dans la pièce réfrigérée de l'étable, des quartiers suspendus provenant de bétail acheté à des ventes légales, au cas où des inspecteurs débarqueraient sans prévenir.

– C'est ça leur boulot, disait Darcy, venir fourrer leur nez partout à l'improviste pendant que toi, t'essaies de gagner ta croûte.

Jurgen n'avait jamais rencontré personne qui ressemble à Darcy Deal, un ancien détenu (ils avaient au moins ça en commun) qui travaillait maintenant comme voleur de bétail, un rôle qui lui allait à merveille avec son chapeau de cowboy imbibé de sueur et ses bottes éculées munies d'éperons. Darcy était de constitution robuste et noueuse, et il semblait tenir à son apparence de dur. Jurgen avait hésité la première fois qu'il lui avait adressé la parole.

– Vous montez à cheval ?

– Vous me demandez si je sais monter à cheval, c'est ça ?

– Quand vous volez le bétail.

– Je travaille à pied. Je jette une corde sur la vache, je lui colle un sac à nourriture sur le museau et je la mène au camion, quand je me sers pas de la remorque.

– Alors pourquoi vous portez des éperons ?

– Parce que quand j'entre dans un bar, ils entendent mes éperons cliqueter et ils savent à qui ils ont affaire.

Darcy avait souri jusqu'aux oreilles, une barbe de trois ou quatre jours sur le visage, et ajouté :

– Mes bottes sont presque trouées, mais j'en ai jamais retiré cette quincaillerie.

– J'aime bien le bruit qu'ils font, avait dit Jurgen, ce *cling... cling* qu'on entend à chacun de vos pas.

– Quand on l'entend, on fait gaffe. Y a un cow-boy pas loin.

– Vous insinuez la peur dans le cœur des clients, c'est ça ? avait demandé Jurgen en souriant.

– Vous avez tout compris.

– Vous savez qui je suis ?

– Vous êtes un des prisonniers boches qui se sont évadés de pétaouchnok. Walter dit que vous avez volé un camion et que vous êtes sortis par la grande porte avec. Moi, j'ai jamais essayé de m'évader. Je m'attendais à sortir dans les deux ans et c'est bien ce qui s'est passé, j'ai été mis en liberté conditionnelle, mais après j'ai cassé la mâchoire à mon contremaître, faut dire qu'on travaillait au fond d'une mine et qu'il se payait ma tête, alors ils m'ont remis en taule pour finir ma peine. Cette prison est sur une colline, à presque deux kilomètres de la Cumberland River, si on la chance de la voir de l'intérieur. Eddyville qu'elle s'appelle, d'après le nom d'un général de la guerre de Sécession.

Jurgen se disait, le général Eddie Vill ?

– Le général H. B. Lyon, avait ajouté Darcy. Eddyville, c'est de là qu'il était.

– Eh bien, on sait tous les deux ce que c'est que d'être en prison, hein ?

– Vous avez quasiment pas d'accent.

– J'essaie d'améliorer mon anglais.

– Vous faisiez quoi pendant la guerre ?

– Je commandais un tank dans le désert, en Afrique du Nord, j'étais assis dans la tourelle avec des jumelles et je dirigeais le feu. Notre canon soixante millimètres était capable de détruire un Stuart britannique à plus de mille mètres de distance. Il m'est aussi arrivé de piloter un avion de reconnaissance monomoteur, à la recherche de tanks anglais qu'ils auraient essayé de cacher en les recouvrant de tentes de Bédouins.

– Sans blague, avait fait Darcy d'un air très intéressé même si Jurgen doutait que le cow-boy sache de quoi il parlait. Vous avez dû tuer des gens.

– Eh bien, quand on touchait un tank, la plupart du temps il explosait. Parfois un ou deux membres de l'équipage parvenaient à sortir.

Il s'était arrêté avant d'ajouter :

– On les fauchait à la mitraillette.

Il avait marqué une nouvelle pause.

– Mais pas systématiquement.

– Je me suis fait tirer dessus, avait dit Darcy, en me magnant le cul pour sortir d'un pré. Je pique les bœufs d'éleveurs qui mettent le prix de la viande très haut et j'attends les clients que ça gêne pas de payer si cher pour ça.

Il y avait là matière à réflexion pour Jurgen.

– On dit au boucher combien il doit facturer la livre de viande. Mais l'éleveur, ou celui qui nourrit la bête, il peut en demander le prix qu'il veut ?

– C'est comme ça que ça marche.

– Ça ne paraît pas très juste.

– Faut pas en dire du mal, c'est ce qui nous permet de faire du marché noir et de gagner un bon paquet de fric.

– Je suis surpris que Walter ait assez de cran pour ça.

– Vous voulez rire ? Walter emmerde le gouvernement des États-Unis, il enfreint la loi au nom d'Adolf Hitler, parce qu'il est boche à cent pour cent.

– Ça ne vous gêne pas qu'il soit votre ennemi ?

– Walter, mon ennemi ? L'ennemi, il est là-bas, de l'autre côté de l'océan. Walter est mon associé.

– Donc vous vous en fichez, d'enfreindre la loi.

Darcy avait eu l'air surpris.

– C'est mon boulot. C'est comme ça que je gagne ma vie. Je rassemble des vaches au plus noir de la nuit. J'en ai rien à fiche du gouvernement, c'est ma façon de me venger d'eux pour m'avoir mis en prison. Mec, je suis un hors-la-loi. Depuis tout gamin, je suis un hors-la-loi. J'ai volé des bagnoles, j'ai vendu de l'alcool frelaté, j'ai cogné des types et ce putain de tribunal a appelé ça : « agressions dans l'intention de blesser grièvement ». Y a intérêt, oui : un gars se paye ma gueule, et je suis censé le laisser faire ?

– Bien sûr, avait dit Jurgen en hochant la tête, vous êtes un hors-la-loi. Vous n'avez pas besoin d'autre raison pour voler des vaches au cœur de la nuit, que celle qui consiste à avancer que ça vous fait gagner de l'argent.

– Pour pouvoir manger, avait ajouté Darcy. Écoutez, venez faire un tour avec moi dans mon camion. Je vous montrerai comment attraper une vache au lasso et la faire monter dans la remorque. Je vous dirai comment l'amadouer pour qu'elle se mette pas à vous meugler dessus. Tout ça pendant qu'on garde un œil sur la maison où y a de la lumière à une fenêtre de l'étage. C'est pas qu'on soit nerveux mais on se demande ce qu'ils font s'ils sont pas au lit à dormir.

– Peut-être bien qu'ils sont au lit, et qu'ils aiment faire ça avec la lumière allumée.

– Mon endroit préféré pour tringler Muriel, c'était sur la balancelle grinçante qu'y avait sur la véranda de la maison de sa mère. C'était avant qu'on soit mariés. Vous avez déjà rencontré Honey ?

Jurgen avait secoué la tête.

– Vous devriez. C'est la fille la plus intelligente que j'aie jamais connue, et c'est ma sœur. Non, *c'était* la fille la plus intelligente, avant qu'elle épouse Walter. Il vous a pas parlé d'elle ?

À nouveau, Jurgen avait secoué la tête.

– Vous êtes marié ? demanda-t-il.

– Si on veut. Je vois pratiquement jamais Muriel.

– Des enfants ?

– Écoutez, j'ai passé toutes les nuits, pendant une année entière, à essayer de la mettre enceinte. Ça doit être un truc de gonzesse qui fait qu'elle peut pas avoir d'enfant. Mais si vous voulez m'accompagner une nuit, et devenir le premier Boche voleur de bétail au monde, vous savez où me trouver.

– Je n'ai pas de chapeau de cow-boy, avait dit Jurgen.

– J'en ai, moi, des chapeaux, mon gars. C'est quoi, votre taille ?

Darcy s'arrêta à un bar de Farmington, avala quelques verres avec de la bière pour les faire descendre, tout en pensant à sa sœur et en se demandant ce qu'elle manigançait, à rendre visite comme ça à Walter. Et qui était le type qui l'accompagnait. Darcy n'avait pas appelé Honey depuis qu'il était arrivé dans le coin, il n'avait toujours pas réussi à s'y résoudre. Il se dit : Merde, mon vieux, vas-y, dis bonjour à ta sœur et tu sauras si le gars qu'est avec elle est un représentant de la loi.

Il faisait nuit quand il quitta le bar et passa devant la maison en tirant toujours sa remorque derrière lui.

La voiture dans laquelle s'était trouvée Honey n'était pas dans l'allée. En coupant à travers champs, il gagna le terrain sur lequel se dressait la grange. Les seules voitures présentes appartenaient aux coupeurs de viande boches de Walter. Merde. Il pourrait dire à Walter : « Ma sœur est venue te voir, hein ? » Et lui tirer les vers du nez. Mais il allait d'abord pisser un coup et s'arrêter à la grange. Pour voir comment les coupeurs de viande s'en tiraient et plaisanter avec eux. Ces vieux de la vieille, avec leurs lames de quinze centimètres qu'ils passaient leur temps à aiguiser, ils arrivaient à retirer la robe d'une vache sans plus de mal que si elle était boutonnée sur la bête, bon Dieu. Il n'y avait qu'un point dans leur manière de préparer une vache sur lequel il était en désaccord avec eux : leur façon de la tuer.

Jurgen regardait celui qui avait la charge d'estourbir les bêtes ce soir-là. Il tenait à la main une carabine de calibre 22 qu'il pointait en direction du front de la vache, quasiment à bout portant. Il tira et la vache s'écroula, pas morte mais assommée sur le coup.

En s'approchant derrière Jurgen, Darcy dit :

– T'as vu la vache lever les yeux sur son bourreau ? Elle se dit : « Qu'est-ce que tu fous avec un calibre 22, espèce d'abruti ? Si tu veux tirer, prends un flingue digne de ce nom. Tu veux me tuer, vas-y, imbécile. Mais qu'on en finisse. »

Tout en parlant, Darcy se posta à côté de Jurgen.

– La société protectrice des animaux dit qu'il faut assommer la bête pour qu'elle sente rien quand on la hisse la tête en bas et qu'on lui charcute les artères. Alors hop, attention, faut vite reculer d'un pas. C'est pas parce qu'il pleut dehors qu'on porte ce tablier caoutchouté. La bête, on l'ouvre par le milieu, du trou du cul au poitrail, on lui retire l'estomac, la vessie, les reins. On fait remonter l'œsophage par le diaphragme, et ça libère tous les organes qui vont avec. On enlève toute cette cochonnerie...

– Les déchets, intervint Jurgen.

– C'est ça, les déchets, ce qu'elle allait transformer en belles bouses de vache. Putain, avec tout le temps que tu passes ici à regarder, j'ai l'impression que t'as dans l'idée de te faire boucher, une fois que tu seras libre.

– Je suis déjà libre, corrigea Jurgen. Ce que j'ai vraiment envie de faire, c'est prendre la route de l'Ouest pour devenir cow-boy.

Walter entra au moment où ils parlaient d'aller faire une virée par une nuit noire, ce que Darcy appelait « la piste du hululement à la lune ». Jurgen, le plus sérieusement du monde, mais sur un ton qui laissait penser qu'il blaguait, voulait savoir s'ils pourraient y aller à cheval, comme ça se faisait dans l'Ouest.

Il vit Walter s'approcher d'eux, l'air excité pour changer :

– Honig est venue.

– La fille dans la voiture ? demanda Jurgen. C'est ton ex-femme ?

– Oui, Honig.

Il se tourna vers Darcy :

– Tu l'as vue ?

– Sur la grand-route, mais j'étais pas sûr que c'était elle.

– Ils sont arrivés par-derrière, dit Jurgen qui se remémorait les manœuvres de la Pontiac, puis ils ont fait demi-tour.

– Ma frangine. Je t'ai parlé d'elle, la petite fille modèle. C'était la légitime de Walter.

Il se tourna vers lui :

– Qu'est-ce qu'elle voulait ? Savoir si t'étais enfin devenu américain ? J'ai pas reconnu le type qu'était avec elle.

– C'est un agent fédéral, dit Walter, mais il n'appartient pas au FBI.

Il se tourna vers Jurgen tout en glissant la main dans sa poche.

– Il vous recherche, Otto et toi.

– Il t'a dit son nom ?

La main de Walter ressortit avec la carte de visite de Carl qui arborait l'étoile dorée en relief.

Jurgen en sentit la forme sous ses doigts quand il la prit et lut : MARSHAL ADJOINT DES ÉTATS-UNIS CARLOS HUNTINGTON WEBSTER. Il pensa : Ça y est, tu m'as trouvé.

Il reverrait donc Carl, et l'idée de lui parler et de sourire à ce qu'il raconterait lui plaisait, mais il ne voulait pas retourner en Oklahoma, pas avant que la guerre soit finie et qu'il puisse rendre visite à ce marshal qui avait travaillé avec Carl Webster, celui qui avait chevauché des taureaux dans les rodéos avant d'entrer dans la police. Passer du temps avec des types de ce genre, et avec Carl Webster. Les regarder faire et apprendre à cracher. Chiquer impliquait un nombre respectable de crachats.

– Il n'a pas demandé à fouiller la maison, la propriété ?

– C'était l'heure du dîner, dit Walter. Il avait faim, alors il est parti… en emmenant Honig.

Jurgen se dit qu'il avait été sur le point de dire « avec ma Honey ».

– Mais il reviendra.

– Il faut s'y attendre. Il te connaît. Tu as dû lui dire que tu avais vécu ici à une époque, et que par conséquent tu y avais des amis ?

Jurgen hocha la tête.

– Oui, il reviendra, dit Walter avant de regarder les trois débiteurs de viande. J'ai des choses à dire à Helmut. (Les trois hommes étaient assis près de la vache maintenant suspendue la tête en bas, tous trois occupés à aiguiser leurs couteaux.) Helmut, Reinhard et Artur sont des hommes de confiance. Helmut t'emmènera avec lui quand il partira.

– Je vais vivre avec Helmut ? demanda Jurgen.

– Non, tu vas loger chez la comtesse, Vera Mezwa. Helmut va t'y déposer. Moi, je prends la voiture pour l'appeler d'une cabine publique de Farmington et lui annoncer que tu arrives. Je pense qu'elle ne verra aucun inconvénient à s'occuper de toi. Pouvoir faire quelque chose pour l'Allemagne en ces temps de détresse, cela lui réchauffera le cœur.

– On dirait que tu me confies à elle comme si j'étais un cadeau, quelque chose qui puisse lui redonner le moral.

Il lui sembla voir sourire Walter, mais il n'en était pas sûr.

– C'est vraiment une comtesse ? demanda-t-il.

– Elle est ukrainienne. Elle a épousé un comte polonais.

– Tué pendant la guerre.

– Oui, un héros. Ils ont envoyé sa femme ici, après une formation dispensée par les services de renseignements militaires. Vera Mezwa est l'agent allemand de plus grande envergure présent sur le sol des États-Unis.

– Quel âge a-t-elle ?

– Je ne sais pas. Elle est plus vieille que toi.

– C'est une belle femme ?

– Qu'est-ce que ça peut faire ? Elle va te cacher.

Jurgen se dit qu'une femme qui portait le nom de Vera Mezwa, comtesse, espionne allemande qui plus est, ne pouvait être aussi ennuyeuse que Walter. Il était prêt à y aller.

14

Les yeux de Vera Mezwa et ceux de Jurgen se rencontrèrent à la même hauteur. Elle lui prit la main, fit un pas en avant et l'embrassa sur une joue, puis sur l'autre, et Jurgen sentit ses lèvres effleurer sa peau. Ils se retrouvèrent face à face, et il sut qu'elle était contente de l'avoir chez elle même si elle n'en faisait pas étalage. Il le devina à sa façon de le prendre par le bras en disant, dans un anglais qui gardait un soupçon d'accent slave :

– Venez, allons nous asseoir confortablement.

Il avait connu des Ukrainiens, à Hamtramck, un quartier de Detroit, qui parlaient anglais en essayant d'adopter l'accent américain.

– Dites-moi ce que vous buvez d'ordinaire, dit-elle.

Son attitude était assurée, celle qui sied au chef d'un réseau d'espions, mais il se dégageait d'elle un merveilleux parfum qui, à ses yeux, arrondissait les angles. Il se la représenta étendue nue sur un lit, et imagina les muscles sous les rondeurs de son corps, mais avec la poitrine d'une body-buildée, et il devina qu'elle se teignait les cheveux, privilégiant le ton cru du henné qui, associé à un rouge à lèvres d'un carmin soutenu, tranchait de manière assez surprenante avec son teint pâle et poudré. C'était une belle femme comme on peut en rencontrer en Europe centrale, et elle lui plut immédiatement.

– Je prendrai la même chose que vous, répondit-il, certain que ce ne serait pas une boisson sans alcool.

Ses talons la mettaient à la même hauteur que lui. Elle devait avoir trente ans bien tassés, presque quarante. Ils n'en avaient cure ni l'un ni l'autre. Le mobilier du séjour était fonctionnel, sans caractère. Jurgen se dit qu'il devait être là quand elle avait emménagé. Sur un plateau en argent, ils prirent des cigarettes que Vera alluma avec son Ronson. Elle était assise face à lui sur le canapé, jambes repliées dans une jupe en laine d'un ton de rose assorti au pull-over qu'elle portait assez ample, sans rien dessous, avec des perles pour habiller son décolleté. Sa tête était dressée et ses yeux fixés sur un point situé quelque part derrière lui.

Il se retourna suffisamment pour voir un jeune homme mince, portant un tablier-bavette blanc par-dessus son T-shirt et son foulard rouge, qui patientait dans une posture relâchée, mains sur les hanches, épaules un peu voûtées.

– Bo, dit Vera, la vodka au réfrigérateur, s'il te plaît.

Jurgen le vit faire demi-tour sans prononcer un mot et sortir de la pièce en passant par la salle à manger. Il se fit la remarque que le jeune homme portait sa tignasse de cheveux blonds dans le style de Buster Brown, avec la frange et les oreilles recouvertes.

– Bo, expliqua Vera, est mon homme à tout faire. Bohdan Kravchenko. C'était le steward de mon mari quand il a forcé le blocus avec son bateau pendant le siège d'Odessa, de juin à octobre 1941. Peut-être savez-vous déjà que le vaisseau de Fadey, mon mari, a été envoyé par le fond, et lui avec. Bo était à mon service quand Odessa est tombée aux mains des Roumains que vous poussiez en première ligne, devant vos troupes. Un *Einsatzgruppen*, l'un de vos escadrons de la mort, lui a mis la main dessus, l'a envoyé dans un camp de travail avec les juifs, les communistes, les Tziganes, et lui a fait porter un triangle rose qui l'identifiait comme homosexuel. La couleur des juifs était le jaune.

– Il s'est échappé ?

– En fin de compte, oui. Mais pas avant d'avoir donné sa ration intégrale de nourriture quotidienne pendant dix jours consécutifs à un autre détenu, un homme qui se trouvait être en possession d'un couteau à beurre dont il ne savait quoi faire. Bo a aiguisé le petit couteau sur une pierre jusqu'à ce qu'il ait le tranchant désiré. Il a égorgé un garde, une brute de SS qui l'obligeait à s'agenouiller bouche ouverte pour essayer de pisser dedans à deux mètres de distance. Il a rampé dans le baraquement du garde, l'a trouvé endormi et lui a ouvert la gorge, à lui et à deux autres tant qu'il y était, le tout sans faire un bruit. Il aurait été abattu de toute manière, qu'ils découvrent ou non qu'il avait tué ces brutes, puisqu'ils abattaient tout le monde. Nous avons quitté Odessa. J'ai emmené Bo avec moi à Budapest, habillé en femme, puis aux États-Unis, une des conditions de l'accord que j'ai passé avec le service d'espionnage allemand.

Vera écrasa son mégot et alluma une nouvelle cigarette.

– Écoutez un peu ça. Un soir au Brass Rail, dans le centre, il raconte aux tantes avec qui il se saoulait qu'il travaille pour une espionne allemande. Ça remonte aux oreilles des gars du Bureau fédéral. Ils demandent à Bohdan s'il aimerait travailler pour eux, devenir agent des États-Unis et m'espionner, moi. Ça, ou ils le coffrent en tant que ressortissant étranger ayant une attitude subversive et le renvoient en Ukraine une fois la guerre terminée. Bo espère être un jour citoyen américain, alors il leur dit que oui, bien sûr il accepte, en demandant combien ils comptent le payer. Ils lui demandent à combien il estime sa liberté. Sa rétribution, c'est ça. Il me raconte tout, me dit qu'il va m'espionner. Je lui demande : « Ils te donnent quoi en échange, une médaille ? » Non, rien. Je lui dis : « Pourquoi tu ne deviens pas agent double pour les espionner, eux, pour mon compte ? On ne s'amuse pas bien ensemble ? Je ne te laisse pas porter mes bijoux ? » Tout ça, c'est pour la galerie. On invente des informations vraisemblables qu'il leur communique, pour qu'ils le gardent à leur service. Mais ils savaient déjà des choses sur mon compte. Que j'ai été recrutée par Mlle Gestapo en personne, Sally D'Handt, un célèbre agent à la solde de l'Allemagne. Que j'ai appris les techniques de l'espionnage à Budapest, et que j'ai été admise dans la Première Division de l'*Abwehr*, la Section espionnage. Comment le Bureau fédéral pouvait-il savoir tout cela sur moi ? J'avoue que j'ai été impressionnée.

Bohdan revint avec une bouteille de Smirnoff glacée et des verres apéritif à pieds qu'il tenait bien droits entre ses doigts.

– Bo, je raconte à Jurgen ce que tu fais pour le Bureau fédéral.

Il plaça les verres sur la table à cocktails.

– Nous adorons inventer des histoires à leur raconter. Leur dire que j'ai surpris Vera qui parlait au téléphone de saboteurs se préparant à faire sauter le tunnel qui mène au Canada.

– Et le pont Ambassadeur, ajouta Vera.

Bo remplit les trois verres et s'assit face à elle et Jurgen, de l'autre côté de la table de cocktails, suffisamment près pour en prendre un, le boire d'un trait et s'en resservir un autre.

– Dis à Jurgen ce que tu ferais si tu étais Walter.

– Si je devais traverser cette existence avec la tête de Himmler ? Je me trancherais la gorge. Avec un couteau à beurre que j'ai dans mes affaires, un souvenir.

Il adressa un clin d'œil à Jurgen.

– Sois gentil, dit Vera. Nous devons témoigner au capitaine Schrenk tout le respect dû à son rang.

Se tournant vers Jurgen, elle ajouta :

– Si Bo met de la musique et vous invite à danser, dites-lui que vous le remerciez mais que vous préférez décliner. Parfois, Bo a des lubies.

– Le genre de lubies qu'elle apprécie.

Jurgen regarda Vera boire une vodka, remplir son verre à nouveau puis se tourner vers lui.

– Qu'est-ce que vous attendez ?

Il leva le sien, avala la lampée de vodka, et laissa Vera remplir une nouvelle fois son verre.

– Vous savez qui a réduit Odessa à l'état de gravats, à force de pilonner la ville ?

– Je ne suis jamais allé à Odessa.

– Vous voyez très bien ce que je veux dire. Notre maison a échappé aux Stukas parce que nous habitions à trois kilomètres à l'est du port. Vous avez investi la ville en poussant cette foutue quatrième armée roumaine devant vous pour faire le sale boulot, tout ça pour trouver quoi ? Rien. Ces salopards de Russes étaient partis en emmenant tout ce qu'ils pouvaient emporter. Ils ont ça dans le sang : piller. Ils avaient l'habitude de quitter les hôtels avec leurs sacs remplis de serviettes de toilette et même de tableaux, quand ils arrivaient à les arracher des murs. Les Roumains, c'est une autre histoire. Ils sont arrivés à Odessa et ils ont commencé par assassiner les juifs. Ils les abattaient et ils les pendaient aux lampadaires des avenues. Ils les flanquaient dans des entrepôts vides, en entassaient jusqu'à vingt mille, ils fermaient les portes et ils les mitraillaient en tirant par des ouvertures qu'ils avaient pratiquées dans les murs. Après ils mettaient le feu aux bâtiments et y jetaient des grenades à main. Vous arrivez à croire ça ? Au cas où il y aurait encore eu un juif de vivant.

– Parle-lui des Escadrons de la mort, dit Bo.

– Les SS, dit Vera. La guerre est arrivée à Odessa et ma vie a changé. D'une vie relativement oisive, je suis passée à une vie qui n'avait plus que l'apparence de l'oisiveté. (Elle fit un geste.) Cette maison. Mon mari était dans le transport maritime, avec des affréteurs côtiers qui faisaient du commerce dans les ports de la mer Noire. Fadey s'est accommodé des Soviétiques, en serrant les dents, en offrant des pots-de-vin quand son baratin ne suffisait pas. Il n'avait que des compliments au service de Joseph Staline, ce nain au visage criblé de petite vérole. Vous savez combien il mesure ? Les Russes disent qu'il fait un mètre soixante-sept. Sans blague ! En fait, il porte des talonnettes dans ses chaussures, sinon il ne dépasserait pas son mètre cinquante de connerie. C'est la raison pour laquelle il a tué dix millions de personnes appartenant à son propre peuple. Sa mère l'avait envoyé dans un séminaire pour qu'il devienne prêtre, mais Dieu n'a pas voulu de lui.

Elle continua à parler, et Jurgen à écouter.

– Je vous ai dit que le siège a commencé en juin 1941 ? À ce moment-là, mon mari Fadey est devenu briseur de blocus, comme Rhett Butler. Il sortait d'Odessa en cachette, faisait la traversée pour aller en Turquie, qui était neutre à cette époque, et revenait avec des armes et des provisions. Du vin turc aussi, que je n'arrivais pas à boire. Fadey était escorté par des bateaux de la flotte soviétique. Les Stukas les ont attaqués en piqué et ont coulé deux destroyers, le *Bezuprechnyy* et le *Bespohachadnyy*, plus un remorqueur et le bateau de Fadey. Il a pris la mer et je ne l'ai plus jamais revu, mon mari. Effacé de ma vie.

Jurgen attendit quelques instants.

– Ce sont les Allemands qui l'ont tué ?

– Ou une canonnière soviétique qui a coulé son bateau ?

– On m'avait raconté que votre mari était officier de cavalerie polonais, et qu'il avait été tué au combat.

– C'est l'histoire qu'ils m'ont fabriquée. Je suis arrivée à Detroit veuve d'un comte polonais, pas moins, un comte qui avait héroïquement embrassé une fin tragique en combattant des blindés à cheval. Cela me conférait une position sociale, en tout cas un rang plus acceptable que celui de veuve d'un trafiquant d'armes de la mer Noire. À l'école d'espionnage, j'ai demandé si le comte savait ce qu'il faisait. Ils n'ont pas voulu me répondre. J'ai demandé s'il avait réellement existé. Ils n'ont toujours rien voulu me dire. Sur mon passeport, je suis Vera Mezwa Radzykewycz, comtesse. Est-ce que j'ai l'air d'une altesse ?

– En vérité, oui, dit Jurgen. Mais femme d'un trafiquant d'armes, ça a de la classe. Ça aurait pu vous rallier certains suffrages.

– Je vous ai raconté que j'avais été contactée à Budapest par Sally D'Handt, une renégate belge devenue espionne à la solde des Allemands. Maintenant, elle recrute pour alimenter l'espionnage de guerre, les âmes perdues qu'elle trouve, elle les fait entrer dans l'*Abwehr*. Vous avez déjà entendu parler de Sally ? Elle est célèbre.

Jurgen secoua la tête. Vera poursuivit :

– Des cheveux blonds comme ceux de Veronica Lake, une femme très théâtrale. Elle m'a dit avec beaucoup de solennité que c'était une canonnière soviétique qui avait coulé le vaisseau de mon mari. Qu'ils en avaient reçu l'ordre, parce que le répugnant Joseph Staline ne faisait confiance à personne.

– Et vous y avez cru ?

– Les Soviétiques en avaient toujours après nous. Sally m'a demandé si j'étais déjà allée aux États-Unis. J'y étais allée quand j'étais gamine. Est-ce que j'aimerais y retourner maintenant, pendant la guerre ? J'ai répondu que l'idée me plaisait. Et voilà que cette connasse de Belge renégate s'est débrouillée pour que les larmes lui montent aux yeux, tellement elle était émue. Au bord des pleurs tout en essayant de me montrer sa joie parce que je consentais à y aller. Le regard qu'elle m'a décoché, c'est celui que Joan Fontaine pose sur Cary Grant dans *Soupçons* quand elle comprend qu'il l'aime. Ou celui qui dit qu'au moment même où la caméra s'arrêtera de tourner, Cary et elle seront dans sa loge à s'envoyer en l'air comme des bêtes. C'est ce genre de regard que j'ai lu sur le visage de Mlle Gestapo quand elle a murmuré : « Vera, vous êtes exactement la femme qu'il nous faut pour obtenir des informations sur l'arsenal même de nos ennemis, la ville de Detroit. » À moins qu'elle ait dit « le prétendu Arsenal de la Démocratie » ? Je ne m'en souviens plus.

Vera haussa les épaules dans son pull ample. Puis elle décida de prendre une nouvelle cigarette.

– De Budapest, je suis venue à Detroit par le Canada. J'ai remplacé un agent qui avait dénoncé son propre réseau quand le FBI s'était mis à lui chercher noise, Grace Buchanan-Dineen. Elle prononçait son prénom « Grââss », et ça a été à ma connaissance le seul agent, mis à part Ernest Frederick Lehmitz, qui ait utilisé de l'encre sympathique pour écrire à ses contacts. Lehmitz signalait les bateaux qui quittaient New York à destination de l'Europe, jusqu'à ce qu'il se fasse prendre et qu'il soit jeté en prison.

– C'était la maison de Grââss, ici ? demanda Jurgen.

– Ce serait drôle, hein ? fit Vera en souriant. La maison des espions allemands. Non, Grââss habitait dans le centre, près de la rivière. On m'a donné la maison en location pour un bail qui court jusqu'au mois de juin de cette année...

– Vous n'avez que deux mois ?

– Attendez un peu. On m'a donné un compte en banque garni de cinq mille dollars, plus mille dollars par mois pour mes frais.

– Ça a l'air plutôt généreux.

– L'an dernier, le montant est tombé à cinq cents par mois. Cette année, les chèques ont cessé d'arriver, le dernier date du mois de février.

Jurgen prit une cigarette sur le plateau en argent. Vera se pencha vers lui en allumant son briquet.

– Vous êtes fauchée ?

– Ne vous inquiétez pas pour ça.

– Que comptez-vous faire ?

– On en discute, dit-elle en regardant Bohdan.

– Constamment, confirma celui-ci en se servant une vodka. Je conseille à Vera de devenir la concubine d'un homme riche, et moi je ferai l'eunuque.

– Vous n'êtes pas allemande, dit Jurgen à Vera. Pourquoi travailler pour les services d'espionnage allemands ?

– Elle déteste les Russes, intervint Bo.

– Je ne les aime pas. Le seul aspect de cette guerre qui m'est absolument égal, c'est que vous et ces salopards de Russes vous vous entre-tuiez. Je vais vous dire une chose. En 1940, 1941, tous les jeunes grenadiers, aux actualités cinématographiques, je les trouvais sexy. Vous étiez séduisants, fiers de vous, vous aviez des idéaux en lesquels vous croyiez. Vous chantiez, vous marchiez au pas, vous chantiez en marchant au pas. Je me souviens de m'être dit que c'était très mauvais, comme revue d'opérette. Mais le ton optimiste de tout ça était contagieux. J'aimais la pureté qui allait avec, l'idée d'une Allemagne nouvelle peuplée de jeunes gens resplendissants de santé et de femmes à la physionomie nordique et aux cheveux blond platine. Dans cette masse, je savais que je trancherais comme une vedette de cinéma. Mais est-ce que j'avais réellement envie de troquer un État policier, celui de Staline, contre un autre ? D'être obligée de faire aussi attention à tout ce que je dirais ? Comment regarder les supernazis descendre la rue au pas de l'oie sans les trouver ridicules ? Je me suis dit : Allons, les Allemands sont un peuple fort et opiniâtre, ils ne supporteront pas Adolf Hitler et sa clique bien longtemps, pas plus que l'intrusion de la Gestapo dans leur vie. Après la guerre, tout redeviendra comme avant.

– Et l'élimination des juifs, demanda Jurgen, les gens l'acceptent ?

– Ils détournent la tête.

– Mais ils connaissent l'existence des camps de la mort.

– Tout ce qu'ils peuvent faire, c'est attendre que l'Allemagne soit vaincue et qu'Adolf comparaisse devant un tribunal international. Tout le monde sait que la fin est proche. J'entends dire partout : « On ne peut plus gagner. On devrait faire la paix maintenant et remettre ça dans dix ans. » J'entends aussi : « L'Amérique exigera une reddition inconditionnelle. L'Allemagne sera contrainte de renoncer à la terre qu'elle a volée, aux pays envahis. Renoncer à tout, sinon on lâchera les Russes sur elle. »

– On n'aura pas le choix, fit Jurgen en secouant la tête.

– J'essaie de rationaliser : comment puis-je travailler pour ce Führer toqué de guerre et enragé contre les juifs ? J'ai vu un article sur Henry Ford et j'ai appris qu'il voit les juifs d'un mauvais œil. Il met les Américains en garde contre la conspiration internationale juive, et je suppose que c'est du communisme qu'il veut parler. De quoi, sinon ? On sait bien qu'il a les idées très arrêtées. Il est persuadé que le sucre de l'ananas donne de l'arthrite. Mais dans son usine, c'est un génie. Alors pourquoi est-il à ce point opposé aux juifs en tant que race ? Je pense que les juifs le dérangent parce qu'ils ont tendance à être intelligents. Il sait que certains d'entre eux, comme Albert Einstein, sont même plus intelligents que lui. Comme il ne peut pas le tolérer, il les condamne tous en tant que race.

– J'ai lu des choses sur Ford avant la guerre et j'ai été très surpris, dit Jurgen.

– Je pense qu'il existe des préjugés très variés à l'encontre des juifs, c'est là que je veux en venir. Henry Ford était pacifiste quand l'Amérique était neutre. Il a refusé de fabriquer des moteurs d'avions pour l'Angleterre. Deux ans plus tard, toutes les heures, il produit un nouveau bombardier quadrimoteur, un Liberator, intégralement. C'est ce qu'ils font à Willow Run, ils assemblent plus de cent mille pièces différentes pour faire un bombardier. Alors que l'assemblage d'une conduite intérieure Ford ne nécessite de traiter que quinze mille pièces. Voilà le genre d'informations que je stocke dans mon pauvre cerveau. L'usine de Willow Run fait plus de huit cents mètres de long. Elle a été montée avec vingt-cinq mille tonnes d'acier de construction. Quatre-vingt-dix mille personnes sont employées dans cette seule usine. Chez Chrysler, de l'autre côté de Detroit, ils produisent des tanks par milliers. Packard et Studebaker font des moteurs pour les avions, et Hudson des armes antiaériennes pour abattre les avions de l'ennemi. Nash fabrique des moteurs et des hélices, et General Motors un peu de tout ce dont l'Amérique a besoin pour faire la guerre. Ils peuvent produire trois millions de casques en acier en un rien de temps (Vera claqua des doigts), pour un coût de sept cents le casque.

– Il nous faut bien reconnaître, à l'heure qu'il est, que nous avons été très loin de les évaluer à leur juste mesure en tant qu'ennemis.

– Votre Füher était bien trop occupé à se pavaner devant la planète entière pour se rendre compte de quoi que ce soit. Vous savez ce que j'ai fait, ce que mes contacts avaient l'habitude de demander ? Ils voulaient les noms et les emplacements d'entreprises qui produisaient des métaux légers. Ils pensaient que si nous arrivions à détruire toutes les usines d'aluminium des Américains, ils ne pourraient plus fabriquer de bombardiers. Ils voulaient que je fasse en sorte que les Alliés ne puissent plus bombarder l'Allemagne. Ils devenaient fous, avec ces bombes qui leur tombaient sur la gueule deux fois par jour. *Abwehr* n° 2, c'est la section des saboteurs. On leur a donné comme ordre : « Bon Dieu, coupez les sources d'alimentation des usines. Éteignez tout, et en vitesse ! »

– Est-ce qu'il y en a qui ont réussi ?

– Vous en auriez entendu parler.

– Il n'y a pas eu de hauts faits, comme le vol du viseur de bombardier Norden ?

– Ça, c'était en 1938, l'année où Fadey et moi nous sommes mis ensemble. Je leur ai parlé d'un nouveau procédé de soudure rapide mis en place à Fisher Body. Dans l'arsenal de Chrysler, ils ont ramené le temps de finition sur les batteries antiaériennes de quatre cents heures à quinze minutes. Je leur ai demandé s'ils voulaient des détails mais je n'ai pas eu de réponse. Ils sont au fin fond de leur abri antibombes.

– Comment envoyez-vous vos messages ?

– J'ai voulu leur dire de s'abonner à *Time Magazine*. Himmler était encore en couverture en février, sa troisième apparition depuis le 24 avril 1939. Walter va l'encadrer et le mettre au mur. Himmler va détester l'article mais en commander une centaine de copies... Je donne l'information que j'envoie, par exemple sur l'emplacement d'une nouvelle usine Alcoa, à un homme qui passe chez moi quand j'appelle un certain numéro de téléphone. Il va je ne sais où transmettre le message, après l'avoir codé, à une compagnie maritime allemande de Valparaiso, au Chili, et de là le message est relayé sur Hambourg.

– Quel souvenir avez-vous du 24 avril 1939 ?

– Vera possède une mémoire fabuleuse, intervint Bohdan, mais elle a besoin de voir les mots ou les chiffres écrits.

– Si vous me dites une chose, je devrais m'en souvenir, dit-elle. Je l'inscris pour avoir quelque chose que je puisse consulter quand je veux me le remettre en mémoire.

Pendant quelques instants, personne ne parla. Dans le silence, Jurgen entendait, très faiblement, *String of Pearls* de Glenn Miller qui jouait à la radio de la cuisine. Il dit :

– Il y a un agent fédéral, un marshal du nom de Carl Webster, qui est à mes trousses.

– Oui, je l'ai lu dans l'édito de Neal Rubin, acquiesça Vera. C'est donc vous qu'il recherche ?

– Je pensais que Walter vous aurait parlé de lui.

– Walter vit dans son propre monde.

– Si Carl sait des choses sur Walter, il en sait forcément sur vous.

– Vous en êtes au stade des prénoms, avec ce policier ?

– Nous nous connaissons.

– Et vous pensez qu'il viendra vous dénicher ici. Est-ce que vous avez envie de vous rendre, étant donné que la guerre touche à sa fin ?

– Non, pas vraiment.

– Je ne vous jette pas la pierre. Mais si votre ami veut fouiller ma maison, qu'est-ce qu'on fait de vous ?

– Je partirai.

Vera prit son temps avant de répondre.

– Laissez-moi le temps d'y réfléchir.

La pièce était silencieuse à nouveau, un silence qui commençait à s'éterniser, quand Bohdan dit :

– Bon, c'est presque l'heure du thé.

– Remplaçons le thé par la vodka, dit Vera avant de regarder Jurgen. Allez donc vous reposer à l'étage. J'ai mis dans votre chambre des magazines que Walter ne pouvait avoir chez lui, j'en suis certaine. Il aurait déjà fallu qu'il en connaisse l'existence. Faites un somme, redescendez vers six heures pour les cocktails et le repas que Bo va nous préparer.

Et, se tournant vers ce dernier :

– Tu as prévu quelque chose ? Ou tu préfères nous faire la surprise ?

Jurgen observait Bo. L'espace d'un instant, l'expression du jeune Ukrainien trahit sa lassitude face à cette routine de vie domestique heureuse. Mais très vite il se ranima et sembla vouloir donner à Vera une réponse à la hauteur.

– Je ne peux pas vous surprendre, Comtesse, vu la façon dont vous venez renifler dans la cuisine. Mais voyons si je peux stimuler l'appétit de Jurgen.

– J'espère que je n'ai pas donné l'impression de flirter, dit Bo maintenant assis sur le canapé en compagnie de Vera dont les doigts jouaient dans sa coiffure de page à la Buster Brown.

– Je crois que tu as des pellicules, fit-elle en lui brossant les épaules avec la main.

– Je me mets dans la tête de jouer les tantouzes et tout ce que je dis a l'air provocant.

– Tu es très crédible.

Elle se souvenait du soir où Fadey était rentré beaucoup plus tôt que prévu et avait failli les surprendre nus dans la chambre à coucher. Il l'avait appelée depuis le rez-de-chaussée : « Vera ? » Et avant qu'il arrive dans la pièce, Bo s'était transformé en travelo avec l'une des robes de Vera et, les mains sur les hanches, se regardait dans le miroir. Vera, qui avait passé une jupe et un pull-over, était sortie du dressing à temps pour voir Fadey regarder Bo fixement.

– Tu te souviens de ce que j'ai dit ? demanda-t-elle à Bo.

– Tu as dit, répondit-il en souriant : « Il aime porter des vêtements de femme, mais ça ne l'empêche pas d'être le meilleur cuisinier de mon cul dans tout Odessa. » J'avais envie de t'embrasser. Et Fadey a marché.

– Il s'en fichait, de toute façon.

– Je me demande bien comment tu as pu penser à ça aussi vite. Tu l'entends au rez-de-chaussée et la seconde suivante je suis un déviant sexuel.

– Tu sais très bien qu'il y a des moments où tu as vraiment des intonations efféminées. Mais après tu t'es mis à jouer ce rôle…

– C'était drôle.

– Oui, jusqu'à ce que des gens s'en rendent compte. Peut-être tes compagnons de bord. Il ne faut pas grand-chose. Il suffit que tu tiennes ta main de la mauvaise façon en te regardant les ongles. (Elle l'entoura de son bras, attirant contre le sien son corps mince dont elle aimait sentir les côtes.) Alors l'Escadron de la mort arrive, et quelqu'un sur le dock te montre du doigt : « En voilà un. » Tu essaies de leur expliquer que tu as tes raisons d'agir comme tu le fais, qu'il s'agissait d'empêcher un mari jaloux de t'abattre. Et ils t'ont pissé dessus.

Vera se mit à le cajoler, à lui toucher le visage, lui passer la main dans les cheveux.

– Mon pauvre amour. Je suis tellement désolée.

– Je pourrais cesser de jouer les grandes folles.

– Pas maintenant. Tu es mon arme secrète.

– Je ne pensais pas que Jurgen serait un problème, mais c'en est un.

– Je n'ai pas l'intention de me retourner les sangs. Si je dois le dénoncer, je le ferai. Quant à Walter, je ne sais pas, il ne dit pas grand-chose. Mais maintenant il a quelque chose à nous annoncer. Ce qu'il projette de faire pour l'anniversaire d'Hitler, le 20.

– Qu'est-ce que c'est ?

– Il refuse d'en parler, pour l'instant. Il nous l'apprendra demain soir, ici-même. Il sera accompagné de cette grande gueule venue de Géorgie, s'il arrive à décoller. J'ai appelé le Dr Taylor, et je lui ai dit qu'il ferait bien d'être là. Pour se tenir au courant de ce qui se prépare.

– J'espère que Joe Aubrey ne pourra pas venir. Imagine : à cause du temps, tous les avions sont bloqués au sol. Non, lui, il décolle quand même. Au diable la météo, c'est une petite teigne féroce et bagarreuse, et ce n'est pas une tempête de rien du tout qui va l'arrêter. Mais si ! Il s'écrase et grille dans son avion. Ça ne serait pas grandiose ?

– Si, sauf qu'il va prendre le train cette fois. Celui sur qui je me pose des questions, c'est le Dr Taylor.

– Il n'ouvre pas la bouche, mais ses yeux nous passent silencieusement en revue, sans jamais rien rater.

– Il ne parle jamais beaucoup en public. Mais il se pourrait bien qu'il parle au Bureau fédéral. S'il n'a pas le choix. Il nous dénoncera plutôt que d'aller en prison. Ou il le fera si ça peut lui valoir une remise de peine.

– Qu'est-ce que tu veux que je fasse ?

– Je te le dirai demain soir, une fois que j'aurai bien observé tous ces gens. Pour voir s'il y en a un que j'apprécie dans le lot.

– Et aussi s'il y en a un qui a de l'argent à nous donner. On sait que la grande gueule pourrait en lâcher un peu. Tu pourrais le vamper, lui faire un de tes numéros.

– Impossible. Son eau de Cologne me fait monter les larmes aux yeux.

– À moi aussi. Je croyais que c'était son haleine. On pourrait le convaincre de signer un chèque pour l'Aide sociale allemande, le peuple de Berlin affamé, encaissable sur-le-champ.

Bo se tortilla contre Vera pour poser sa joue sur la poitrine de la jeune femme.

– Préviens-moi quand tu seras à court d'argent, j'irai faire le tapin au coin de la rue, lui proposa-t-il.

– Ne dis pas ça, je t'en prie.

– Au coin de Six Mile Road et de Woodward Avenue, en remontant un peu le trottoir. Je pourrais en alpaguer un sur le chemin de sa banlieue huppée.

Vera prit la mâchoire de Bo dans sa main et le força à tourner le visage vers elle, pour qu'il voie dans ses yeux la façon dont elle le jugeait.

– Ne me dis jamais, tu entends, jamais, ce que tu peux bien fabriquer quand tu n'es pas avec moi. Je ne veux pas le savoir. Tu comprends ? Même pas pour plaisanter, ou alors je te largue.

À deux doigts de son visage, elle continuait à le regarder et l'embrassa sur la bouche avant de lui dire, tendrement cette fois :

– Tu comprends ? Tu es mon amour. Je veux sentir que tu m'appartiens, à moi et à personne d'autre. Sois gentil et je te rendrai heureux. Je te laisserai porter ma robe noire avec des strass, demain soir.

Bo se contorsionna pour se redresser.

– Tu veux dire, quand ton réseau d'espions sera là ?

– À toi de voir.

– La robe noire avec des sequins ?

15

Une fois par semaine, Carl appelait Louly à Cherry Point, en Caroline du Nord, la base aérienne des Marines, comme ça il n'était pas obligé de lui écrire. Il l'écoutait aborder un sujet, par exemple la marche au pas, dire que les Marines adoraient ça et qu'ils avaient leur propre façon, pleine d'entrain, de marquer la cadence, plus avec des sons dépourvus de sens réel qu'avec des mots.

– Pourquoi la marche au pas est-elle si importante ? demandait-elle. Au camp d'entraînement, quoi qu'on fasse, on marche au pas. Même là, on a des visiteurs qui viennent de Washington, des membres du Congrès, et on défile au pas sur la place d'armes, oblique à droite, oblique à gauche, demi-tour droite, histoire de prouver aux visiteurs qu'on est des Marines, sacré bon sang.

À entendre Louly, on aurait cru une bleusaille tout ce qu'il y a de plus zélé.

– Nous aussi on marchait beaucoup, remarqua Carl en faisant référence au Génie maritime. Du moment que tu es dans l'armée, peu importe dans quel corps, tu te défonces le cul à marcher au pas. Je pense que c'est pour t'obliger à faire ce qu'on te dit dès que tu en entends l'ordre. Quand t'es au combat, et qu'on te dit d'avancer, tu prends pas le temps de réfléchir, tu fonces.

Comme ça, sa femme penserait qu'il était tout autant *Semper Fi*[1] qu'elle.

Vers la fin de la conversation, Louly demandait toujours :

– Tu cherches pas les ennuis ?

– Je n'ai pas le temps d'en chercher. Et toi ?

– Quand on est dans les baraquements, on joue aux cartes ou on lit. Quand on sort, on boit quelques bières et on écoute les fusiliers marins nous faire leur numéro d'abrutis. Les officiers qui sont allés au combat, ils se prennent pour des cadors et ils mettent leur point d'honneur à montrer qu'ils s'ennuient. Alors je leur raconte que mon mari a abattu plus de gens qui voulaient le tuer que n'importe lequel d'entre eux, sans même avoir quitté l'Oklahoma.

– Et les deux Japs que j'ai dégommés ? Sur une île qui était censée être sécurisée ?

– Ne t'inquiète pas, je leur raconte que tu as aussi une paire de Japs au compteur, lui avait répondu Louly cette fois-là.

Il se sentait toujours bien après lui avoir parlé. Son engagement prenait fin pendant l'été, et il lui disait qu'il avait hâte de retrouver sa petite chérie à la maison. Il allait se mettre à chercher un appartement à Tulsa.

Cette fois, alors qu'il l'appelait de Detroit, elle lui demanda :

– Tu cherches pas les ennuis ?

Il répondit la même chose que d'habitude, qu'il n'avait pas le temps d'en chercher, mais des images de Honey Deal lui traversaient l'esprit, avec son béret noir sur la tête, dans la voiture et pendant le dîner, ses yeux sur lui quand elle avait bu son cocktail cul sec.

– Je t'aime, Carl, lui dit Louly à l'autre bout de la ligne.

– Je t'aime aussi, mon cœur, répondit-il en faisant attention à ne pas l'appeler *honey*.

---

1. « Semper fi », devise des Marines signifiant « toujours fidèle ».

Il y avait deux olives aux anchois dans le verre de Honey.

– Je prends une des olives dans ma bouche, comme ça, avait-elle dit, je l'écrase entre mes dents et je sirote mon gin vermouth glacé, le *nec plus ultra* des cocktails. Humm…

– Et on se sent bien en moins de deux.

– C'est rien de le dire.

– Si on ne se méfie pas.

– Et même si on se méfie.

Ses yeux lui souriaient.

Il l'avait déposée à son appartement après le restaurant. Elle l'avait remercié. Avait exprimé son désir de le revoir un de ces jours. Mais elle ne lui avait pas demandé s'il voulait monter.

Vous voyez le genre ?

Elle était de compagnie agréable, c'était tout. Elle flirtait un peu avec ses yeux, avec certaines choses qu'elle disait, mais ça ne signifiait pas qu'il ferait le grand saut avec elle. Il avait une jolie femme qui avait abattu deux hommes et enseignait à douze cents mitrailleurs à aimer leur Browning calibre trente. Louly représentait tout ce qu'il avait toujours voulu chez une femme, et il avait juré de lui rester fidèle. Il n'avait pas la moindre intention de commettre un jour l'adultère avec Honey. Si tant est que ce fût ce qu'elle avait en tête. Et il semblait bien que oui, car elle était ce qu'on pourrait appeler un esprit libre, avec son regard langoureux et cette lèvre inférieure qui n'attendait que la morsure de sa bouche. Elle se comportait comme s'il n'y avait pas de mal à l'amour libre.

Carl pensa qu'il n'y avait pas le moindre risque qu'il aille un jour trop loin. Même s'il la voyait davantage désormais. Presque tous les jours, en fait, maintenant qu'il avait perdu son guide dans Detroit, Kevin Dean, qui avait été réaffecté à l'enquête sur les explosions à la dynamite dans les bars.

Il téléphona à Honey depuis le bureau du FBI où il avait passé le plus clair de la journée. Elle avait l'air occupée mais répondait calmement aux questions que lui lançaient les vendeuses, et on aurait dit que c'était elle la responsable, là-bas au magasin Better Dresses de Hudson. Alors il se contenta d'annoncer que ses plans avaient changé et qu'il souhaitait l'entretenir de leur nouveau programme. Il pouvait la reconduire chez elle après le travail, et lui épargner le tramway.

– Carl, vous êtes mon héros, dit-elle.

– Merde, lâcha-t-il après avoir raccroché.

Au comptoir à cigares de l'hôtel, il prit un numéro du *Detroit News* qu'il feuilleta jusqu'à ce qu'il tombe sur l'édito de Neal Rubin. Il vit le titre et lança un « Nom de Dieu ! » tonitruant avant de s'informer sur son propre compte.

QUE FAIT L'AS DE LA CHASSE
À L'HOMME À DETROIT ?

Il y a une petite chance que vous sachiez pourquoi Carl Webster est célèbre sous le nom de « la Tête brûlée du Service des marshals ». C'était le titre du livre écrit sur lui dont j'ai fait la critique pour le *News* il y a dix ans. J'avais aimé le livre mais je ne parviens pas, à mon grand désespoir, à me souvenir pourquoi on l'appelle Tête brûlée.

La question qui nous occupe aujourd'hui est la suivante : qu'est-ce que Carl peut bien faire à Detroit ? Il travaille à Tulsa, dans l'Oklahoma. Dans un édito de l'an dernier que j'avais intitulé « Le représentant de la loi le plus célèbre de tous les États-Unis », j'avais parlé de sa spécialité : la traque des prisonniers de guerre allemands évadés des camps et en cavale. Carl est un traqueur hors pair, notre as de la chasse à l'homme.

C'est le marshal adjoint des États-Unis Carl Webster que vous voyez sur la photo. Elle a été prise dans le hall du bureau du FBI à Detroit. Il jette un coup d'œil aux clichés d'identité judiciaire de criminels recherchés. Il est regrettable que l'éclair de lumière sur la vitre empêche d'identifier un seul de ces mauvais garçons.

Je serais prêt à parier que Carl Webster est sur la piste de l'un d'entre eux. Peut-être même deux. *Jawohl ?*

Neal Rubin avait rempli le reste de son édito avec Esther Williams, racontant quel effet cela faisait de déjeuner avec Esther au London Chop House. Il avait trouvé la formule : « Ce qui peut vous arriver de mieux, si vous ne pouvez aller nager avec elle. »

Honey monta dans la Pontiac en demandant :

– Vous avez vu le papier de Neal Rubin ? Je trouve ce gars fantastique, son style est si... naturel. Il ne fait pas comme s'il savait tout, contrairement à la plupart des types qui travaillent dans ce métier, avec leur jargon de spécialistes. Vous avez remarqué que c'était vous la vedette ? Vous avez éclipsé Esther Williams.

– J'ai vu, dit Carl.

– Est-ce que ça réduit à néant votre couverture ?

– De toute manière, je n'en avais pas, de couverture.

– Je vous ai reconnu sur la photo.

– Je me demande bien comment ? Le type l'a prise par-derrière.

– *La façon dont vous portez votre chapeau*, fit Honey en chantant la suite de la chanson à voix basse. *Non, non ça on ne peut pas me l'enlever*[1]. C'est quoi, le changement dont vous m'avez parlé ?

– C'est Kevin. Ils l'ont mis sur une nouvelle enquête.

En descendant Woodward, au milieu de la circulation dense, il lui raconta :

– Si le propriétaire d'un bar ne veut pas faire affaire avec ces types qui fournissent les jukeboxes, des gars de la pègre,

---

1. *They Can't Take That away from Me*, standard de jazz composé par George et Ira Gerschwin, popularisé notamment par Billie Holiday : *The way you wear your hat / The way we danced till three / The memory of all that / No no they can't take that away from me.*

ils essaient de l'intimider en faisant sauter son bar. Mais ils ne sont pas très doués quand il s'agit de manipuler de la dynamite, alors ils laissent des traces. Le gang essaie aussi de vendre au bar du whisky canadien qu'il a détourné, sans tampon fiscal sur les bouteilles, ce qui est une violation de la loi fédérale. Le FBI a pris l'affaire en main, et c'est ce sur quoi Kevin travaille en ce moment, il va dans des bars qu'on a fait sauter et qui puent.

– Est-ce qu'on dîne ensemble ?

– Oui, si vous voulez.

– Allons d'abord chez moi discuter en prenant un verre.

16

Honey préparait des cocktails dans de grands verres, du whisky allongé de *ginger ale*[1], tandis que Carl ouvrait une boîte de cacahuètes en disant qu'il avait passé le plus clair de la journée au bureau du FBI. Il en arrivait maintenant à ce qu'il avait de plus délicat à lui dire.

– Ils m'ont fait asseoir et m'ont dit d'oublier Jurgen Schrenk pour un temps. Ils sont quasiment sûrs que le cercle d'espions de Detroit prépare quelque chose. Ils se retrouvent ce soir chez Vera Mezwa et le Bureau veut avoir la certitude que je ne serai pas dans leurs pattes. J'ai demandé ce que la réunion avait à voir avec Jurgen. Ils m'ont dit que c'était là qu'il logeait maintenant, chez Vera. J'ai demandé : « Et Otto est avec lui ? » On aurait dit qu'ils avaient oublié Otto, le commandant SS. Ils ont répondu qu'à leur avis il était toujours chez Walter.

– J'aimerais beaucoup rencontrer Vera, dit Honey. Kevin m'a montré des photos d'elle durant ses conférences. Elle est séduisante, elle a un genre bien à elle, elle sait se mettre en valeur et elle écrit des lettres à l'encre sympathique. Elle connaît Jurgen ?

---

1. Boisson gazeuse aux extraits de gingembre pouvant servir à couper un alcool.

– Le Bureau pense qu'il est impliqué dans ce que trame Vera, et que c'est pour ça qu'il est chez elle. Quel genre de mission ils pourraient bien donner à un prisonnier de guerre en cavale, je me le demande ? Je leur ai dit : Et s'ils n'avaient jamais entendu parler de Jurgen ? Si Walter n'avait jamais prononcé son nom ? Il sait ce qui est arrivé à Max Stephan quand il s'est affiché en compagnie du pilote nazi, alors il a très bien pu passer l'existence de Jurgen sous silence. Mais maintenant, il organise une réunion pour le présenter au groupe.

– Et pourquoi maintenant ? fit Honey.

– C'est ce qu'on m'a demandé. Si Walter a été si prudent précédemment, s'il a tenu secrète l'existence de Jurgen, pourquoi la dévoiler maintenant ? J'ai dit que je ne savais pas, mais que j'avais parlé à Walter la nuit dernière.

– Ce qui les a surpris.

– « Ah bon, vraiment ? », ils ont fait. Walter sait que je traque Jurgen et Otto, je leur ai dit. Et il a peur que je vienne à la ferme les chercher.

– Qu'est-ce qui vous fait dire ça ?

– Pourquoi croyez-vous qu'on y soit allés hier soir ? Je leur ai dit que c'était sans doute à cause de moi que Walter s'était débarrassé de Jurgen, qu'il l'avait envoyé chez Vera, pour qu'elle le cache quelque temps.

– Vous pensez qu'elle a entendu parler de vous ?

– Si elle est bonne, oui. Mais si elle ne se rend pas compte que je suis sur leurs talons, Jurgen se chargera de le lui faire comprendre. Et à ce moment-là, elle fait quoi ? Elle le cache ou elle le jette dehors ? Impossible de le livrer. Qu'est-ce qu'elle peut bien faire d'un prisonnier de guerre en cavale ?

– Vous avez dit ça aux agents fédéraux ?

– J'ai dit qu'elle savait bien qu'eux, les fédéraux, ils allaient lui tomber dessus. Et qu'avant qu'ils l'aient définitivement mise hors circuit elle pourrait dire adieu à sa carrière d'espionne. Mais j'ai ajouté que si Jurgen sentait que la situation la rendait nerveuse, il partirait. Ils ont voulu savoir comment je pouvais en être certain. Tout simplement parce qu'il sait qu'il est en meilleure posture seul que s'il est obligé de compter sur des gens qui lui sont étrangers, j'ai répondu. Je suis sûr qu'il avait de sérieux doutes sur Walter. Le fait que Jurgen traîne dans les parages le rend malade de trouille.

– Ils ont demandé comment vous saviez tout ça ?

– Bon Dieu, j'ai répondu, Walter, moi, je l'ai rencontré. Je sais quel genre d'homme c'est. Je l'ai jaugé comme je le fais avec tous les hors-la-loi que je traque. J'ai dit qu'il n'y avait plus qu'une chose à faire, avant que Jurgen s'évapore : entrer dans la maison et l'en sortir les menottes aux poignets. Pour Vera, même traitement.

Carl s'interrompit pour la laisser dans l'attente de ce qu'il allait dire, mais elle le battit au poteau.

– Ils ne vous ont pas demandé ce qu'un vieux briscard avec des bottes de cow-boy aux pieds pouvait bien connaître au domaine de l'espionnage ?

– Si, sauf que dans leur bouche, ça a donné : pourquoi ne pas laisser les choses suivre leur cours, pour ne pas faire filer les félons ?

– Quel cours ?

– Le cours de ce qui, selon eux, est en train de se passer.

– Comment ils savent que Jurgen est chez Vera ?

– Par Bohdan Kravchenko. Il travaille pour eux depuis l'arrivée de Vera.

– Ah, je me souviens que Kevin m'a parlé de lui. Vera l'appelle Bo.

– Kevin dit que cet Ukrainien leur fourgue des tuyaux d'espionnage sans jamais rien leur apprendre vraiment. Il y a une réunion ce soir, mais Bo ne sait pas pourquoi elle a été organisée. Les types du Bureau sont prêts à reconnaître qu'il est fort possible qu'il les mène en bateau, mais c'est tout ce qu'ils ont à se mettre sous la dent. Comme je l'ai déjà dit, je pense que Walter va présenter Jurgen au groupe.

– Mais vous ne savez pas pourquoi, s'il a tenu sa présence secrète jusque-là.

– Il doit avoir une bonne raison maintenant, ou alors il cherche à se faire valoir. Regardez bien, tous, voilà un superman nazi, un vrai de vrai, que j'ai invité à la fête.

– Si vous croyez que Jurgen aura disparu avant demain...

– C'est ce qui me chagrine. Qu'est-ce que je peux bien faire ?

– Ils n'ont pas placé des agents pour surveiller la maison ?

– C'est bien pour ça que je ne peux pas débarquer sans crier gare.

– Je présume que les types du FBI connaissent leur affaire, non ?

– Oui, sauf que leur scénario est différent du mien.

– Vous avez peur que Jurgen leur file entre les doigts, parce que vous serez obligé de tout recommencer depuis le début. Comment il est ?

– Jurgen ? C'est un type sympathique, intelligent, drôle, qui peut imiter plusieurs accents différents.

– Il a quel âge ?

– Vingt-six, je crois.

– À quoi il ressemble ?

– Il a les cheveux châtains, les yeux bleus, les jambes toujours bronzées parce qu'il aime porter des bermudas. Il mesure environ un mètre soixante-dix-sept pour soixante-douze kilos.

– Il est beau garçon ?

– Les filles l'aiment bien, elles le trouvent mignon. J'ai vu des femmes qui travaillaient dans le bâtiment de l'administration, juste de l'autre côté du portail, l'observer à travers la clôture grillagée. Il y en a même une qui tirait sur le devant de son corsage, comme si elle avait besoin d'air. Il avait une petite amie à l'époque, une fille qui avait le sang chaud, et il sortait du camp en douce pour aller la voir.

– Vous voulez dire qu'il s'évadait. Et la fille au sang chaud, elle faisait quoi ?

– Des comme elle, il n'y en a pas beaucoup. Du bal des débutantes, elle a atterri dans un bordel de Kansas City, où elle est devenue *call-girl* haut de gamme. Elle a gagné beaucoup d'argent, en a mis de côté, n'est pas tombée dans l'opium. Elle va écrire un livre, et elle dit que je n'en reviendrai pas de lire certaines des choses qui lui sont arrivées dans sa vie. Je crois qu'elle avait seize ans à l'époque où elle travaillait dans ce bordel. Shemane, elle avait un de ces regards en coin…

Carl souriait. Il ajouta, d'un ton devenu sérieux :

– C'est une rouquine.

– Elle vous plaisait.

– J'en ai déjà une à la maison.

– Mais vous aviez envie d'elle. Est-ce qu'elle était célèbre ?

– À Kansas City, oui.

– Est-ce qu'elle va citer des noms, dans son livre ?

– Je lui ai dit de ne pas mettre de braves types dans le pétrin, c'est tout.

– Maintenant, dites-moi ce que vous voulez faire.

– À propos de Jurgen ?

– À propos de maintenant. Qu'est-ce que vous voulez faire ?

Affalés sur le canapé avec leurs verres et leurs cigarettes, enfoncés dans les coussins qui s'écrasaient pour épouser la forme de leurs corps, ils étaient proches à se toucher rien qu'en tendant la main.

Carl dit qu'il avait besoin d'un guide puisque Kevin était temporairement indisponible. Si ça disait à Honey de le remplacer, il rédigerait une lettre pour la dispenser d'aller travailler pendant quelques jours et la dédommagerait pour le temps qu'elle lui consacrerait. Ou il ferait rédiger la lettre par quelqu'un du FBI.

– J'appellerai pour me faire porter pâle, dit Honey, ce n'est pas un problème. Oui, ça me plairait de vous trimballer en ville. J'ai une voiture, qu'un ami me laisse pendant qu'il est à Benning à faire du saut en parachute. Il est instructeur aéroporté. C'est un coupé Modèle A de 1940, mais je n'ai pas de tickets d'essence. Le gars est un ami, rien de plus.

Carl dit qu'il lui obtiendrait des coupons, mais qu'ils feraient leurs trajets, et peut-être de la surveillance, en utilisant la Pontiac. Il avait des cartes qu'il voulait lui montrer.

– Ça alors, des cartes ! fit Honey. Je pense qu'on devrait aller dîner en face. Le Paradiso, c'est à deux pas, sans doute le meilleur restaurant de Detroit. En dehors du Chop House. C'est de la nourriture italienne, mais pas avec des kilos de sauce tomate. D'excellentes escalopes de veau, une salade maison du tonnerre, et avec ça du chou frisé comme à la campagne. Je leur ai dit qu'ils devraient mettre du gruau de maïs au menu. Quand je prépare du foie de veau et du bacon, je fais toujours une petite sauce de viande pour mettre sur le gruau.

– Moi, j'émiette le bacon dans mon gruau.

– Vous avez faim ?

– Je ne suis pas pressé.

– Le problème, c'est que si vous avez faim, que vous mangez d'abord, et que vous décidez seulement après de ce que vous voulez faire, ou que vous vous laissez porter par les choses, il y en a certaines pour lesquelles vous aurez le ventre trop lourd... vous voyez ce que je veux dire... pour vous y consacrer pleinement.

– Certaines, répéta Carl.

– Je suis sortie avec un Argentin pendant toute une année de ma vie, après celle que j'avais passée avec Walter. Eux deux, c'était la nuit et le jour. Arturo, l'Argentin, était capable de commander à dîner dans cinq langues et de choisir exactement les vins qu'il fallait. Il disait qu'il n'y avait qu'un seul restaurant à Detroit qui avait une carte des vins décente, le London Chop House, alors on allait toujours là. On rentrait à sa piaule à l'Abington, on enlevait nos chaussures et on se buvait un verre de cognac et un café. Ils ont une salle de restaurant à l'Abington, mais on n'y allait que si on était trop fatigués pour sortir. Et à ce moment-là, Art commençait à m'entreprendre avec ses manières de Latin et toutes les intentions du monde d'arriver à quelque chose, après un repas arrosé de trois sortes de vins différents.

– Vous buviez trois bouteilles ?

– Il nous arrivait de les finir. La première fois qu'on est sortis ensemble, il m'a dit qu'il venait à Detroit six fois par an pour des réunions chez GM.

– Comment vous vous êtes rencontrés ?

– On a commencé par parler. Une jeune femme qui venait de Grosse Pointe, très comme il faut, je dirais, l'avait amené avec elle alors qu'elle essayait des robes. On a parlé peut-être un quart d'heure, et il m'a invitée à sortir avec lui. « Que faites-vous de votre petite amie ? », je lui ai demandé. « C'est ma mère », il m'a répondu, impassible, alors on est sortis ensemble.

– Est-ce qu'il lui a acheté une robe ?

– Il y en avait deux qui lui plaisaient. Je pensais qu'il ferait l'important et qu'il lui achèterait les deux. Mais non, il a dit qu'il n'aimait ni l'une ni l'autre. La jeune femme très comme il faut a pris sur elle. « D'accord », elle a fait d'un ton juste un petit peu froid.

– Et il ne l'a plus jamais revue.

– Je ne sais pas, je n'ai jamais posé de question sur elle, ni sur ce qu'il faisait à General Motors.

– Il vous a dit qu'il venait à Detroit six fois par an.

– Il ne restait jamais plus d'une semaine, et voulait me voir chaque fois qu'il venait. Je lui ai dit : « Ce que tu attends de moi, c'est que je reste assise à côté du téléphone à attendre qu'il sonne ? » Il m'appelait tous les jours de Buenos Aires. (Elle avala une gorgée.) On s'est débrouillés. Je l'aimais bien, il était drôle, attentionné. Il venait tous les mois passer cinq jours ici, qu'il ait une réunion chez GM ou pas. Je trouvais ça délicat.

– Est-ce qu'il voulait vous épouser parce que sa femme ne le comprenait pas ?

– Je crois qu'il était marié et qu'il avait des enfants, mais on n'a jamais abordé le sujet. Il avait tout du Latin, et il était drôle en même temps. Je l'appelais Art. Ou encore « le Latin de Manhattan », et il disait : « C'est à ma banane que tu as vu d'où j'étais. » C'était un danseur hors pair.

Elle se tut quelques instants.

– Il était lié d'une manière ou d'une autre aux courses de voitures. L'année où on se voyait, il m'a emmenée aux 500 miles d'Indianapolis. Quand on est passés dans les stands, il connaissait presque tout le monde, et on voyait que tout le monde l'appréciait. C'est Mauri Rose qui a gagné cette année-là, il s'était qualifié à cent quatre-vingt-quinze kilomètres à l'heure, et il a mené trente-neuf tours sur deux cents. Mais après Pearl Harbor, en décembre de la même année, je n'ai plus jamais entendu parler de lui.

Elle lui dit qu'elle allait se changer, quitter le tailleur qui avait ramassé des bourres de vêtements durant toute la journée, et enfiler une robe.

– Le journal est là. Je vous laisse décider quand on va dîner.

En disant cela, elle lui fit de l'œil. Ou peut-être pas, il n'en était pas sûr.

– J'en ai pour… oh, quinze minutes à peu près.

Cela le ramena dix-huit ans en arrière, quand Crystal Davidson s'était rendue dans sa chambre pendant que lui, il attendait Emmett Long. Crystal qui lui avait dit : « Ne fourrez pas votre nez partout »... tout en laissant la porte ouverte. Et moins d'une minute plus tard, elle s'était plantée devant lui, vêtue d'un simple ensemble de couleur rose, petit haut et culotte dont l'entrejambe bâillait entre ses cuisses blanches. Elle croyait qu'il travaillait pour un journal. Il lui avait dit : « Mademoiselle, je suis marshal adjoint des États-Unis. Je suis là pour mettre Emmett Long en état d'arrestation ou l'envoyer six pieds sous terre. » Une réplique qu'il avait préparée pour la circonstance.

Et maintenant il parcourait la première page du *Free Press*. Il se souvenait d'avoir dit à Crystal : « Il faut que vous soyez très attentive. Comme ça, après, vous pourrez raconter ce qui s'est passé ici en ayant été aux premières loges, et vous aurez votre nom dans le journal. Je parierais même qu'ils mettront votre photo. » Et Crystal avait dit : « Vous croyez ? »

Carl feuilleta le journal à nouveau et lut deux ou trois articles qu'il trouva drôles. Il se leva du canapé et commença à lire à haute voix tout en s'approchant du couloir qui desservait la chambre à coucher de Honey sur la gauche, et la salle de bains sur la droite.

– « Une femme a été abattue dans son intérieur luxueux des quartiers est par un prétendant éconduit. Le suspect affirme l'avoir tuée parce qu'elle avait joué avec ses sentiments. » Vous croyez qu'il a dit ça comme ça ? fit Carl, les yeux maintenant posés sur la porte de la chambre restée ouverte.

Honey portait toujours sa jupe de tailleur, mais elle était nue par ailleurs, et ses seins pointaient droit vers lui.

– Je ne peux pas me représenter quelqu'un dire ça, fit-elle.

Il posa à nouveau les yeux sur le journal... Nom de Dieu ! Et lut une autre brève.

– « Barbara Ann Baylis a été tabassée à mort avec une poêle à frire en acier dans sa maison de Redford Township. Après plusieurs jours sur le gril, son fils de seize ans, Elvin, a reconnu qu'il avait tué sa mère pour se venger d'une réprimande. »

Carl leva les yeux.

Honey n'avait pas bougé.

– Vous n'aimez pas leur façon d'écrire ? demanda-t-elle. Le gamin pète un plomb, il hurle sur sa mère et il la bat avec une poêle à frire jusqu'à ce que mort s'ensuive. Tout ça parce qu'elle l'avait réprimandé ?

– Je vois ça d'ici, dit Carl en refermant le journal, ce gamin qui devient fou furieux.

– Vous avez décidé de ce que vous voulez faire ?

– Je me disais qu'on pourrait dîner, puis passer devant chez Vera Mezwa. Voir les voitures qui y sont pour la réunion et relever les numéros d'immatriculation.

Honey n'avait toujours pas fait un geste pour se couvrir la poitrine.

– C'est vraiment ce que vous voulez faire, vérifier des numéros de plaques d'immatriculation ?

17

Bohdan entra dans la cuisine avec le verre du Dr Taylor où il ne restait plus que la lie, une cerise au marasquin, une écorce d'orange et des morceaux de glaçons fondus dont il se débarrassa en versant le tout dans l'évier.

Il dit à Vera qui était occupée à préparer un plateau de fromage :

– Le docteur est en train de se transformer en moulin à paroles. Il a fait le plus long discours que j'aie jamais entendu sortir de sa bouche d'une traite. Tout seul dans le salon, à lire *Collier's*, il se lèche le doigt pour tourner les pages, d'un air très absorbé. Et en me tendant son verre vide, il me fait : « J'ai déjà dit cent fois à Vera que les cerises confites ne me valent absolument rien. »

– J'avais oublié. J'oublie tout ce qu'il dit presque à la seconde. (Et elle répéta.) « J'ai dit à Vera que les cerises confites ne me valent absolument rien. » Combien ça fait, treize mots ? Il est dans sa moyenne. Sauf quand il se lance sur ce que nous concoctent les juifs.

– Tu as omis qu'il te l'a dit *cent fois*, ce qui ajoute deux mots, mais tu n'as pas entendu le clou de l'histoire. Vraiment, on aurait dit qu'il n'arrivait plus à la boucler. Je lui ai pris le verre des mains et j'ai dit : « Docteur, je serai ravi de vous préparer moi-même le suivant. » Il a levé les yeux et marqué un temps d'arrêt, comme s'il ne comprenait pas tout de suite. Je me suis détourné pour sortir de la pièce, et il a lâché : « Bohdan ? », avec cette sorte d'accent anglais qu'il emprunte de temps en temps. Il a attendu que je me retourne, et il a dit : « Vous êtes très en beauté ce soir. Vous avez changé de coiffure ? » J'ai répondu que non, que je n'en avais pas changé, et j'ai secoué la tête pour faire bouffer mes cheveux autour de mon visage. Je lui ai dit : « Qu'est-ce que vous pensez de cette tenue ? Elle me va bien ? C'est du pur cachemire. » Alors il a remarqué : « Ah, vous portez une jupe », comme s'il venait juste de s'en apercevoir. « Vous aimez ? », je lui ai demandé. « C'est très élégant, surtout avec les sandales », il a répondu. Il m'a demandé de tourner sur moi-même, mais n'a fait aucun commentaire sur mes fesses.

– Sa drogue doit commencer à faire effet. Je t'ai dit qu'il prenait du Dilaudid. D'après le pharmacien, celui qui essaie de me draguer, c'est plus fort que la morphine. Le docteur le prescrit en cas d'infirmité physique, c'est pour ses calculs biliaires.

Vera découpait des coins de fromage à pâte dure et à pâte molle qu'elle disposait sur le plateau avec des biscuits secs à la levure chimique.

– Walter va faire la tête parce qu'il n'y a pas de fromage à la bière King Ludwig, ni de Tilsit, dit-elle.

– Il y a du Tilsit dans le frigo.

– C'est le mien, je ne le sors pas pour les invités. Tu as finalement décidé de ne pas mettre la robe noire.

– Je l'adore, mais ce n'est pas moi. Les épaulettes, ça me fait ressembler à un footballeur travesti.

– Et comme ça, tu es un petit garçon travesti. Les perles t'iraient très bien.

– Je les habitue en douceur à ce que je suis susceptible de faire plus souvent, à l'avenir. Ah, Jurgen est descendu de ses appartements. Il porte sa veste sport mais pas de cravate en vue. Un foulard ne serait pas mal, sur lui, ou un de mes bandanas. Je l'ai présenté à Taylor. Le docteur s'est levé de son siège et l'a salué.

– Le salut nazi ?

– Oui, et plein d'énergie, avec ça. Mais après il a eu l'air embêté, comme s'il regrettait de s'y être essayé. Jurgen l'a salué d'un hochement de tête plutôt engageant. Il prendra un whisky avec de la glace, sans *ginger ale*. Je vais me charger du verre du docteur.

– J'ai hâte que Joe Aubrey te voie. Walter a appelé, Joe a pris le train cette fois. Walter, son fidèle camarade, l'a retrouvé à la gare. Je n'arrive pas à comprendre leur amitié, Joe est un si grossier personnage.

– Mais c'est lui qui a l'argent.

Vera ferma les yeux, puis les rouvrit.

– Je ne peux pas m'imaginer en train de l'embrasser.

– Oui, mais si ça te permet d'avoir ce dont tu as besoin… sois courageuse, ça ne te tuera pas. Tu enlèves ta robe et tu lui demandes d'établir un chèque à l'ordre de quelque chose qui sonne allemand, pourquoi pas Dachau ? Ils ont besoin de fonds aussi, tu sais, pour réparer les chambres à gaz, refaire un peu la déco.

– Quelle somme ?

– Cent mille dollars. Et la vie sera paradisiaque pendant dix ans au moins.

– Tout ça est trop soudain.

– Vera, tu enlèves tes sous-vêtements et tu sors l'encre invisible. La chambre est sombre. Ce petit connard peut bien écrire la somme qu'il veut à l'encre sympathique, on écrira par-dessus ce que nous, on veut. Écoute, pourquoi pas ce soir ?

– Je t'en prie…

– Il est ici. S'il rentre chez lui, comment tu fais pour te rendre à Griffin, Géorgie ? Demande-lui de rester. Dis-lui que tu voudrais discuter d'une affaire que tu veux lancer, tiens, des perruques, des perruques haut de gamme faites avec des cheveux humains. Je vois d'ici la petite Orientale pleurer tandis qu'on lui tond sa superbe chevelure. Dis à M. Aubrey que je le reconduirai chez Walter après, c'est-à-dire quand tu en auras terminé avec lui. Il ne restera jamais toute la nuit, sachant que s'il faisait ça, Walter lui battrait froid à son retour, il ne lui adresserait plus la parole tout en étant prêt à donner sa couille gauche pour savoir ce qui s'est passé. Alors quand tu en as marre de baiser avec M. Aubrey, tu me préviens.

– Je t'en prie, je n'aime pas quand tu utilises ce mot.

– J'adore quand tu fais la prude. Tu es incapable de prononcer le mot, mais ça te rend folle de le faire.

Jurgen restait debout, le verre à la main, attendant que Walter arrive et qu'il daigne faire sa déclaration, exposer son plan, à cette assemblée d'espions de pacotille, dans laquelle Vera était le seul agent authentique : pendant un temps au moins, elle avait été rémunérée par l'*Abwehr*, même si le cœur n'y était pas. Elle lui avait dit la nuit précédente :

– Je ne peux rien faire pour vous autres, il est trop tard.

Puis elle avait ajouté :

– Pour tout vous dire, j'aurais été plus dans mon élément à travailler pour les Britanniques il y a quelques années, en 1938-1939, quand l'Allemagne a commencé à annexer tout ce qu'elle guignait. J'ai dû me raisonner comme une malade pour envoyer des renseignements à Hambourg, et essayer de servir la cause de votre Führer. Depuis, j'ai baissé les bras. Mais je ne veux pas que vous vous fassiez prendre. Vous êtes ici parce que Walter ne peut pas à la fois vous avoir sous sa responsabilité et avancer dans son projet. C'est la raison qu'il m'a donnée.

– C'est une raison suffisante, avait répondu Jurgen. Mais une fois que j'aurai rencontré vos associés, je ne peux pas prendre le risque de rester. Je ne connais pas ces gens.

Elle lui avait parlé du Dr Michael George Taylor, un obstétricien qui, dans l'exercice de sa profession, voyait beaucoup de femmes allemandes.

– Il va à leurs groupes de discussion et il leur raconte quel incroyable bond en avant les nazis ont effectué dans l'histoire de l'homme. Il ne dit jamais rien de ce qu'ils ont fait pour les femmes, si tant est qu'ils aient fait quelque chose. Il aime l'Allemagne parce qu'il déteste les juifs. Pas la peine de lui demander pourquoi, il vous réciterait son couplet sur la conspiration juive internationale. Je pense que ce qu'il clame sur tous les toits est de l'ordre de la sédition plutôt que de la trahison, quoi qu'il m'ait donné de véritables renseignements, il y a plus d'un an, sur une usine de nitrates de Sandusky, dans l'Ohio, d'où il est originaire. À la fin des années trente, le docteur faisait des conférences sur *Mein Kampf* dans des clubs féminins. Je vous laisse imaginer le regard absent qu'elles pouvaient avoir.

Cela avait fait sourire Jurgen, et Vera avait repris :

– Oui, mais le Dr Taylor ne cherche pas à être drôle. Il est on ne peut plus sérieux, il a peur, il s'inquiète. S'il est arrêté par la police, je suis pratiquement certaine qu'il nous dénoncera.

Et elle avait ajouté :

– Vous avez lu *Mein Kampf* ?

– Je n'en ai jamais ressenti le besoin.

– L'été dernier, dans mon jardin de derrière, le docteur a uriné sur le drapeau américain. Non, il y a d'abord mis le feu avant de pisser dessus.

– Pour éteindre les flammes.

– Le feu était déjà éteint, avait répliqué Vera. Je crois qu'il avait juste besoin de pisser.

Elle lui plaisait, et il appréciait sa compagnie. Elle était chaleureuse avec lui. Il savait que s'il restait, elle le mettrait dans son lit sous peu. À moins que ce soit Bohdan qui lui fournisse l'amour, l'amour physique. Pour l'heure, il aimait bien Bo, il admirait l'aplomb avec lequel il portait jupe et pull-over, comme un premier pas vers la décadence pure, si tel était son objectif. Jurgen ne s'était pas encore forgé d'avis sur Bo. Sur ce que ses services recouvraient. Ce qu'il avait dans le ventre. Peu lui importait, de toute façon, puisqu'il n'allait pas rester assez longtemps dans les parages pour le découvrir.

Il aurait aimé pouvoir aider Vera. Lui indiquer ce qu'elle pouvait faire de sa vie, un moyen de tirer parti de sa personnalité, quand la guerre serait terminée. Si elle n'allait pas en prison. Bo jurait, tout en embrassant sa sainte médaille de la Vierge noire, qu'il n'avait rien dit aux Fédéraux qu'ils puissent utiliser contre Vera. Mais Jurgen pensait qu'il devait bien, de temps en temps, leur raconter certaines des choses qui se produisaient. Les bons menteurs usent de demi-vérités.

Walter arriva avec Joe Aubrey. Ils s'approchèrent de Jurgen, et Joe Aubrey le gratifia d'un salut plutôt raide, militaire, tout en lui disant que le rencontrer était un véritable honneur, dont il avait hâte de parler à ses petit-enfants.

– Ah, vous avez des petits-enfants, fit Jurgen.

– Ma première femme était stérile, ma deuxième femme frigide, et je ne vais pas tarder à troquer la troisième contre une neuve si elle n'a pas de polichinelle dans le tiroir d'ici un an.

– Vous pourriez voir un docteur, avança Jurgen, afin de vérifier si ce n'est pas votre faute si votre femme ne peut pas avoir d'enfant.

– Tout ce que j'ai à voir, c'est une belle gonzesse café au lait qui porte le cul haut, une Hawaïenne de Géorgie, à Griffin Park, accompagnée d'un gamin à la peau claire qui ressemble comme deux gouttes d'eau à votre serviteur quand il était gamin.

Jurgen marqua un temps d'arrêt, pour s'assurer qu'il avait compris.

– Vous êtes son père.

– Ne le criez pas sur les toits.

– Vous contribuez à son entretien ?

– Vingt dollars par mois. J'ai dit à sa mère : « Arrange-toi pour qu'il se tienne correctement. Il ira dans cette université pour Nègres, à Atlanta, Morehouse elle s'appelle, quand il en aura l'âge. »

Son regard prit une nuance vague puis se reporta sur Bo qui parlait au Dr Taylor.

– Seigneur, visez-moi un peu ça ! Bo-Bo nous révèle finalement qu'il est fondamentalement une fille. Regardez, il se tient même comme une fille, et une fille plutôt lascive, avec ça.

Il traversa le tapis oriental qui couvrait le sol au milieu du salon pour rejoindre Bo et le Dr Taylor, tout en lançant :

– Hé, Bo-Bo, si t'avais des nichons, tu sais que tu serais pas mal, comme gonzesse ?

Sur ce, le docteur dit à Aubrey de laisser Bo tranquille.

– Pourquoi faut-il toujours que vous soyez aussi vulgaire ? Bohdan ne vous importune en rien, si ?

Joe Aubrey va se rabattre sur le docteur, se dit Jurgen, et il l'observa :

– Et vous, Doc, vous faites quoi ? attaqua Aubrey. Vous avez le cul entre deux chaises ? Ras le bol de passer vos journées à mater des moules, alors qu'est-ce qu'il vous reste ? Un garçon qui s'habille comme une fille, ressemble à une fille et se comporte comme telle… ça vous tente ? Doc, je sais que vous avez une femme qui s'appelle Rosemary. Comment vous vous y prenez, tous les deux, ça vous est égal du moment qu'il y a un trou ?

Le Dr Taylor dit quelque chose sur sa femme que Jurgen ne put saisir. Il sentit quelqu'un qui s'approchait de lui. C'était Vera.

– Pourquoi est-il incapable de se tenir ?

– Il méprise les Nègres, dit Jurgen, mais il est le géniteur d'un petit métis.

– Quelque chose que vous ne comprenez pas ?

– Il a parlé de la femme en disant qu'elle était café au lait. Si « café au lait » se rapporte à la couleur.

– Vous savez ce qu'est un mulâtre, ou un quarteron ?

– Ah, je vois.

Vera fit le geste de s'éloigner et il lui toucha le bras.

– Vous avez peur que Joe Aubrey vous dénonce ?

– Joe parle sans entendre ce qu'il raconte. Il serait capable de me dénoncer sans même s'en apercevoir. Quant au Dr Taylor… c'est un drogué…

Jurgen écoutait, mais ne lui prêtait plus qu'une attention distraite.

– Laissez-moi parler avec vos invités, dit-il en traversant la pièce pour rejoindre les espions de Vera.

Bohdan portait la paume de sa main à sa bouche ; Walter fronçait les sourcils de tout son cœur. Il les fronçait toujours en disant à Jurgen qu'il avait été envoyé chez Vera pour que lui, Walter, puisse se concentrer sur ce qu'il avait prévu de préparer pour le Führer. Il les fronça davantage encore quand il admit qu'en effet, Carl Webster était venu le voir et lui avait menti, quand il lui avait dit que Jurgen et Otto avaient été repris et renvoyés dans le camp de prisonniers. *Et pourquoi a-t-il menti ?* interrogea Jurgen. Uniquement pour t'emberlificoter, pour te faire dire que non, on est toujours en liberté. Jurgen sentait Carl se rapprocher de plus en plus à chaque enjambée, avec ses bottes de cow-boy. Il se souvenait qu'il l'avait entendu dire : « J'aime m'entendre marcher. » Quand il disait quelque chose, ce n'était presque jamais ce à quoi s'attendait Jurgen. Leurs discussions lui manquaient. Sa compagnie aussi. Carl Webster… ce représentant de la loi de l'Oklahoma qui croyait dur comme fer que Will Rogers était le plus grand Américain qui ait existé, parce qu'il n'y avait personne d'aussi américain que lui. Il était drôle, ne ratait jamais sa cible quand il brocardait le gouvernement, et on sentait le cow-boy dans le moindre de ses gestes. De Will Rogers, Carl disait :

– Au lasso d'une centaine de pieds qu'il trimballait avec lui et qu'il utilisait pour ses tours, on voyait bien que c'était pas du chiqué. Il était capable de refermer son nœud coulant sur tout ce qu'on lui désignait, sans jamais avoir à démêler la corde.

Jurgen se disait que s'il revoyait Carl Webster un jour, même si c'était pour qu'il lui passe les menottes, il lui demanderait comment on devient cow-boy...

Il entendit Joe Aubrey dire au docteur :

– La raison pour laquelle vous parlez jamais beaucoup, à part de juifs, c'est que vous savez parfaitement qu'on croirait entendre une femme. Vous utilisez des mots comme « charmant » et « sublime » qu'on n'entend jamais dans la bouche d'un homme. Ou alors, vous donnez la chair de poule avec toutes ces drogues que vous avez dans votre cabinet médical.

Jurgen les rejoignit.

– Messieurs, dit-il, Walter Schoen est prêt pour son allocution. Il va vous parler de toutes les femmes sans exception qu'il s'est envoyées durant les cinq dernières années environ, et il vous donnera leurs noms. Vera va présenter Walter dans quelques instants. Docteur Taylor, asseyez-vous, je vous en prie. Bohdan, si vous voulez bien retourner ces chaises... Quant à vous, monsieur Aubrey, venez avec moi, s'il vous plaît. Je veux voir comment vous vous y prenez pour préparer votre *mint julep*[1].

– Vous voulez rire ? fit Aubrey. Avec du whisky et sans menthe, oui ! Vera est la poule de luxe la plus radine que j'aie jamais rencontré.

1. Cocktail au bourbon et à la menthe.

Vera introduisit son discours par une citation de Grace Buchanan-Dineen, celle qui l'avait précédée dans l'*Abwehr* pour le secteur de Detroit.

– Vous vous souviendrez que quand le ministère de la Justice a menacé Grââss de l'inculper de haute trahison, et qu'elle a accepté d'installer du matériel d'enregistrement dans son appartement, elle a dit : « Techniquement, en effet, j'étais impliquée dans le réseau d'espions, mais je ne me suis jamais considérée comme moralement coupable. »

Pour Vera, cette déclaration ne voulait rien dire. Si dénoncer son réseau d'espions n'était pas un acte immoral, alors qu'est-ce qui pouvait l'être ? C'était une échappatoire minable qui lui avait permis de purger douze ans plutôt que d'avoir la corde au cou. Pourtant, Vera eut recours à cette citation. Elle dit au groupe qui était assis dans son salon qu'il n'y avait pas de raison, pour aucun de ses membres, de se sentir moralement coupable, puisqu'ils menaient un combat juste en défendant la cause du national-socialisme. Mais, poursuivit-elle, à présent que la fin de la guerre approchait, il leur fallait bien se rendre à l'évidence que leurs efforts se révélaient, hélas, insuffisants, et ce en dépit de l'élan inspiré par le Führer. Elle avait eu une envie folle de se mordre la langue en prononçant ces mots. Même leurs fiers saboteurs, deux mois après que les sous-marins les avaient débarqués, avaient été jugés par une cour martiale et reconnus coupables. Six de leurs frères, agents comme eux, avaient été pendus, tandis que les deux qui restaient, ceux qui avaient trahi, croupissaient en prison. Vera dut s'arrêter pour réfléchir avant de leur dire que l'acte d'accusation à l'encontre des trente personnes inculpées de sédition l'année précédente s'était conclu par des peines de prison. On leur disait qu'ils avaient la liberté d'expression, mais quand ils se dressaient pour défendre la vérité, pour révéler que les communistes contrôlaient le gouvernement américain, que Franklin Roosevelt, l'invalide, s'agenouillait pour embrasser le cul du nabot Joseph Staline, on les jetait en prison.

– Je me souviens, dit Joe Aubrey, que lors de ce procès l'un des accusés a inventé ce qu'il appelait un « gourdin à youpin », une courte matraque arrondie qu'il déclinait en deux tailles, la plus petite pour les femmes.

Peut-être parviendrait-elle à lui faire rédiger le chèque sans avoir à l'embrasser ni à faire quoi que ce soit d'autre.

– Cette soirée, poursuivit-elle, pourrait bien constituer notre dernière réunion. Il n'y a pas de matériel d'enregistrement dans ma maison, ni aucun de nous qui soit susceptible de dénoncer les autres, en dépit des efforts déterminés du ministère de la Justice. Remplissons à nouveau nos verres, portons un toast à l'avenir et (elle regardait maintenant Walter) écoutons ce que notre Heinrich Himmler de Detroit est si impatient de nous dire. Walter ?

Ils avaient quitté Woodward et avançaient au ralenti dans Boston Boulevard, une avenue bordée de grandes demeures confortables des deux côtés et séparée par un terre-plein central planté d'arbres alignés.

– Je n'arrive pas à lire les numéros des maisons, dit Honey.

– C'est celle qui a deux voitures garées devant, répondit Carl. La Ford qui appartient à Walter (elle étincelait sous l'éclairage urbain), et la Buick.

– C'est tout ? Et celle dont on s'approche, là ?

Il y avait une autre Ford quatre-portes garée dans la rue, à trois maisons de celle de Vera, sur le même trottoir.

– C'est la voiture de surveillance du FBI.

– Comment le savez-vous ?

– C'est là que quelqu'un se garerait s'il voulait les épier.

Ils dépassèrent la voiture au ralenti, et Honey se redressa sur son siège pour bien voir la conduite intérieure noire.

– Il n'y a personne dedans.

– Je vous parie cinq dollars que la maison est sous surveillance.

– D'accord. Faites demi-tour, on va repasser devant.

Voilà qu'elle lui donnait des ordres. Au Paradiso, le restaurant, elle n'avait pas cessé de lui dire ce qu'il devait commander, comme pour le chou frisé. C'était elle qui menait les opérations, maintenant qu'il s'était dégonflé. Tout ça parce qu'il ne s'était pas jeté sur elle alors qu'elle lui montrait ses seins nus, bon Dieu, en s'en servant comme d'un appât dans une parade nuptiale, et qu'ils étaient sortis manger au lieu de se mettre au pieu. Elle ne s'était pas comportée comme si elle était furieuse ou déçue, elle se contentait de se moquer de lui en lui donnant des ordres. Il fit demi-tour à la première brèche dans le terre-plein central et entreprit de revenir en arrière. Pour s'entendre dire :

– Garez-vous derrière la voiture de Walter.

– Qu'est-ce qu'on fait ?

– Je me suis dit qu'on pouvait débarquer dans leur réunion.

Carl longea le trottoir et s'arrêta.

– Et vous croyez qu'ils vont nous laisser entrer ?

– Vous ne voulez pas voir Jurgen ?

– Si, mais quand on me donnera l'autorisation de l'arrêter.

– Et s'il se fait la malle avant ? Vous savez quoi ? Je vais dire que mon ex-mari m'a demandé de passer et que j'ai amené un ami. Parce qu'on n'avait jamais rencontré d'espions avant.

– Vous vous amusez bien, hein ?

– Ou alors j'y vais, moi, et vous, vous m'attendez ici.

– Et que diriez-vous de ça : si vous sortez de la voiture, vous vous débrouillez toute seule.

Honey mit pied à terre et resta un instant la portière ouverte, debout sur le trottoir.

– Je vous raconterai demain, lui dit-elle.

Elle referma la portière et lui adressa un petit au revoir avec ses doigts à travers la vitre.

18

Jurgen était assis à côté de Vera sur le canapé. Walter, séparé d'eux par plus de la moitié de la pièce, se tenait sur le seuil de la salle à manger, éclairé en contre-jour par une rangée de bougies qui se trouvaient derrière lui, sur la table cirée. Il avait posé quelques journaux et pages de magazines sur la table et était maintenant prêt à commencer.

– Vous avez tous connaissance de l'énigme qui entoure la naissance de Heinrich Himmler ainsi que la mienne.

Il s'interrompit.

Vera émit un grognement.

– Seigneur Dieu ! Par pitié, faites-le taire.

– Je pense qu'il a appris par cœur l'ouverture de son discours, dit Jurgen, et qu'il a oublié la suite.

– Leur date de naissance, compléta Vera.

– J'ai été mis au monde, reprit Walter, le septième jour du mois d'octobre de l'année 1900.

– Le même jour, fit Vera.

– Le même jour, poursuivit Walter, que Heinrich Himmler, le futur *Reichführer* de la SS.

– Dans le même hôpital, fit Vera les yeux clos.

– Mais pas au même endroit, dit Walter.

Jurgen tourna la tête vers Vera. Le regard à nouveau posé sur Walter, elle demanda :

– Qu'est-ce qui lui prend ?

– Heinrich est né chez ses parents, poursuivit Walter, au 2 de la rue Hildegard, dans un appartement situé à l'étage. Moi aussi, je suis né chez les miens. Néanmoins, j'ai été emmené à l'hôpital avec ma mère le jour même de ma naissance, et nous y avons reçu des soins. Ma mère a connu des complications en me donnant le jour.

– Il n'est pas né à l'hôpital, dit Vera en se tournant vers Jurgen.

– Je ne vous ai jamais menti, continua Walter. Je croyais être né dans cet hôpital, et j'en étais arrivé à croire que Heinrich aussi, et qu'il était mon jumeau, parce qu'il y a tellement de gens qui m'ont dit, depuis mon plus jeune âge : « Vous n'êtes pas Heini Himmler ? Vous n'avez pas déménagé à Landshut ? » Ou alors quelqu'un me disait : « Je vous ai vu ce matin à Landshut. » Ça se trouve à quatre-vingts kilomètres au nord de Munich. « Qu'est-ce que vous faites par ici ? Votre père n'est pas directeur de l'école ? » Maintenant je vis ici, et depuis les années trente je vois des photos de Heinrich dans les journaux allemands. Heinrich qui passe en revue les troupes de la SS en compagnie du Führer. J'ai regardé ces photos et je me suis dit : Mon Dieu, Heinrich et moi sommes semblables. J'en suis venu à prendre en considération d'autres similitudes. Nous étions tous deux nés à Munich le même jour. Était-il imaginable que nous nous ressemblions à ce point sans être des jumeaux nés de la même mère ? Pourquoi avions-nous été séparés, tenus à l'écart l'un de l'autre ? Je me suis mis à penser que Heini et moi avions été envoyés sur cette terre pour y accomplir un destin.

– Un peu comme la Vierge Marie, commenta Vera.

– En avril 1939, plusieurs de mes amis, ici à Detroit, m'ont demandé si je m'étais vu sur la couverture de *Time*, le magazine. Je me renseignais déjà à cette époque sur cette étoile montante du parti nazi, qui devait être mon jumeau. Et voilà qu'il s'attirait l'attention du monde entier. Heini se donnait à fond, il était consciencieux. Moi aussi.

– Il se donne à fond dans quoi ? fit Vera. La boucherie ?

– Il souffre de maux d'estomac, poursuivit Walter. Moi aussi, à mes heures.

– Des gaz, lâcha Vera. Silencieux, mais révélateur.

– À une époque, il a été un fervent catholique. Moi aussi. Il pensait que se laisser exciter sexuellement par les femmes qui, de par leur nature, ne peuvent se contrôler, était à éviter avant le mariage. Moi aussi.

– Je n'imagine pas Heinrich avec une femme, commenta Jurgen.

Tandis que Walter poursuivait :

– La femme de Heini, qui avait sept ans de plus que lui, lui a donné un enfant, une fille. On m'a raconté qu'il avait remarqué Marga, laquelle se référait à l'exterminateur du Führer en l'appelant « mon petit méchant chéri », à cause de ses beaux cheveux blonds. La femme que j'ai épousée était bien plus jeune que moi et, malheureusement, très immature. Honig aussi avait les cheveux blonds. Mon seul regret aura été qu'elle ne m'ait pas pourvu d'un fils avant de sortir de ma vie.

Il marqua un instant de silence puis reprit :

– J'ai revu Honig l'autre soir, pour la première fois depuis cinq ans et demi. Elle était toujours telle que dans mon souvenir. Peut-être ses cheveux étaient-ils juste un peu plus blonds.

Il s'interrompit et plongea son regard dans la pièce pour fixer son auditoire : Jurgen et Vera, Bohdan et le Dr Taylor, Joe Aubrey à l'écart, assis dans un fauteuil. Il ajouta :

– Heini croyait en la dévotion inconditionnelle au devoir. Moi aussi.

Il s'arrêta avant de déclarer d'un air pensif :

– Pourquoi ai-je cru si longtemps que nous étions identiques à tous égards, l'un étant la réplique de l'autre ?

– Parce que tu avais envie de le penser, fit Jurgen.

– Parce que j'avais envie de croire que j'avais un destin aussi rempli de sens que lui, qui s'était proposé d'éliminer une race entière du globe en ayant recours au *Sonderbehandlung*, un traitement spécial, le meurtre dans les chambres à gaz. D'abord en Europe, puis il devait venir ici et lancer ses *Einsatzgruppen*, ses escadrons de la mort, contre l'Amérique. Tout le monde dit qu'étant à la tête de la SS et de la Gestapo, ministre de l'Intérieur, ministre de la Défense du Reich, chef des services d'espionnage de l'armée, chef de la police allemande, il devrait succéder au Führer en tant que prochain dirigeant du Troisième Reich. Mais réfléchissez-y à deux fois. Le Führer, dans sa grande sagesse, choisirait-il l'homme le plus détesté au monde pour lui succéder ? Un homme si détesté qu'il serait rejeté même au sein du parti nazi ? Heini a dit un jour que les gens pouvaient bien nous haïr, ce n'était pas leur amour que nous leur demandions, seulement leur crainte. Il dit à ses SS qu'ils doivent aborder le sujet de la solution finale, mais jamais en public. Qu'ils peuvent voir des milliers de cadavres amassés au même endroit, des montagnes de cadavres où ils reconnaissent le résultat de leur travail, et savoir qu'ils sont toujours de braves gars. Heini est responsable de l'extermination de juifs, de Roms, de prêtres, d'homosexuels, de communistes, de gens ordinaires, pour un total qui dépasse largement, estime-t-on, les dix millions.

Vera et Jurgen l'observaient sans prononcer une parole.

– Il m'est impossible, poursuivit Walter, de comparer ma destinée à celle de Heini. Je n'ai en tête que l'élimination d'un seul homme.

Il se retourna vers la table et se mit à compulser les pages des magazines et ses feuilles de notes.

– Himmler, dit Vera.

– C'est une blague, fit Jurgen.

– Walter est le double fantomatique de Himmler, son *doppelganger*. Quand le *doppelganger* de quelqu'un apparaît, cela signifie que l'être à qui il ressemble est sur le point de mourir. C'est ce qui s'est passé avec mon mari, Fadey. Le jour où j'ai appris qu'il avait sombré avec son bateau, Bo essayait l'un de ses costumes, beaucoup trop grand pour lui. Il s'est coiffé du chapeau de Fadey, comme mon mari avait l'habitude de le porter, et il a joué son rôle, en imitant sa grosse voix.

– Sur ce, Fadey est entré.

– Pas cette fois. Fadey n'a jamais vu Bo le singer, mais je pense tout de même que Bo était son *doppelganger.*

Jurgen désigna de la tête la salle à manger, et Vera se tourna vers Walter, avec son costume noir et son pince-nez, sur le point de reprendre la parole.

– J'ai ici des photographies, mes notes, et une carte que vous pourrez regarder ultérieurement si vous le souhaitez. Ce que j'ai l'intention de faire, c'est d'assassiner le président des États-Unis…

– Frank D. Roosevelt, dit Joe Aubrey en éclatant de rire, un rire forcé. Et comment tu comptes t'y prendre, Walter, en te faufilant dans la Maison Blanche ?

– La Petite Maison Blanche de Warm Springs, en Géorgie. J'ai appris que Roosevelt s'y trouve depuis le 30 mars, pour se reposer et reprendre des forces. J'escomptais qu'il resterait à Warm Springs jusqu'au 20 avril, jour de l'anniversaire d'Hitler, mais je vais avancer la date de l'assassinat au 13. Quand j'aurai réussi, le nom de Walter Schoen aura sa place dans l'histoire américaine, au même titre que celui de John Wilkes Booth.

– Qui est John Wilkes Booth ? demanda Jurgen.

– Et il restera plus longtemps dans les mémoires que celui de l'homme qui a exterminé dix millions de personnes. Je ne dis pas cela pour me vanter.

Walter s'interrompit avant d'ajouter :

– Quel était son nom, déjà ?

Il sourit, puis se tut.

– C'était qui, celui qu'il rattrapera en célébrité ?

– Booth, dit Vera. L'homme qui a tué Abraham Lincoln. Demandez à Walter comment il compte s'y prendre.

Joe Aubrey l'interrogeait déjà :

– Comment tu vas l'approcher, dans un lieu truffé de gars des Services secrets et de Marines ? Tu sais que Rosenfeld y va depuis vingt ans ? Pour voir si ces eaux thermales chaudes (c'est pour ça qu'on appelle l'endroit « Warm Springs ») qui sont toujours à trente et un degrés, de nuit comme de jour, ça peut soulager sa polio. Tu sais qu'il porte des harnais métalliques aux jambes, qu'il a fait peindre en noir, sinon il pourrait même pas se tenir debout, comme quand il est à l'arrière des trains, dans la voiture panoramique. Y a beaucoup de gens qui vont là-bas prendre les eaux. J'y suis allé, c'est à moins de cent kilomètres de Griffin, sur Pine Mountain. Même avant que tu me le dises, j'avais dans l'idée que t'étais après Rosenfeld. Quand t'es venu me voir, tu m'as fait voler dans ce coin-là. Dire que pendant tout ce temps, t'as été en reconnaissance.

À l'intention des autres, il expliqua :

– On peut avoir des ennuis rien qu'en survolant la Petite Maison Blanche. Ils vous mettent en garde, vous disent de débarrasser le plancher. Il paraît que si on s'exécute pas en vitesse, ils abattent le zinc.

À nouveau, il se tourna vers Walter :

– Comment tu vas t'y prendre, mon pote ? Tu vas arriver planqué dans un poumon d'acier ? Si tu t'arrêtes pas quand ils te le diront, t'entendras les balles de mitraillettes ricocher sur ton respirateur artificiel. Walter, raconte-nous comment tu comptes assassiner ton homme.

– Je vais louer un petit avion, le bourrer de dynamite, allumer la mèche, piquer droit comme un Stuka sur la Petite Maison Blanche, et la faire exploser.

Tout le monde dans la pièce en resta coi.

Jurgen et Vera s'étaient redressés sur leur séant.

– Il va se tuer, glissa Jurgen à Vera.

Elle éleva la voix :

– Walter, pourquoi veux-tu mettre fin à tes jours ?

– C'est le don que je veux faire au Führer.

– Et tu peux nous dire ce que le Führer a fait pour toi ?

Joe Aubrey intervint :

– Walter m'a tellement cassé les pieds que je lui ai appris à piloter mon Cessna. Maintenant, il nous dit qu'il veut être le seul kamikaze germano-américain de la Seconde Guerre mondiale, comme ça les gens se souviendront de lui : Walter l'Assassin. Walter, est-ce que t'as déjà entendu parler du kamikaze niakwe qui a survécu ? Nakamura La Trouille ?

– On est le combien, aujourd'hui, le 11 ? demanda Vera à Jurgen avant de s'adresser à Walter. Quand pars-tu ?

– Demain. Je descends avec Joe. Je compte sur mon ami pour me procurer la dynamite et louer un zinc, puisque je n'ai pas de permis de pilote.

Vera se leva du canapé et s'approcha de Walter. Elle voulait le toucher. Elle posa la main sur son épaule. Derrière son pince-nez, il la dévisageait, l'air soumis et peut-être triste. Ou désorienté ?

– Walter, lui dit-elle, si tu pouvais aller avec ton avion jusqu'à Moscou et l'utiliser pour tuer le Nabot maléfique, ahhhh, ce serait un bienfait pour l'humanité. Le monde serait en liesse, même les bolcheviks. Crois-moi, Walter, c'est la vérité. Mais tuer le président des États-Unis, maintenant, alors que la guerre est dans ses dernières, quoi, semaines ? Quel est l'intérêt ?

– Je vous l'ai dit, répondit Walter. C'est mon cadeau au Führer.

– Tu veux qu'il te témoigne sa gratitude ?

– Ce n'est pas nécessaire.

– Qu'il te décore de la Croix des Chevaliers à titre posthume ? Ou qu'il la donne à un des membres de ta famille, à ta sœur qui ne parle jamais par exemple ?

– La certitude d'avoir servi le Führer me suffira, répondit Walter.

– Mais est-ce qu'Adolf sera en mesure d'apprécier ton cadeau à sa juste valeur, avec l'Armée rouge qui est prête à fondre sur lui ? Et qu'arrivera-t-il à ton commerce, à ton abattoir ?

– Vera ? appela Bohdan.

Elle le regarda. Il était assis avec le Dr Taylor.

– Ce que Walter pourrait envisager sérieusement, ce serait de monter un spectacle où il interpréterait les monologues de Himmler en uniforme de la SS, avec la casquette à tête de mort et tibias entrecroisés.

Elle lui jeta un regard froid.

– Je suis on ne peut plus sérieux, reprit Bo. Le matériau de départ est vraiment basé sur l'exagération, avec des chutes comiques où on s'y attend le moins. Walter le ferait sans lâcher un sourire.

– Oui… ? fit Vera qui réfléchissait maintenant à ce qu'il venait de lui dire. Walter le ferait pour le public américain ?

– Qui d'autre ? Quand ils auront gagné la guerre. Tu pourrais le représenter, être son imprésario.

– Il parle sérieusement, dit Vera à Walter qui la regardait d'un air mécontent.

Elle lui tapota la joue et se tourna vers Jurgen, assis sur le canapé. Ses sourcils levés indiquaient qu'il avait l'esprit ouvert. Elle s'approcha de lui avec un demi-sourire en pensant, *Dieu merci, il y a Jurgen.*

La sonnette de la porte d'entrée fit entendre un carillon.

Puis un deuxième.

Près du canapé, Vera tomba en arrêt. Elle regarda Bo qui lui rendit son regard mais ne s'écarta pas du Dr Taylor. Elle fit un geste en direction de la porte, et vit Bo tapoter la main du docteur tandis que ce dernier se levait.

– Vera, est-ce que nous attendons encore quelqu'un ?

Joe Aubrey se levait à son tour.

– Je m'en occupe. Personne n'entrera dans cette maison sans un mandat signé par un juge.

Vera se disait que si c'était la police, le FBI, alors d'accord, c'était fini, la situation lui échappait. Elle regarda Aubrey gagner la porte d'entrée qui était fermée à double tour et ouvrir le battant.

– Mon Dieu, Honig ? s'écria Walter.

Joe Aubrey se tourna vers Vera, sans trop savoir quoi faire.

Honey passa devant lui et pénétra dans le vestibule.

Elle avait un gentil sourire tout prêt pour les visages qui la détaillaient. Elle identifia Vera Mezwa, la tête du réseau d'espions allemands dont Kevin lui avait parlé. Le jeune type dans sa veste sport (pas celui qui portait une jupe, l'autre) devait être Jurgen, le prisonnier de guerre allemand. Il la regardait d'un air amical, et semblait calme pour quelqu'un qui était en cavale. Le visage de Joe Aubrey lui rappelait quelque chose, probablement à cause du meeting du Bund à New York des années plus tôt. Les deux autres devaient être le Dr Taylor et l'homme de maison, celui que Carl avait appelé Bohunk[1] et qui avait plutôt fière allure dans son pull gris et sa jupe. Décalé, mais attirant, dans son genre. Ils ne faisaient pas à Honey l'impression d'être les membres d'un réseau d'espions allemands en pleine réunion, et pourtant c'était bien le cas.

Elle leva le bras droit et fit un salut nazi, afin de montrer qu'elle était venue avec des intentions pacifiques, sans la moindre volonté de semer la discorde, et elle dit :

– *Sieg Heil*, vous tous. Je m'appelle Honey Deal.

---

1. *A hunk (of a man)* : un beau mec costaud.

19

– Je n'ai aucune raison de vous mentir, dit Honey. Un marshal des États-Unis m'a déposée sur le pas de votre porte avant de s'éclipser. Il ne voulait pas vous déranger et n'avait aucun pouvoir pour agir. Mais j'ai pris le risque de me voir refuser l'entrée, car je savais que Walter Schoen, qui fut mon mari, était là, et j'avais hâte qu'il entende ce que j'ai à lui dire. En le revoyant l'autre soir, après toutes ces années perdues, je me suis souvenue combien il était attentionné à mon égard pendant notre année de mariage. (Elle posa sur lui un regard intense.) Je suis venue, Walter, pour te dire à quel point je regrette, je regrette profondément la manière brutale et impardonnable avec laquelle je suis sortie de ta vie.

Elle attendit. Personne ne dit mot.

Vas-y, se dit Honey, et, traversant la pièce, elle se dirigea droit sur Walter, bras collés au corps dans son trench-coat, béret coquin bien ajusté sur ses cheveux blonds : elle jouait les suppliantes, venait quérir son pardon, tout en espérant qu'elle n'en faisait pas trop. Elle s'approcha en lui tendant les deux mains, qu'il prit dans les siennes, dans ses mains calleuses de boucher. Son pince-nez captura des éclairs de lumière tandis que son regard exécutait des allers et retours entre ses complices et Honey. Elle raconterait à Carl, d'une voix tranquille, le lendemain : *J'ai vu les années perdues lui monter aux yeux*, et elle lui donnerait l'occasion de dire...

Walter renifla avant de sortir son mouchoir blanc, renifla à nouveau, referma le tissu sur son nez et souffla, avant de s'essuyer et de regarder le contenu du mouchoir. Il n'a pas changé, pensa-t-elle, tout en implorant Dieu : *Je vous en supplie, ne le laissez pas en lâcher un, je ne veux plus jouer à lui servir de cible.*

– Et si tu me présentais à tes amis ? demanda-t-elle à Walter.

Celui qu'elle mourait d'envie de rencontrer, c'était Jurgen, le type de l'Afrika Korps, mais Vera s'approcha d'elle et, la prenant par le bras, l'emmena à la cuisine en disant qu'elles avaient à causer.

– Nous allons vous offrir un verre, puisque vous nous avez salués dignement. Que diriez-vous d'une vodka vermouth ?

– C'est trop aimable à vous.

– J'aurais bien aimé pouvoir compter sur quelqu'un de votre trempe. Parlez-moi du policier fédéral qui vous a déposée. Vous le voulez comment, votre cocktail, sec ?

– Très. Il s'appelle Carl Webster, il est originaire de l'Oklahoma. Il cache bien son jeu : on se dit que c'est un vrai bouseux jusqu'à ce qu'on plonge les yeux dans son regard. Il vaut le détour, mais il est marié.

– Ah ? Et ça vous pose un problème ?

– À moi, pas particulièrement. Quand je suis avec lui, je me conduis un peu comme si j'étais en chasse, mais je ne lui cours pas après pour qu'il quitte son foyer. Je pensais qu'on pourrait s'amuser un peu tous les deux, mais il est du genre à prêter serment comme si c'était gravé dans le marbre.

– Peut-être que vous êtes trop insistante.

– Je n'ai pas beaucoup de temps.

– D'accord, mais il faut jouer finement.

– Quand il vient me voir, ne pas lui ouvrir la porte complètement nue, c'est ça ?

– Il faut qu'il en vienne à croire que coucher avec vous, c'est son idée à lui.

– Je n'ai pas abandonné, dit Honey en sirotant le cocktail que Vera lui avait préparé. Vous connaissez votre affaire, n'est-ce pas ?

– Je l'espère, répondit Vera.

Bohdan passa la tête dans la cuisine.

– Ne nous laissons pas détourner de M. Au-bur-ee, dit-il à Vera dans une sorte de chantonnement avant de se tourner vers Honey. J'adore votre béret. Indémodable !

Et il tourna les talons.

– Il est mignon, fit Honey en souriant.

– Bo est mon ange gardien. Il me rappelait que je dois parler à Joe Aubrey avant qu'il s'en aille. D'une affaire que j'envisage avec lui.

– Comment pouvez-vous supporter ce type ? Il ne ferme jamais son clapet.

– C'est l'ami de Walter. Je ne le vois qu'une fois tous les trente-six du mois. Mais vous, mon Dieu, vous avez été mariée avec Walter une année entière ? Vous avez dû manquer devenir dingue. Je lui dis toujours : « Walter, si tu aimes tellement les nazis, pourquoi tu ne retournes pas en Allemagne ? » Non, sa destinée est ici. Ce soir, nous avons enfin appris en quoi elle consiste. Walter, l'homme le plus ennuyeux que Dieu ait mis sur terre, va devenir Walter l'Assassin.

– Il veut tuer quelqu'un ?

– Foncer sur la maison de sa victime aux commandes d'un avion.

– Et se tuer ?

– Oui, mais au service du Führer. Le jour de son anniversaire, ou dans ces eaux-là.

– Walter sait piloter ?

– Il sait décoller.

– Écraser un avion sur la maison de quelqu'un en guise de présent au Führer, répéta Honey. L'avion de Joe Aubrey, son Cessna ? Walter ne doit pas aller bien loin, alors.

– Je pensais que la cible pouvait être Himmler, vu la façon dont Walter parlait de lui. Vous savez que toute sa vie Walter a cru qu'à un niveau mystique il était son frère jumeau.

– La première fois qu'on s'est rencontrés, sur le parvis de l'église, il m'a demandé de deviner à qui il ressemblait. Ce n'était qu'en 1938, mais je connaissais le personnage. Je lui ai dit qu'il ressemblait trait pour trait à Himmler, et il a incliné la tête en me remerciant.

– Eh bien, ce soir, Walter a dit du mal de Himmler, en l'appelant Heini la plupart du temps. Et il croit qu'aux États-Unis son nom à lui va devenir aussi célèbre que celui de John Wilkes Booth. Vous voyez de qui je veux parler ?

– L'acteur qui a tué Lincoln. Vous voulez dire que Walter veut assassiner le président Roo*s*evelt ?

– Je ne l'imagine pas faire ça. Mais… écoutez, il faut que je parle à Joe Aubrey avant son départ. Dites-moi si, à part Jurgen, il y a quelqu'un à qui vous aimeriez être présentée.

D'une seconde à l'autre, elle s'attendait à voir Walter débouler dans la cuisine pour lui raconter comment il comptait donner sa vie pour le Führer, si possible le jour de son anniversaire. Que lui répondre ? *Pourquoi ne pas te contenter de lui envoyer une cravate ?*

Sans faire la maligne, que pouvait-elle lui répondre ?

Bon, si c'est ce que tu veux faire de ta vie, Walter. Si ta décision est prise. Elle pourrait lui dire que c'était l'acte le plus courageux dont elle ait jamais entendu parler. Sans en rajouter, en ravivant ses émotions sur les *années perdues*. Elle se mit en garde : Réfléchis, tu veux, avant de dire quoi que ce soit. Il faut que ça reste simple. Dis-lui qu'il est ton héros et, demain, tu racontes à Carl tout ce que Walter prépare.

Il fallait qu'elle s'arrange pour qu'il la reconduise chez elle.

Mais immédiatement elle pensa : Oh merde, il va vouloir s'arrêter pour parler, me prendre la main... C'était écœurant de voir un sympathisant de la cause nazie verser dans le sentimentalisme.

Elle se ravisa : Non, il ne s'arrêtera pas parce que Joe Aubrey sera dans la voiture. C'était Walter qui avait dû l'amener, comme à l'accoutumée. Elle laisserait Joe s'installer à l'avant, et n'aurait plus qu'à l'écouter pérorer sur le Klan pendant quinze minutes avant d'être chez elle. Une fois seulement, à l'époque du Bund, Joe Aubrey lui avait fait de vraies avances. Alors qu'ils étaient seuls dans la cuisine de la maison de Kenilworth, non loin de la boucherie, il avait surgi derrière elle, avait glissé ses bras autour de son corps pour refermer ses mains sur ses seins en lui susurrant à l'oreille :

– Tu peux trouver mieux que Walter, tu sais ?

– Bien sûr que je le sais, avait-elle répondu.

– T'as jamais pensé à venir habiter en Géorgie ? Tu pourrais travailler chez Rich, à Atlanta, le plus beau grand magasin de la ville, et je viendrais te voir en avion.

– Joe, avait-elle répondu, si j'ai abandonné mes petites manières du Sud, arrêté de jouer les écervelées avec les garçons, c'est que j'ai découvert que je suis bien plus intelligente que la plupart d'entre eux.

Il s'était mis à lui caresser les seins tout en lui disant à l'oreille :

– Je sais comment satisfaire une femme, comment la faire gémir.

– Si vous n'arrêtez pas tout de suite, je vous attrape le zizi et je tire tellement fort que Walter vous entendra hurler et arrivera en quatrième vitesse pour vous tuer.

Tout ça pour quel résultat ? Ça n'avait fait que l'exciter davantage. Une des nombreuses fois où elle avait ouvert la bouche avant de réfléchir. N'empêche, ça ne l'avait jamais mise dans le pétrin.

Jurgen entra dans la cuisine avec son verre vide, tout sourire, ce qui découvrait ses belles dents blanches, et il dit à Honey :

– Depuis que vous êtes entrée dans cette maison, je n'ai pas cessé d'inventer des plans pour vous voir en tête à tête, et Vera m'apporte cette occasion sur un plateau.

– Comme si elle savait que c'est pour vous que j'ai fait cette entrée fracassante ici ce soir. Vous voyez à quoi je fais allusion ?

– Je crois que oui.

– Il faut que je vous parle de ce qui va arriver, après.

– Vous voulez dire, quand la guerre sera finie ?

– Je veux dire maintenant, ce soir. Je veux savoir ce que vous avez en tête. Si vous avez décidé de filer d'ici ce soir, de vous fondre dans la nuit, ou quoi ?

– Laissez-moi réfléchir. Vous avez dit à Vera que c'était Carl Webster qui vous avait déposée, ce flic qui veut me flanquer en *hoosgow*.

– Il ne peut pas.

– Vous connaissez le mot *hoosgow* ?

– C'est la prison, dans un film de Gene Autry.

– Oui, c'est comme ça que les cow-boys l'appellent, ça vient du mot espagnol *juzgado*, qui signifie « cour de justice ». Alors comme ça vous connaissez *hoosgow* ?

– Écoutez-moi. Vous avez raison, Carl serait ravi de vous mettre la main au collet et de vous ramener en Oklahoma, mais il ne peut pas. Le FBI lui a ordonné de ne pas intervenir, de vous laisser tranquille. Ils pensent que vous êtes utile au réseau d'espions et ils veulent voir leur enquête aboutir. Carl m'a dit qu'il lui était arrivé de prendre des raccourcis à l'occasion, mais jamais quand un supérieur hiérarchique lui donne un ordre. Jamais, dans ces circonstances, il n'a désobéi, et jamais il ne le fera.

Elle trouvait que ça ne sonnait pas comme une chose que Carl aurait pu dire, mais c'était vrai pour partie. Elle n'était pas persuadée qu'il n'ait jamais désobéi à un ordre donné par un supérieur. S'il l'avait fait, elle se disait qu'avant d'en arriver à se justifier il aurait sûrement raconté une histoire du tonnerre, couronnée d'une fusillade.

– C'est l'idée de Carl ? De me demander ce que j'ai l'intention de faire ?

– C'est la mienne. Carl m'a déposée mais il n'a pas la moindre notion de ce que je fabrique. Ni de ce que j'avais en tête quand je suis entrée et que je vous ai vu. Il aimerait beaucoup que vous vous asseyiez tous les deux pour discuter, et si ça vous dit, c'est possible. Je jure qu'on lui a dit de vous laisser tranquille. Vous pouvez aller le trouver et lui donner une bourrade, peut-être qu'il râlera un peu mais il ne vous passera pas les menottes. On lui a donné l'ordre de ne pas le faire (elle commençait à en rajouter, elle s'en rendait compte), et je sais qu'il aimerait vous revoir. Qu'est-ce que vous en dites ? De vous asseoir quelque part avec lui pour boire un verre ?

L'idée semblait lui plaire, mais il continuait à se méfier, après tout il était en cavale. Elle reprit :

– Je pense que Vera aimerait autant que vous ne soyez pas ici. Mais ne videz pas les lieux à moins de savoir où vous allez. Je veux dire, allez chez un ami qui vous cachera, pas dans un hôtel. Si vous n'avez pas d'amis ici en dehors de Walter, bon Dieu, vous deviez être drôlement solitaire quand vous avez vécu là, et vous deviez vous intéresser plus à ce qui se passait qu'à vous faire des copains.

Elle s'interrompit, avant de reprendre :

– Est-ce vous avez confiance en moi ?

– Je ne vous connais pas.

– Tout ce que je peux vous dire, c'est de me croire sur parole, je suis franche comme l'or. Je suis disposée à vous tirer d'affaire, Jurgen.

– Vous êtes disposée à vous rendre complice de l'évasion d'un soldat allemand ?

– Nous sommes dans l'œil du cyclone. C'est calme ici. Le FBI vous laisse tranquille. Carl ne peut rien contre vous. C'est comme un arrêt de jeu en sport. Carl et vous, vous pouvez vous retrouver, boire deux ou trois verres, et discuter de la suite des opérations. Si vous voulez partir, Carl sera obligé de vous laisser filer.

– Pourquoi vous vous mêlez à tout ça ?

– Pourquoi j'ai épousé Walter ?

– Oui, pourquoi ?

– Ne posez pas de questions auxquelles il est difficile de répondre. Je connais un endroit où vous pouvez rencontrer Carl et vous raconter vos histoires de soldats. Oui ou non ?

– Ce que vous êtes en train de me dire, c'est que je ne suis plus important en tant que prisonnier de guerre évadé ?

On aurait presque pu croire qu'il en était vexé.

– Pour le moment.

– Mais je pourrais très bien être un espion. C'est pour ça qu'ils ont besoin d'attendre, pour voir ce que je vais faire ?

– Si Carl pouvait vous arrêter comme ça, vous croyez vraiment qu'on serait debout dans cette cuisine à discuter ? Vous seriez déjà en route pour l'Oklahoma.

– Mais vous dites qu'il n'est pas au courant de ce que vous essayez de combiner.

– Je vous l'ai déjà dit, je n'y avais pas pensé avant.

– Vous ne savez donc pas ce qu'il va dire.

Peut-être était-elle trop insistante.

– C'est à vous de voir. Si vous voulez venir avec moi, je demanderai à Walter de nous servir de chauffeur, quand il sera prêt.

– Oui, et pour aller où ?

– Chez moi, dans mon appartement.

Histoire de voir si ça le décidait.

20

Assis sur le canapé, Bohdan et le Dr Taylor discutaient, Bo très animé, agitant les mains. Vera n'était visible nulle part, pas plus que Joe Aubrey. Honey ne parvenait pas à les imaginer tous deux ensemble quelque part dans la maison. Walter était assis tout seul avec son schnaps, et il en était à lever le verre pour boire une gorgée quand il la vit et se dressa d'un bond. Il avait répété ce qu'il voulait lui dire, elle l'aurait parié, et il était prêt.

Tandis qu'elle se dirigeait vers Walter, Bohdan et le Dr Taylor s'approchaient de la porte d'entrée sans interrompre leur conversation. Elle vit le jeune homme ouvrir la porte, poser la main sur l'épaule du docteur en lui souhaitant le bonsoir avant de refermer derrière lui. Puis il regarda dans sa direction. Avec un sourire ? Enfin, il monta avec vivacité l'escalier incurvé qui menait au premier étage, la laissant avec Walter qui se trouvait juste sous son nez quand elle se tourna vers lui.

– Je veux te dire ce que j'ai l'intention de faire, annonça-t-il, et ce que je voudrais que tu fasses pour moi.

Elle pensa à son chien Bits, percuté par une voiture quand elle était petite, et elle dit, avec un trémolo dans la voix :

– Vera me l'a dit, Walter.

– Je pense à l'Allemagne de l'époque où on s'est mariés, qui se lançait dans sa conquête de l'Europe, une époque qui m'offrait la grande aventure de ma vie, si j'avais su saisir l'occasion.

Honey, qui se donnait un mal fou pour avoir l'air intéressée, se demanda combien de temps ce laïus allait durer. C'était comme d'essayer de garder un sourire aux lèvres quand quelqu'un raconte une histoire ennuyeuse qui est censée être drôle.

– Maintenant que la guerre touche à son terme, je n'ai rien donné de moi à l'Allemagne ni au Führer. Tout ce qu'il me reste à donner, c'est ma vie. Ce sera mon cadeau au Führer pour son cinquante-sixième anniversaire.

– Walter... commença-t-elle.

Que dire ensuite ?

– Honig, reprit Walter en lui octroyant un instant de répit, à l'heure où je m'apprête à faire le sacrifice de ma vie, il y a une chose que tu peux me donner. En mémoire du temps qu'on a passé ensemble.

– Vraiment ?

Mais elle avait déjà compris et n'avait qu'une envie, celle de lui dire : « Non, je t'en prie... ».

– Un fils, pour porter le nom de Walter Helmut Schoen quand je ne serai plus là.

Elle en resta interdite.

– Helmut, c'est ton deuxième prénom ? Walter, on n'a pas le temps.

– L'enfant sera conçu demain.

– Je ne suis pas en période d'ovulation. Je le sais, parce qu'une femme se sent différente quand elle peut avoir un enfant.

– Il ne nous reste plus qu'à essayer, Honig, et à prier.

Il entendait bien la baiser le lendemain. Elle s'imagina au lit avec Walter pendant la journée. Ce serait la première fois qu'il y aurait la lumière du soleil sur les stores baissés. Pour la première fois, il verrait vraiment sa toison, qui était aussi noire que les racines de ses cheveux. Cela, il le verrait aussi, et il lui hurlerait : « Tu m'as menti, espèce de sale putain bohémienne. » Étrange, non, que ce soit ça qui lui vienne à l'esprit en premier ?

– Demain matin, dit Walter.

– J'ai mes règles, objecta Honey.

– Aucune importance.

– On ne peut pas concevoir pendant ses règles.

– On essaiera. Peut-être que Dieu nous aidera. Tu sais bien qu'on s'est rencontrés devant la cathédrale.

Il était différent. Sa voix était différente, plus allemande. Il avait décidé de coucher avec elle le lendemain matin. Mais le lendemain, c'était impossible. Elle aurait Jurgen. Bon... Mais serait-elle avec lui toute la journée ? Carl allait passer. S'il y avait une raison pour laquelle elle devait *absolument* voir Walter le lendemain, elle trouverait certainement le temps. Quelle que soit la raison. Mais ce ne serait pas pour coucher avec lui, pas avec pareil vieux rabat-joie, M. Speedy Von Schoen.

– Walter, quand tu as bu, ne promets jamais que tu vas faire quelque chose.

– J'y pense depuis que j'ai entendu parler de Warm Springs, là où les malades de la polio et votre président vont s'immerger dans les eaux thermales.

– C'est ton président aussi, Walter. Tu te souviens que je te l'ai déjà dit, justement devant la cathédrale ?

En la regardant, avec ses verres de lunettes qui miroitaient à la lumière électrique, Walter dit :

– Je t'aime toujours, Honey.

Il leva les yeux et elle se détourna suffisamment pour voir Bohdan arriver au bas de l'escalier et se diriger vers eux.

Il s'adressa à Walter :

– Mon vieux, M. Aubrey ne rentrera pas avec vous. Vera et lui sont en train de discuter d'une affaire, je ne sais pas de quoi il s'agit. Quand ils auront fini de bavarder, je peux très bien reconduire M. Aubrey à votre ferme. Il aime me taquiner, vous savez comment il est, mais ça ne me dérange pas, c'est très bon enfant.

Bo s'apprêtait apparemment à s'en aller, mais se reprit et dit à Walter :

– Vieille branche, c'est un acte très noble que vous faites pour le Führer. Ça va lui donner la force de continuer.

Honey le regarda repartir vers l'escalier en rejetant la tête en arrière pour donner du mouvement à ses cheveux. Elle dit à Walter :

– J'ai une immense faveur à te demander. Est-ce que tu m'aimes ?

– Je viens de te le dire, non ? répondit-il en fronçant les sourcils.

– Il faut que je cache Jurgen. Est-ce qu'il peut venir avec nous dans la voiture ?

– Tu veux l'emmener où ?

– Chez moi. Je le mettrai dans le débarras qui est plein de bric-à-brac et d'araignées. Il y a un lit de camp où il pourra dormir. Comme ça tu ne seras pas arrêté pour l'avoir aidé. Tu peux te concentrer sur l'assassinat.

– Mais demain, alors, tu seras avec Jurgen ? Comment je vais pouvoir te voir ?

– Ça ne veut pas dire que je suis obligée de rester avec lui.

Elle allait peut-être trop loin, comme d'habitude, mais pour l'heure, ce qui l'intéressait, c'était de savoir si on s'ennuyait toujours autant au lit avec Walter. Une idée lui traversa l'esprit et elle ne vit pas de raison de ne pas l'exprimer.

– Appelle-moi, on verra comment on peut s'organiser.

Vera se tenait immobile dans sa chambre à coucher, vêtue d'un vaporeux négligé jaune à travers lequel Bo voyait parfaitement. Elle s'était assise sur une causeuse à côté de la fenêtre pour qu'il puisse profiter du spectacle. La pièce était mal éclairée, l'atmosphère un peu forcée, pensa Bo, presque théâtrale, et une lampe de chevet nimbait Joe Aubrey de son halo. Il était étalé sur le dos dans le lit jumeau, et son corps nu était rond et blanc, excepté ses chaussettes et fixe-chaussettes noirs. Bo s'approcha du lit pour l'observer plus attentivement : des bruits de salive accompagnaient ses ronflements. Il traversa la pièce pour rejoindre la déesse qui fumait une cigarette, un cendrier blanc en céramique posé entre ses cuisses.

– Ça a marché, alors ? fit-il.

– Avec ce qu'il a bu, il n'a pas eu besoin de la pilule pour dormir.

– Ça ne peut pas lui faire de mal. Il a juste besoin de cuver. Dis-moi ce qu'il a fait.

– Il m'a donné un chèque.

– Mais non, au lit, qu'est-ce qu'il a fait ? Est-ce que c'est un brouteur de chatte ?

– Ils le sont tous, si on leur en donne l'opportunité.

– Donc ça n'a pas été douloureux ?

– Pour la première fois depuis des années, j'ai l'impression que je devrais aller me confesser.

– « Pardonnez-moi, mon Père, parce que j'ai baisé un Grand Dragon. » « Vraiment ? Racontez-moi donc ça, mon enfant. »

– Je suis trop fatiguée pour me fâcher contre toi. Non, parce que c'était moche, comme idée, c'était indigne, de lui ouvrir mon lit parce qu'on a besoin d'argent.

– Tu as le chèque ?

– Il est en sécurité.

– Combien il t'a donné ?

– Je n'ai pas pu me résoudre à demander ce dont on a besoin. Je lui ai dit : « Mettez-y le paquet, selon vos moyens. »

– Vera, ne dis pas des choses comme ça.

– À l'ordre de la Fondation de Berlin pour les victimes des bombes.

– Dis-moi combien il t'a donné.

– Je lui ai dit : « Attendez, je crois que ce n'est pas le nom exact de la fondation. » Et je ne te raconte pas ce que je lui faisais pendant qu'il avait son stylo et son chéquier à la main.

– Vous étiez tous les deux complètement nus.

– Il avait encore ses chaussettes. Je lui ai dit de signer le chèque, que je remplirais l'ordre plus tard.

– Et il a inscrit le montant ?

– Il n'en pouvait plus d'attendre, il m'a mis de l'encre sur les seins, mais il a signé le chèque.

– Il commençait à devenir vaseux ?

– Pas encore, mais il avait la voix pâteuse.

– Et il n'a pas réussi à inscrire le montant ?

– Je vais l'ajouter. Le montant, la date, et l'ordre.

– Combien ?

– On en parlera demain matin. Il faut que tu embarques M. Aubrey.

– C'est l'heure pour Joe de faire dodo. Tu sais que c'est épouvantablement long, comme route, pour aller jusque chez Walter.

– Tiens-t'en au plan établi. Quand tu sortiras de l'allée, assure-toi que la voiture de surveillance ne te prend pas en filature. Ils ont l'arrière de ma Chrysler gravé dans le cerveau, ils l'ont suffisamment suivie pour ça. Je ne pense pas qu'ils te prennent en chasse, mais sois vigilant, ils peuvent demander par radio à une autre voiture de t'intercepter.

– Au milieu de la nuit ?

– Bo, mon chou…

– Je sais, je m'en tiens au plan.

– Tu as trouvé la bêche ?

– Une pelle, mais elle fera très bien l'affaire. Elle est dans le coffre.

– J'ai nettoyé le Walther.

– Lequel ?

– Ton préféré. Le PKK calibre 380.

– Tu es un amour. Il faut que je me débarrasse du Tokarev, cette saloperie russe, il est trop lourd. Comment on peut le porter ? Le cacher ?

– Oh là là, on n'est pas à prendre avec des pincettes, ce soir.

– J'ai hâte d'y aller.

– Tu as mis ta gaine ?

– J'ai horreur de ça, elle est si serrée que je peux à peine respirer.

– Chacun sa croix.

21

À une heure du matin, dans la Chrysler, Bo sortit de l'allée et tourna à gauche pour contourner le terre-plein central. En approchant de la voiture de surveillance du FBI, il lui jeta un coup d'œil à travers le rideau d'arbres du terre-plein. C'était l'idée de Vera : tourner à gauche, comme ça, il les obligerait à exécuter un demi-tour dans la rue pour le suivre.

– S'il y a quelqu'un dedans, avait-elle dit. Je vois plutôt ça comme un leurre. À un moment, un peu après le petit déjeuner, ils déposent un agent avec pour mission de rester assis dans la voiture en se curant les dents.

Joe Aubrey était dans un triste état, avec son costume froissé et ses pans de chemise qui pendaient hors de son pantalon, mais il se laissait faire. Bo avait dit : « Je refuse de lui remettre la chemise dans le pantalon. » Vera s'en moquait. Joe était vaseux à cause de la drogue ajoutée dans son verre, encore saoul mais pathétique, du moins ce qui restait de lui une fois que Vera lui avait fait son affaire. Il ouvrit les yeux et vit les lampadaires et les enseignes lumineuses.

– Où on va ?

– Chez Walter.

– Il habite loin dans la campagne.

– Oui, c'est vrai. Recommencez à cuver et laissez-moi conduire.

Aubrey tendit la main pour la poser sur la cuisse de Bo.

– Tu portes toujours ta jupe ? Je vais glisser la main dessous, pour voir ce que tu caches.

– Monsieur Aubrey, je vous en prie, dit Bo en lui donnant une tape sur la main. Ne faites pas votre petit vicieux.

Ils roulaient sur Woodward dans la direction du sud, et ils n'étaient plus qu'à quelques kilomètres du centre de Detroit.

– Bon sang, qu'est-ce que je me sens mal. Je crois bien que j'ai tiré mon coup, mais j'en suis pas sûr.

– Si, si, plus ou moins.

– C'est la première gueule de bois que je me prends en vingt ans. D'habitude, je respire de l'oxygène que je garde dans mon avion, et ça me désembrume le cerveau.

Ils roulèrent un moment en silence, et Joe Aubrey resta vautré sur son siège, yeux fermés pendant toute la traversée du centre-ville. Ils dépassèrent le grand magasin Hudson, Sam's Cut Rate, la grande place dégagée appelée Campus Martius, en face de l'hôtel de ville, les deux cabarets de strip-tease, l'Empress et l'Avenue, et tournèrent à gauche sur Jefferson Avenue, pour prendre le pont qui menait à Belle Isle, au milieu de la rivière, avec ses aires de détente, ses terrains de base-ball, ses tables de pique-nique, un zoo, des chevaux que l'on pouvait monter, des canoës pour pagayer dans la lagune, et la rivière où, l'été, on pouvait nager. Bo ne voyait pas l'intérêt de faire toute la route jusqu'à Farmington, à plus d'une heure de chez Vera, alors qu'il pouvait tout simplement jeter M. Aubrey dans la rivière nommée Detroit qui avait été la fosse commune de centaines d'âmes durant la prohibition, des bootleggers qui la franchissaient avec du whisky de contrebande en provenance du Canada, que le redoutable Purple Gang guettait et agressait, si la police ne les avait pas arrêtés avant. C'était une ville dure, rompue à la violence. Deux ans plus tôt, en 1943, un marin noir avait été jeté dans la rivière du pont de Belle Isle, et cela avait déclenché une émeute raciale qui avait duré des jours, avec des maisons détruites, des voitures renversées et, pour finir, l'armée qui avait été appelée... Il allait se débarrasser de M. Aubrey, faire demi-tour et reprendre Woodward, vers le nord cette fois, pour gagner la maison d'aspect britannique du Dr Taylor, dans Wellesley Road, juste après Seven Mile Road. Il n'avait pas parlé à Vera de son projet d'aller chez le docteur. Mais pourquoi pas, tant qu'il y était ? Est-ce que ce ne serait pas charmant, s'il était là, de l'envoyer rejoindre M. Aubrey sur le pont ?

Et immédiatement, il se dit : Fais l'inverse, conduis M. Aubrey chez le Dr Taylor.

Il effectua un demi-tour sur Jefferson et se mit à répéter son plan. Sonner à la porte et dire : « Docteur, je suis vraiment désolé de vous déranger... M. Aubrey a un besoin urgent d'aller aux toilettes. Nous sommes sur le chemin de chez Walter. Je crains qu'il soit juste un peu ivre. »

Juste un peu... il espérait qu'il arriverait à faire tenir cet abruti sur ses jambes.

Le Dr Taylor était encore en veste de costume bordeaux avec revers en soie noirs et épaulettes sur chemise et cravate. Il recula d'un pas, la main droite dans la poche de sa veste. Bo récita son couplet et le Dr Taylor dit :

– D'accord, les cabinets sont juste là.

Bo fit entrer Aubrey à l'intérieur et ferma la porte.

– Où on est, bordel ? s'enquit Aubrey.

– Vous avez besoin de pisser, compris ? lui dit Bo. Tenez-vous au-dessus de la cuvette, sortez votre engin et visez. Attendez ! M. Aubrey, vous voulez bien attendre, merde, vous êtes en train d'arroser le sol.

Il n'y avait pas moyen de l'arrêter maintenant, il aurait dû l'asseoir sur les toilettes.

– Penchez-vous au-dessus de la cuvette en appuyant les mains contre le mur, pour éviter de tomber et de vous cogner le crâne.

Il sortit et referma la porte.

Le Dr Taylor était resté là, la main toujours dans la poche.

– Quel dommage que vous ne soyez pas venu seul, dit-il. J'ai un cognac exceptionnel que nous pourrions siroter en continuant notre conversation.

Il n'intéressait pas du tout Bohdan, pas plus que ses arrière-pensées ou ses préférences sexuelles, ni sa manière de chercher à signifier l'intimité avant de faire machine arrière.

– C'est un revolver que vous tenez ? demanda Bo.

Le Dr Taylor sourit en sortant l'arme de sa poche.

– Vous êtes très observateur.

– C'est un Luger ?

– Non, un Walther P38. Dans les années trente, il a remplacé le Luger dans l'armée allemande. Je possède bien deux Luger 08 qui remontent à la Première Guerre mondiale et, vous ne me croirez jamais, j'ai même une *Maschinenpistole* MP40.

– Un Schmeisser ?

Le Dr Taylor lui sourit à nouveau.

– D'où sortez-vous ça ? D'une bande dessinée ? Les Américains sont parfois très ignorants. Ils appellent ça un Schmeisser, mais Hugo Schmeisser n'a jamais rien eu à voir avec la conception ou la création de cette arme, rien du tout.

– Puis-je voir ce Walther ? demanda Bo.

Le docteur le lui tendit, en le tenant par le canon.

– Faites attention, il est chargé à bloc. Le cran de sûreté est situé sur la gauche de la glissière. Il est enclenché.

Bo fit passer le P38 dans sa main gauche. Il souleva l'ourlet de son pull en cachemire gris et sortit son Walther PPK du haut de la gaine qu'il portait comme une sorte d'étui pour le ranger. Il avait maintenant une arme dans chaque main, mais son Walther à lui ne ressemblait absolument pas à celui du Dr Taylor.

– Je vois que nous chérissons tous deux l'instinct de conservation, fit le docteur. Savez-vous combien de fois ma vie a été mise en péril ? Croyez-vous que je me risquerais à ouvrir ma porte la nuit sans un pistolet à la main ?

– Combien de fois ? demanda Bo.

– Par des lettres que je reçois au courrier. Par des messages que je trouve, ici et à mon bureau. Par des coups de téléphone. Et je vous parle de véritables menaces de mort. Certaines proviennent peut-être de la même personne, c'est difficile à dire. Une des lettres que j'ai reçues récemment disait : « Je suis un homme petit par la taille, mais j'ai un gros revolver. Cessez de cracher sur les juifs ou vous le paierez de votre vie. »

– Comme c'est intéressant ! Il vous dit qu'il est petit.

– Oui, c'est curieux, non ? Ah, je vois que vous portez toujours votre jupe. Vous avez une telle classe, et en même temps vous faites un délicieux Buster Brown.

– Merci, Docteur, dit Bo avec un petit sourire séducteur en agitant ses cheveux.

Il avait décidé de la façon dont il allait s'y prendre.

Il glissa à nouveau le PKK dans la gaine, sous sa jupe, et le sentit au contact de son ventre. Se dirigea vers les cabinets avec le P38 du docteur dans la main droite. Ôta le cran de sûreté, ouvrit la porte, abattit Joe Aubrey d'une balle à l'arrière du crâne, *pan*, et vit tout un pan du mur blanc se maculer de rouge avant qu'il ait eu le temps de refermer la porte.

Le docteur était statufié dans sa veste en soie bordeaux. Ses yeux écarquillés se portèrent vers le plafond en entendant une voix de femme qui venait de l'étage.

– Michael ?

Bo jeta en regard en direction de l'escalier. Ce devait être la femme du docteur, bien qu'il ne l'ait pas encore vue, l'étage étant plongé dans l'obscurité.

– Répondez-lui, dit Bo. Tout va bien, non ?

– Tout va bien, Rosemary, cria le docteur.

Bo la voyait maintenant émerger des ténèbres dans une chemise de nuit pâle, sa main glissant sur la rampe d'escalier arrondie : Rosemary se joignait à la fête, et Bo révisa sa stratégie quant à la manière dont il allait boucler l'affaire. Elle atteignit le bas des escaliers et le vit à la lumière électrique. Il se retourna alors, pointa le pistolet et expédia dans la poitrine du Dr Taylor une balle qui le traversa de part en part pour aller fracasser une lampe chinoise, tandis que sa femme se mettait à hurler. Bo tira à nouveau.

Bon, pensa-t-il, elle va se jeter sur le corps de son mari et gémir de détresse à la manière des femmes d'Odessa quand elles couraient vers le mur au pied duquel leurs maris étaient tombés, morts, et ces fumiers de Roumains les reluquaient en s'éloignant. Mais celle-là n'avait pas connu l'expérience de la mort par balle. Elle ne semblait pas savoir s'il était mort ou vivant. Vraiment ? Avec une parabellum neuf millimètres qui lui avait traversé la poitrine ? Deux même. Elle s'attendait à quoi, à ce qu'il se redresse sur son séant ? Ah, elle se traînait maintenant jusqu'à son mari qui gisait par terre et tombait à genoux en répétant son nom, en pleurs, égarée.

Bo s'approcha pour s'accroupir à côté d'elle, et à la façon dont elle se tenait, il vit à l'intérieur de sa chemise de nuit des seins couci-couça qui pendaient, flasques. Il lui toucha l'épaule, puis lui écarta les cheveux du visage en lui disant d'une voix douce :

– Il est mort, Rosemary.

Il appuya alors la gueule du Walther contre sa tempe, détourna le visage et lui tira une balle dans la tête.

Il se servit de la chemise de nuit pour nettoyer le Walther qu'il lui glissa dans la main droite, pressant ses doigts sur la crosse. Il remarqua le diamant à sa main gauche, une pierre d'une taille impressionnante qu'il pensa pouvoir lui retirer du doigt. Il s'avisa qu'il pouvait prendre tout ce que le docteur avait dans son portefeuille. Chercher dans la chambre à coucher des bijoux, de l'argent liquide, des objets de valeur… le docteur devait gagner gros, avec une maison de cette taille.

Sauf qu'il n'avait pas conçu son plan pour que ça ressemble à un cambriolage.

Dès qu'il avait vu Rosemary descendre, il avait campé le décor. Elle surprend son mari et M. Aubrey occupés à faire des cochonneries dans les toilettes. Elle soupçonnait son mari, et maintenant elle le prend sur le fait avec M. Aubrey. Elle les abat tous les deux dans un moment de fureur aveugle avant de retourner l'arme contre elle.

Il y réfléchit quelques instants.

Elle est dévorée par un sentiment de honte insupportable.

Est-ce que la police le comprendra ?

Ou bien elle ne peut pas se faire à l'idée de passer le reste de sa vie en prison. Ou encore elle est folle. Ou quoi que ce soit d'autre que la police puisse échafauder comme interprétation, en se basant sur les indices.

Mais quels indices ?

Il se disait qu'il allait devoir leur retirer leurs vêtements. Il avait rhabillé M. Aubrey, et maintenant il lui fallait le désaper, sans qu'il y ait de taches de sang sur la jupe de Vera. Ou au moins ouvrir leurs braguettes. Que faisait M. Aubrey ? Il avait besoin de pisser. Bo l'entendait expliquer à Rosemary : « Ne faites pas l'enfant. Je pisse un coup et je m'en vais. »

Comment pouvait-il être arrivé là ?

Il avait dû rentrer avec le docteur.

Oui ? La police arrive et constate que Rosemary a tué son mari et M. Aubrey. La police cherche des mobiles pour expliquer pourquoi Rosemary, avec ses outres pendantes, est la meurtrière. Pourquoi, pourquoi, pourquoi. Ils étaient obligés de trouver un mobile. Jamais ils ne verraient ça comme un cambriolage. C'était une hypothèse qu'ils n'envisageraient même pas.

Le mieux qu'il avait à faire, c'était d'appeler Vera.

Au cas où il aurait négligé quelque chose.

Il lui dirait qu'il avait modifié ses plans. Il avait *envie* de le lui dire, était fier de la manière dont ça avait fonctionné, alors qu'il improvisait en naviguant à vue. Autant l'appeler et qu'on en finisse. Dis-lui que tu as changé les plans. Qu'Aubrey n'est pas enterré dans un champ de maïs. Que tu as décidé de liquider aussi le docteur. « Vera, tu sais qu'il aurait craqué sous la pression du FBI. Je me suis dit, quitte à devoir sortir régler des bricoles... » Dis-lui : « Quand j'ai vu Rosemary descendre les escaliers dans sa nuisette transparente, j'ai été saisi d'une inspiration. »

Que ça ait l'air simple comme bonjour, et Vera adorerait.

Elle était sous les couvertures, le téléphone à côté d'elle.

– Attends un peu. Reprends depuis le début, Bo, je dormais à poings fermés. Tu es chez le Dr Taylor ?

Tout en l'écoutant sans l'interrompre une seule fois, elle commença à se redresser sur les oreillers entassés contre la tête de lit. Et quand Bo, qui commençait à se calmer, décrivit ses faits et gestes comme inspirés, elle était assise sur son séant dans le lit et fumait une cigarette. Avant d'ouvrir la bouche, elle se força à se souvenir d'une chose : *Tu as besoin de lui.*

– Bo, ça me plaît.

– Je savais que tu aimerais.

– Tu pourrais être dramaturge.

– Tu sais que j'ai toujours eu envie d'écrire.

– Mais tu ne peux pas laisser Aubrey là-bas.

Ce qui arrêta Bo dans son élan.

– Pourquoi ? Sans lui, ça ne marche pas. C'est lui, le deuxième homme.

– Mais dès qu'on découvrira sa mort, le chèque qu'il m'a donné ne vaudra plus rien.

– D'accord, mais Dieu sait quand ça sera.

– Rosemary a une femme de chambre qui vient tous les jours.

– Va à la banque très tôt, à l'ouverture.

– Bo, le montant est de cinquante mille. Je ne peux pas déposer le chèque d'un homme qui a été tué la veille.

– Et si j'emmène M. Aubrey ailleurs ?

– Je ne sais pas.

– Il t'a remis le chèque, puis il est rentré en Géorgie et personne n'en sait davantage.

– J'aurai quand même peur d'y aller.

– Même s'il est dans la rivière, et qu'on ne puisse jamais le retrouver ?

– Je ne sais pas.

Elle avait besoin de réfléchir à la question et dit :

– Ça ne règle pas le problème du docteur.

– Je peux le balancer avec l'autre.

– Donne-moi une minute.

Elle dormait nue et sortit du lit sans rien sur le corps, toute frissonnante en se dirigeant vers la desserte à thé qui lui servait de bar dans sa chambre à coucher. Elle se versa un slivovitz qu'elle avala d'un trait, puis s'en servit un second qu'elle rapporta avec elle dans le lit.

– Si le docteur n'est pas chez lui, et qu'on trouve sa femme morte…

– Un suicide, suggéra Bo.

– Oui, mais la police soupçonnera son mari de l'avoir tuée. Où est-il ? A-t-il pris la fuite ? Bo, laisse le docteur où il est. C'est beaucoup plus simple si Rosemary l'a tué avant de retourner l'arme contre elle.

Vera acheva le slivovitz et alluma une cigarette.

– Il t'est déjà arrivé de discuter avec Rosemary ? demanda-t-elle.

– Je lui ai demandé ce qu'elle aimerait boire. Elle m'a dit : « Oh. » Et elle a eu l'air perdue. Puis elle a demandé : « Vous avez du vin blanc ? »

– Je me demande si quelqu'un qui connaît Rosemary peut croire qu'elle ait tué Michael. Mais je suppose qu'on peut en dire autant de toutes les femmes qui tuent leur mari. C'est une âme timorée. Je ne l'imagine pas se servir d'un P38, ni avoir la moindre idée de la façon dont ça marche.

– Le docteur possède aussi une paire de Luger, et cette sulfateuse, la mitraillette MP40.

Il y eut un silence. Vera fumait et imaginait la scène qui s'était déroulée dans la maison du docteur. Elle finit par dire :

– Écoute, Bo. Je veux seulement le docteur et Rosemary sur les lieux. Dieu seul sait pourquoi elle l'a tué. Ça fera les gros titres des journaux de Detroit : *Une femme tue son mari médecin.* Après, les articles porteront sur les tendances politiques du docteur. Qui est-ce, après tout ? Un étranger subversif né au Canada, ancien membre du Bund, soupçonné de faire partie d'un réseau d'espionnage allemand. On ne saura pas si la police envisage le meurtre. Ils parleront aux voisins, aux collègues du docteur à l'hôpital, à ses infirmières, peut-être à certains de ses patients, et assez vite ils en viendront à nous demander quelles étaient nos relations avec le Dr Taylor…

– Purement mondaines, dit Bo. Il est si drôle.

– Mais si le corps d'Aubrey est retrouvé dans la maison, ça prendra une autre envergure, parce qu'Aubrey est un homme de sinistre réputation. Ils se mettront à écrire des articles hauts en couleur sur ses activités au sein du Klan : c'est peut-être le seul Grand Dragon nazi dans tous les États-Unis. L'enquête risque de traîner en longueur, avec les éditorialistes des journaux qui n'en finiront pas d'échafauder des théories. Davantage de lumière sera jetée sur nous en tant qu'étrangers subversifs et le ministère de la Justice sera contraint de passer à l'action. Nous serons inculpés d'actes séditieux, si ce n'est de complot visant à renverser le gouvernement. On nous offrira une libération sous caution dont nous n'avons pas les moyens, et nous moisirons dans une prison fédérale pendant des mois dans l'attente du procès.

– Mais qu'est-ce qu'ils ont pour nous incriminer ? Absolument rien.

Si Bo semblait confiant, c'était à son intention à elle. Vera le connaissait bien, elle connaissait ses façons d'être, les attitudes qu'il pouvait adopter comme bon lui semblait. Depuis le temps, elle était capable de prévoir ses réactions. Si le FBI venait l'arrêter, il s'enfuirait.

– Tu ferais quoi s'ils venaient t'arrêter ?

– Je m'enfuirais. On aura planifié à l'avance comment s'y prendre. Je *sais* qu'ils ne chercheront pas à m'avoir sans toi.

Elle avait envie qu'il le pense sincèrement et murmura dans le téléphone :

– C'est dans ces moments-là que j'ai besoin de sentir mon chéri contre mon corps et de lui murmurer des choses à l'oreille.

– Des choses cochonnes ?

– Ce que je voudrais qu'il me fasse.

– Tu me donnes ce que les Américains appellent la trique. Reste au lit. J'arrive dès que je me suis débarrassé de M. Aubrey.

– De la manière dont on l'avait décidé.

– Oui, en l'enterrant.

– Il est plein de sang, et ses vêtements aussi ?

– Je suppose. Je l'ai abattu et j'ai refermé la porte.

– Il faut que tu le mettes dans ma voiture, n'est-ce pas ?

– Je peux l'envelopper dans une couverture.

– Bo, ne vole rien.

– Ne t'en fais pas.

– Les Luger, à la rigueur. Mais tu comprends bien que ça ne doit pas ressembler à un cambriolage.

– Je laisse le Schmeisser ?

– C'est comme ça que le docteur l'a appelé ?

– C'est comme ça que moi, je l'ai appelé. Pour qu'il me prenne pour un crétin.
– Prends le Schmeisser si tu veux.
– Autre chose ?
– N'oublie pas de nettoyer les cabinets.

Vera avait appris que si elle criait sur Bohdan, et il suffisait parfois qu'elle élève simplement la voix, il se mettait à bouder. Il cessait de lui parler et il fallait alors attendre qu'il surmonte sa mauvaise humeur ou qu'elle le laisse porter une de ses robes de soirée. Elle aimait Bo ; vraiment, elle l'adorait. Quand ils batifolaient au lit, par terre ou dans l'escalier, et que l'esprit de Bo était tout entier consacré à lui procurer du plaisir, elle était folle de lui. Ce beau gosse d'Odessa qui tuait de sang-froid, ayant vu des centaines et des centaines de gens gazés, passés par les armes après avoir été alignés contre un mur, refroidis le revolver contre la tempe, pendus à des lampadaires, enfermés dans des pièces dans lesquelles ils étaient brûlés vifs, tout ça avant d'avoir atteint l'âge adulte. Elle lui demandait :
– Est-ce que tu m'aimeras toujours, Bo ?
Et il lui répondait qu'elle était sa vie, sa raison d'être.
Elle aurait aimé pouvoir passer plus de temps avec Jurgen, un autre beau garçon, même si elle avait d'abord cru qu'il serait peut-être un raseur ou un fantôme tragique hanté par la guerre après ce qu'il avait vécu en Afrique du Nord, et elle lui aurait dit de se réveiller, que tous avaient vécu la guerre. Mais il n'avait pas été ennuyeux une seule seconde. Il tenait à vous faire savoir qu'il était vivant, heureux de se trouver aux États-Unis, et il était curieux de tout. Il acceptait le fait qu'elle soit une espionne à la solde de l'Allemagne plutôt réticente, et un jour ou deux après leur rencontre ils auraient pu tomber amoureux l'un de l'autre. Ou au moins être amants.

Mais Honey était arrivée, la petite effrontée au *Sieg Heil*, pas Honey Schoen, l'ex de Walter, Honey Deal. Elle avait emmené Jurgen avec elle, et avant l'aube elle n'en aurait fait qu'une bouchée. Honey avait plu à Vera dès l'instant où elle avait franchi le seuil, elle était si américaine. « J'épouserais bien Carl sur-le-champ, mais il est pris. » Ou quand elle avait dit : « Je me conduis un peu comme si j'étais en chasse, mais je ne lui cours pas après pour qu'il quitte son foyer. » Elle voulait seulement s'amuser. Et elle trouvait Bo mignon.

Vera aimait la façon dont les Américains s'exprimaient, avec la diversité de leurs accents et les expressions qu'ils utilisaient. L'une de ses préférées était « en chasse », qui voulait dire flirter. Elle avait adoré quand Honey avait dit : « On se dit que c'est un vrai bouseux jusqu'à ce qu'on plonge les yeux dans son regard. » Cela en disait tellement et en si peu de mots sur le policier fédéral, Carl, celui que Honey avait dans le collimateur.

Le jour où ils étaient arrivés à Detroit, Vera avait dit à Bo :

– On va écouter les gens, faire attention à la manière dont ils prononcent les mots, à l'argot qu'ils utilisent. On n'est pas du Sud ou de New York, on vit à Detroit, et on parlera comme les gens d'ici.

Alors Bo avait répondu :

– J'ai un exemple : « Ça ne va pas, la tête ? »

– « Ça va pas la tête ? » Tu entends la différence ? C'est une rebuffade.

Bo était doué pour ça. Il aimait imiter les gens à la radio, Walter Winchell, Gabriel Heatter, Jack Benny. Il était capable d'imiter Rochester. Vera riait parce qu'il était très drôle et qu'elle l'aimait, ce gamin qui lui disait qu'elle était sa raison d'être.

Mais si survenait un moment où il aurait à choisir entre la dénoncer et aller en prison ?

Il la dénoncerait.

Devant le tribunal, il poserait sur elle un regard noyé de larmes (il faisait cela très bien, remplir ses yeux de larmes sur commande) et il témoignerait pour l'accusation. Il inventerait pour elle d'audacieux actes d'espionnage, et les journaux feraient d'elle une vedette, la Mata-Hari de la Seconde Guerre mondiale, sans donner le moindre renseignement sur ce que Mata Hari avait fait pour le Kaiser. Ou était-ce pour le compte des Français qu'elle avait espionné ? Vera ne savait plus, peut-être les deux, mais ce qu'elle savait, c'est qu'elle avait plus d'allure que la Hollandaise, qui avait des hanches énormes mais pas de poitrine, et dont le nom d'emprunt était un mot malais signifiant « l'œil de l'aube ».

Si on lui mettait le même marché en main, est-ce qu'elle dénoncerait Bo ?

À son grand regret, oui.

Mais on n'en arriverait jamais là. Pas plus qu'à Bo témoignant contre elle devant un tribunal. Elle l'aurait abattu avant.

L'amour en temps de guerre ne durait jamais bien longtemps.

Mais c'était toujours ça de pris, bon sang.

Même Aubrey, qui n'avait pas été si nul que ça.

22

Le père de Carl le réveilla en téléphonant à six heures du matin.

– Comment tu trouves Detroit ?

– Pas mal du tout. C'est grand. Ils disent que c'est la troisième plus grande ville des États-Unis, mais moi, j'avais entendu dire que c'était Philadelphie.

– J'en sais fichtrement rien. Et l'hôtel ?

Ils continuèrent à parler à bâtons rompus jusqu'à ce que son père aborde la raison pour laquelle il téléphonait en longue distance.

– Y a un type qui a appelé hier soir en se présentant comme un copain à toi qui se demandait où t'étais. C'est Narcissa qui a répondu.

– C'est quoi, son nom ?

– Vito Tessa.

– Bon Dieu.

– Mais non, j'ai dit Vito Tessa.

Son père essayait d'être drôle.

– Et ça ne t'a rien rappelé ? C'est le gangster en herbe au gros flingue nickelé et au costume bien voyant, l'agité que j'ai croisé la veille de mon départ.

– Celui qu'est le frère de Lou Tessa ?

– Ouais, c'est encore une de ces histoires de frères. Et Narcissa lui a dit quoi ? Que j'étais à Detroit, c'est ça ? Sans ça, tu m'appellerais pas.

– Faut croire que oui. Et aussi à quel hôtel t'étais descendu.

– Je pensais qu'elle était plus maligne.

– Il lui a dit qu'il était dans le Génie maritime avec toi. Comment il a pu savoir ça ?

– Chaque fois que je parle à un journaliste, il veut savoir ce que j'ai fait pendant la guerre.

– Le gangster en herbe a potassé ton cas. Attends un peu, y a Narcissa qu'est là et qui écoute.

Après un silence, Virgil reprit la ligne :

– Je lui avais dit un jour que les marins se tenaient les coudes, et elle a cru que ce type était un compagnon de bord à toi. Quitte pas.

Cette fois, Virgil revint en précisant :

– Elle dit qu'il lui a donné son nom, Vito Tessa. Et que si ça se présentait, on devait te dire que Vito Tessa venait te rendre visite. Pourquoi il dirait ça s'il projette de te descendre ?

– Son frère a essayé de m'abattre d'une balle dans le dos.

– Et celui-là, il voudrait tâter du combat singulier ?

– Je n'en suis pas si sûr. Marvin, le portier du Mayo, a dit : « Oh, oh ! Un type armé ! » Et c'est pour ça que je me suis retourné. On s'est retrouvés face à face, mais il avait rien fait pour ça. Je me demande ce qu'il cherche en vous donnant son nom.

– Il fait de l'esbroufe.

– Mais ça signifie pas pour autant qu'il va pas essayer de m'avoir par surprise. Va falloir que j'appelle la police de Tulsa, voir qui il est et pourquoi ils l'ont libéré. Il était derrière les barreaux pour possession d'arme à feu. Je vois pas ce gangster à la manque avec un permis de port d'armes. Il est peut-être plus malin que je croyais, mais pas fondamentalement différent de son frère en la matière. Maintenant, il va falloir que je passe mon temps à regarder derrière moi tout en traquant les Boches pour les ramener au bercail. Je crois qu'un des deux s'est éclipsé, Otto, le type de la SS, mais ça fait pas bien longtemps. Bon, je suppose que ma journée a commencé.

Il appela Honey à sept heures, sept heures trente et huit heures moins cinq, laissant sonner longtemps chaque fois, au cas où elle serait sous la douche (et il imaginait son visage levé vers le pommeau, yeux fermés, de l'eau savonneuse ruisselant sur sa poitrine d'une éclatante blancheur), mais sans jamais obtenir de réponse. Il avait décidé que la meilleure conduite à adopter consistait à continuer de recourir aux services de la jeune femme comme si elle ne lui avait jamais montré ses seins. Même si cela risquait d'être très délicat de lui parler en tête à tête, tous deux sachant pertinemment que la veille ils avaient été à deux doigts qu'il se passe quelque chose, peut-être même l'adultère. Il essaierait de ne pas regarder son corsage, de ne pas imaginer les deux colombes qui y nichaient, dont il pensait qu'elles étaient une taille en dessous de celles de Louly, sans pour autant correspondre à ce qu'on appellerait des petits seins. Ceux de Honey avaient une allure bien à eux, il y pensait volontiers en leur associant l'adjectif mutin, petites têtes roses dressées fièrement en l'air. Il aima cette image qui lui vint à l'esprit, mais fut incapable de trouver à qui il pourrait en parler en déclarant qu'il l'avait inventée. Peut-être à Narcissa.

Il était resté debout sur le seuil de sa chambre, à la regarder. Elle n'avait pas bougé, ne lui avait pas décoché de regard coquin. Elle n'en avait pas besoin. Elle avait fait des commentaires sur ce qu'il lui lisait dans le journal, exactement comme si elle avait ses vêtements sur elle. Et elle lui avait demandé ce qu'il voulait faire. Non, elle avait dit : « Vous avez décidé de ce que vous voulez faire ? »

La première chose qui lui était venue à l'esprit, c'était : « Vous voulez rire ! » Mais il ne l'avait pas dit. Il ne voulait pas la voir sourire, encouragée par sa réponse. Il lui fallait être aussi détaché qu'elle, et il avait dit qu'il n'y avait qu'à dîner avant de passer devant chez Vera pour voir qui s'y trouvait. Honey avait demandé : « C'est vraiment ce que vous voulez faire, vérifier des numéros de plaques d'immatriculation ? » Comme ça, debout, avec ses nichons qui le fixaient bien en face. Elle avait commencé à sourire, puis à rire en secouant la tête. Carl avait ébauché un sourire forcé, à son intention et à celle des deux colombes qu'il ne reverrait plus jamais, et tout était quasiment rentré dans l'ordre. Honey s'était habillée.

La nuit dernière, il lui avait dit : « Si vous sortez de la voiture, vous vous débrouillez toute seule », d'un ton de voix égal, mais en exprimant clairement les choses, c'est comme ça et pas autrement. Et qu'avait-elle fait ? Elle était descendue de voiture en lui disant qu'elle lui raconterait le lendemain, et elle lui avait fait au revoir en agitant les doigts. Puis il l'avait perdue des yeux, alors qu'elle s'introduisait sur la propriété pour faire le tour de la maison, elle était réapparue de l'autre côté, avait monté les marches du perron avant de se retourner pour lui adresser un signe d'adieu.

Et lui, qu'avait-il fait après ? Rien. Il était rentré à l'hôtel, avait bu un verre au bar, était monté à sa chambre et avait allumé la radio pour entendre les informations. Les Russes à Vienne progressaient de maison en maison. Il avait écouté, tout en se demandant comment faire pour rester lui-même avec Honey sans chercher les ennuis.

La nuit précédente, Carl s'était arrêté le long du trottoir devant chez Vera Mezwa pour laisser sortir Honey qui avait agi à sa guise. Ce matin-là, il tourna dans l'allée et coupa le moteur. Personne n'allait prendre la poudre d'escampette pendant qu'il serait à l'intérieur, pas plus Mme Mezwa que son petit homme de maison ou que le Boche qui portait l'évasion au rang d'un art, Jurgen Schrenk. Carl emprunta l'allée qui menait à la porte, leva la main dans un geste amical à destination de la voiture de surveillance garée de l'autre côté de la rue (pas celle qui était vide, et qui n'était qu'un leurre), un signe de reconnaissance censé leur signifier qu'ils n'avaient aucune raison de prévenir leur hiérarchie, on était tous amis, ici, pas vrai ? Mais c'était précisément le contraire que les agents feraient, ils contacteraient le bureau par radio. Carl sonna et entendit le carillon tinter à l'intérieur de la maison, attendit un peu avant de sonner à nouveau. Il n'avait aucune intention de repartir.

La porte s'ouvrit et Carl dit :

– Bohdan Kravchenko, d'Odessa, survivant du siège, bonjour. Comment ça va, mon garçon ? Je m'appelle Carl Webster, et je suis ici à titre privé pour voir la maîtresse de maison, Mme Vera Mezwa.

Bo avait une veste de smoking verte à revers noirs, qu'il portait à même la poitrine, et un pantalon de pyjama.

– Je suis désolé, dit-il, mais Mme Mezwa ne reçoit pas de visiteurs ce matin.

– Je n'ai pas besoin d'être *reçu*, Bohunk. Monte là-haut en vitesse et dis-lui que j'ai les moyens de fouiller la maison si je dois le faire.

Bo sembla s'être transformé en pierre. Il donna l'impression d'essayer de parler sans bouger les lèvres :

– Puis-je en voir la preuve ?

Carl sortit le portefeuille en cuir qu'il portait chaque jour de sa vie et l'ouvrit pour lui présenter sa plaque d'identification de marshal ainsi que son étoile.

– Cela ne fait que me donner votre identité.

– C'est tout ce que tu as besoin de savoir.

– Mais ce n'est pas une ordonnance de juge.
– C'est mieux que ça.

Ils étaient assis sur le canapé, chacun à une extrémité, mais tournés l'un vers l'autre. Vera portait une robe de chambre en soie d'un ton tirant sur le vert, qui bâillait sur le devant et qu'elle laissait s'entrouvrir suffisamment pour attirer le regard de Carl, lequel se disait que, décidément, ces femmes de Detroit n'y allaient pas par quatre chemins. Ils parlaient de Honey Deal.

– Oui, dit Vera, c'est vous qui l'avez déposée ici et elle est repartie avec Walter Schoen. Enfin, je suppose qu'il l'a ramenée chez elle. Je ne peux prétendre connaître les intentions de Walter. Honey s'est excusée sans ambages pour la façon plutôt brutale dont elle l'avait quitté, et j'ai compris qu'elle avait été encouragée à reprendre leur relation. Ou du moins à essayer. J'ai remarqué qu'à un moment, pendant leur conversation, Walter s'essuyait les yeux.

– Sans blague, fit Carl.

Il ne pouvait imaginer que Honey ait mis Walter dans un état pareil à dessein, sauf si elle se jouait de lui. Ou si elle avait pitié de lui, et que c'était la raison pour laquelle elle se montrait gentille. Elle était franche à sa façon, n'avait pas la moindre gêne. Il était persuadé qu'elle serait tout à fait capable d'entrer sur une scène, face à une salle remplie d'inconnus, et de se lancer dans un discours totalement improvisé. Raconter ce qui lui était arrivé de drôle en venant et inventer le reste. Dire quelques blagues. Il sentait que Honey et lui se ressemblaient dans la mesure où ils avaient la faculté d'utiliser la parole pour faciliter les choses ou se sortir de situations épineuses. On aurait dit qu'elle était toujours naturelle, qu'elle n'avait jamais besoin de faire semblant. Il dit à Vera :

– Elle est partie avec Walter. Il n'y avait qu'eux deux dans la voiture ?

– Pour autant que je sache, oui.
– Et le Dr Taylor ?
– Vous connaissez tout le monde, vous.
– Que faisait-il ?
– Il parlait à mon homme de maison, Bo.
– J'ai cru comprendre que Joe Aubrey était arrivé avec Walter.
– C'est Honey qui vous a dit ça ? Ou est-ce qu'il y a *vraiment* quelqu'un dans cette voiture de surveillance ?
Carl sourit un instant.
– Joe Aubrey n'est pas rentré avec Walter ? Ils auraient alors été trois dans la Ford de Walter.
– Je n'en ai pas la moindre idée, vraiment. J'avais déjà souhaité le bonsoir à mes invités. Ils pouvaient rester discuter s'ils en avaient envie.
– Peut-être qu'Aubrey est parti avec le Dr Taylor.
– C'est possible.
– Avec qui Jurgen est-il rentré ?
Vera fumait avec décontraction.
– Pauvre Jurgen, fit-elle. Si j'ai bien compris, pendant cinq mois et demi personne n'a réussi à lui mettre la main dessus, et tout d'un coup la Tête brûlée rapplique. Dites-moi, qu'est-ce que ça suppose, d'être une tête brûlée ?
– Le premier ingrédient, c'est la chance.
– À douze reprises, vous avez été chanceux, quand vous avez abattu des criminels ?
– Ce qu'on fait de son arme n'a rien à voir avec la chance. Ce que je veux dire, c'est, dans l'exercice de ses fonctions, avoir l'occasion de briller, de donner le sentiment que vous savez ce que vous faites.
Cela plut à Vera. Elle lui sourit.
– Les journaux racontent l'histoire et on devient un héros.
– Une fois qu'on s'est fait un nom et que quelqu'un a écrit un livre sur vous, on parle de vous en permanence. Un employé de magasin s'interpose lors d'un braquage. Les

journalistes vont alors dire qu'il fait un geste à la Carl Webster en dégainant un flingue à la vitesse de l'éclair. Le mois dernier, j'ai été interviewé sur le cas des prisonniers de guerre évadés, comme si j'étais expert en la matière. Ils m'appellent parce que mon nom est connu. Voyons voir ce que Carl Webster a à dire sur la question. Ça a été publié dans *Newsweek*.

– J'ai vu l'article. « La guerre que mène la Tête brûlée ». Ça vous a plu, ce qu'ils ont écrit ?

– Le journaliste et moi, on s'est plutôt bien entendus.

– À ce que j'ai lu, votre femme est dans les Marines ?

– Dans l'artillerie. Louly enseigne comment ouvrir le feu avec une mitraillette quand on est dans un chasseur-bombardier.

– Parmi les douze sur lesquels vous avez tiré et que vous avez tués dans votre carrière, est-ce qu'il y avait des femmes ?

– Aucune. Pour l'essentiel, c'était des criminels en cavale, des braqueurs de banques. L'un d'entre eux était un voleur de bestiaux que j'ai pris sur le fait, mais celui-là, je ne le compte pas.

– Et pourquoi donc ?

– Je n'étais pas encore marshal. Il ne compte pas, si on s'en tient à ceux que j'ai abattus dans l'exercice de mes fonctions.

– Est-ce qu'il vous arrive jamais de regretter de leur avoir ôté la vie ?

– Est-ce que Joe Foss regrette d'avoir abattu vingt-six Zeke ? Il pilotait un Wildcat dans le Pacifique.

– Oui, bien sûr. Pourquoi ce serait différent ? Même si Joe Foss ne voit jamais les visages de ceux qu'il abat, j'imagine. Excusez-moi, je vous fais la conversation.

Bo s'approcha du canapé, regardant exclusivement Vera, et dit qu'il y avait un appel pour le marshal adjoint.

– Dans le cabinet de travail, ajouta-t-il à l'intention de Carl tout en continuant à regarder Vera.

Puis il tourna les talons.

– Est-ce qu'il vous demandait si ça ne posait pas de problème ? demanda Carl.

– Vous avez dû dire quelque chose qui lui a déplu, répondit-elle en agitant la main dans la direction de Bo. Il veut que vous le suiviez.

C'était Kevin Dean au bout du fil.

– Vous parlez avec Vera ?

– C'est Honey que je cherche, répondit Carl debout à côté du bureau, avec derrière lui des étagères pleines de livres reliés cuir dont il pensa qu'ils étaient purement décoratifs, qu'ils n'avaient jamais été ouverts.

– Elle vous aide ? Je ne l'ai pas vue depuis qu'on m'a affecté à une autre tâche. Vous avez du mal à l'appeler Honey ?

– Non, et vous ?

– Au début, oui. En fait, j'ai toujours du mal. C'est comme ça qu'on appelle sa femme ou sa petite amie. Enfin bon, écoutez, si je vous appelle, c'est parce que le Dr Michael Taylor, l'un des membres de ce réseau d'espionnage inutile, a été tué par balle la nuit dernière. Tout porte à croire que sa femme Rosemary l'aurait abattu avec un Walther P38 avant de retourner l'arme contre elle et de se faire sauter la cervelle. La femme de ménage a déclaré que l'arme appartenait au Dr Taylor. Elle est arrivée ce matin, a été surprise de voir la voiture encore dans le garage, de constater que le docteur n'était pas parti travailler, et elle les a découverts dans le séjour.

Carl se disait : Si Kevin éprouve des difficultés à l'appeler Honey, c'est qu'il n'a pas encore couché avec elle. Il demanda :

– C’est la femme de ménage qui a donné l’alerte ?

– Tout de suite. La police criminelle de Detroit a débarqué sur la scène du crime. L’un des types de l’équipe savait que le Dr Taylor était un sympathisant nazi, membre du Bund dans les années trente, qu’il avait été arrêté pour un délit mineur, une manifestation devant une synagogue. Les gars de la police criminelle nous tiennent informés de ce qu’ils trouvent.

Carl regardait Bo, sur le seuil, qui lui tournait le dos.

– Il y a autre chose, poursuivit Kevin. Ils affirment catégoriquement qu’une autre victime a été abattue dans les toilettes, d’une balle dans le crâne. Ils ont retrouvé des traces de sang que le tireur a essayé de nettoyer, mais le boulot en question n’est ni fait ni à faire, alors les techniciens ont passé les lieux au peigne fin à la recherche d’indices, et ils ont trouvé des fragments d’os et des tissus cérébraux dans le trou d’évacuation des eaux.

Carl demanda à Kevin de rester en ligne.

– Mon chou, dit-il en s’adressant à Bo, au lieu d’écouter la conversation, si tu allais me chercher une tasse de café ?

Bo s’éloigna sans mot dire.

– Peut-être que le docteur était aux chiottes quand elle l’a descendu, reprit Carl.

– Il a été abattu d’une balle dans la poitrine. C’était quelqu’un d’autre.

– Qui manque à l’appel ?

– Joe Aubrey.

– Son avion est à l’aéroport ?

– Il n’y a jamais été. Cette fois, il a pris le train. Le Cessna est en réparation à Atlanta.

– Où est Walter ?

– Ce matin, il est à sa ferme.

– Seul ?

– Il y a ce vieux couple allemand avec lui. J’ai demandé à la femme, c’est elle qui a répondu au téléphone, si quelqu’un accompagnait Walter quand il est rentré, et elle m'a dit que non.

– Vous savez que Honey s'est invitée à leur petite sauterie.

– On m'a dit ça, oui. Et vous savez quoi ? J'ai essayé de la joindre, mais elle n'a pas été chez elle ni au boulot de toute la matinée.

– Vous êtes toujours à fouiller dans les débris d'explosion ?

– Je suis aux homicides maintenant. Si vous voulez jeter un coup d'œil à la scène du crime, je vous emmène.

– Est-ce que le moindre indice pourrait laisser penser que le troisième cadavre est celui d'une femme ?

– Je ne sais pas, répondit Kevin après un assez long silence. Je crois qu'ils partent tous du principe que c'était un homme. Mais sa femme à lui, ça pourrait donner à croire qu'elle l'a surpris avec une autre. (Il marqua un temps de silence avant de répondre.) Non, si c'est elle qui l'a tué, le corps de l'autre femme y serait toujours. Je vais voir ça et je vous tiens au courant.

– À moins que le troisième, proposa Carl, ça ait été l'autre *homme* avec qui elle a surpris son mari. Mais où a-t-il bien pu passer ?

– Vous n'êtes pas en train de penser que ça pourrait être Honey ?

– Vera dit que Walter l'a raccompagnée chez elle. Je n'ai pas la moindre raison de croire Vera, mais je la crois. J'admets qu'elle mente au sujet de Jurgen.

– Eh bien, Walter est à la ferme. Je lui ai parlé un moment. Selon le rapport de surveillance de la nuit dernière, Walter est très vraisemblablement arrivé avec Joe Aubrey, mais il est difficile d'avoir une identification formelle. Ils connaissent Walter à cause de sa voiture. Les gars de la surveillance disent qu'il est parti accompagné d'un homme et d'une femme.

– Vous l'avez appelé avant ou après avoir appris les meurtres ?

– Après être passé voir la scène du crime. Je l'ai appelé de là-bas, et lui ai demandé qui il avait raccompagné. Il m'a répondu : Honig Schoen. Il l'a déposée chez elle. Je lui ai dit : « Walter, trois personnes sont montées dans votre voiture quand vous avez quitté la soirée. » Il a répondu : « Vous avez une photo de trois individus non identifiés debout à côté d'une voiture, quelque part, de nuit ? » Et il a dit que quiconque les a vus s'est trompé ou bien a menti. Sa femme était son seul passager.

– C'est comme ça qu'il l'a appelée ?

– Quoi ? Sa femme, ou son passager ? J'ai demandé si elle était à la ferme avec lui. Il m'a répondu que non, mais qu'elle avait promis de passer du temps avec lui aujourd'hui.

– Elle lui a dit ça ?

– Walter a affirmé qu'il allait veiller à ce qu'elle *dienne barole*.

– Nous savons donc ce qu'elle fabrique en ce moment. Elle essaie de lui échapper.

Vera n'avait pas quitté le canapé. Assis de nouveau à ses côtés, Carl songea à lui donner une petite tape sur le genou, uniquement parce qu'ils avaient la guerre en commun, dans des camps différents mais avec la même façon de voir les choses. Il lui demanda :

– Croyez-vous que la guerre ait eu le moindre aspect positif pour quiconque ?

– Je vais répondre non, parce que je suis trop fatiguée pour imaginer une réponse qui ait l'air sage, ou énigmatique. Ou stupide.

– Que voulez-vous faire quand elle sera terminée ?

– Essayer de ne pas trop me faire remarquer.

– Vous avez peur que des gens vous dénoncent ?

– Mes amis ?

– Votre réseau d'espions.

Carl leva les yeux et découvrit Bo qui amenait un service à café pour une personne. Il déposa le plateau sur la table basse et remplit une tasse tandis que Vera lui disait :

– Ce monsieur veut savoir si je te crois capable de raconter des mensonges à mon sujet pour sauver ton *dupa* des détenus violents et en manque qui infestent les prisons.

– Où est le problème s'il y a des détenus en manque ? demanda Bo en servant Carl et en lui tendant une tasse de café noir.

Carl le remercia et Bo lui dit « *Koorvya mat* » d'un ton de voix agréable, avant de tourner les talons.

Vera l'observait. Carl dit :

– Que signifie *Koorvya mat* ?

– Vous l'avez remercié... vous ne croyez pas qu'il vous a dit : « Je vous en prie, à votre service » ?

– Sa voix était trop aimable pour ça.

– Je ne devrais pas vous le dire, mais qu'est-ce que ça peut faire. *Koorvya mat*, c'est la façon ukrainienne de dire « Va te faire foutre ». Que lui avez-vous dit, tout à l'heure ?

– Il est possible que j'aie élevé la voix. Vous n'imaginez pas qu'il pourrait témoigner à charge contre vous, dites ?

– S'ils l'effraient suffisamment, ça ne m'étonnerait pas outre mesure. Mais quoi qu'il leur raconte, ce sera très haut en couleur. Bo aime susciter l'attention. (Elle s'interrompit un instant.) Quant aux autres, que feront-ils s'ils sont accusés ? Rien. Joe Aubrey continuera à être Joe Aubrey. Le Dr Taylor, l'obstétricien, passera des vagins en revue tout en inventant des insultes racistes, et Walter... Honey a bien dû vous parler de son projet stupéfiant ?

Carl fut pris par surprise. Il lâcha un vague :

– Ah oui, Walter.

Avant d'ajouter :

– Vous pensez qu'il réussira ?

Vera ébaucha un sourire.

– Vous n'avez pas parlé à Honey, n'est-ce pas ? Vous êtes toujours chagriné qu'elle vous ait planté là pour venir à ma soirée. Vous savez, vous n'êtes peut-être pas assez intelligent pour elle. J'ai vu la photo de votre femme en uniforme, dans *Newsweek*. Elle est très séduisante. Ce doit être quelqu'un d'agréable. Mais, au cas où vous ne l'auriez pas remarqué, Honey est un être humain comme il y en a peu, un esprit libre qui a ses propres idées. Elle n'est pas seulement en quête de distractions et d'expériences nouvelles.

– Vous êtes en train de dire que je devrais quitter ma femme pour Honey Deal ?

– Tout ce que je suis en train de dire, c'est qu'elle est unique. Si vous avez peur de passer du temps avec elle, alors n'en passez pas.

– Revenons-en à Walter.

– Je ne parlerai pas de Walter avec vous. Je suis sûre qu'il a tout raconté à Honey. Demandez-lui ce qu'il compte faire pour, selon ses propres termes, embrasser sa destinée.

– Ça vous est égal que Honey soit au courant ?

– C'est un trop gros morceau pour lui. C'est le rêve de sa vie, que « Walter Schoen » devienne un nom de premier plan dans l'histoire mondiale.

– Il veut assassiner quelqu'un.

– Je ne dirai pas un mot de plus.

– Je me disais qu'il voulait peut-être retourner en Allemagne pour le tomber de rideaux d'Adolf, mais il est impossible qu'il gagne l'Allemagne. Donc il doit avoir en tête de tuer quelqu'un comme le président des États-Unis. Par exemple, quand il se balade dans cette voiture décapotable qu'il affectionne. Un type nommé Giuseppe Zangara, un anarchiste, a tiré cinq coups de feu sur Roosevelt à moins de huit mètres de distance. C'était à Miami, en 1933.

– Il l'a manqué ?

– Une femme au foyer appelée Lillian Cross a bousculé Zangara, ce qui a dévié le tir. Il a manqué le Président, mais a atteint cinq autres personnes, dont Anton Cermak, le maire de Chicago.

– Est-ce qu'elle pensait que le fait de ne pas perdre le Président valait bien qu'on blesse cinq personnes ?

– Je me le suis demandé moi-même. Un de ces jours je rendrai visite à Mme Cross. En attendant, je vais voir si j'arrive à mettre la main sur Honey… si son esprit libre ne lui a pas soufflé de prendre la poudre d'escampette.

Carl avait posé sa tasse sur le plateau. Il la prit, but une gorgée avant de la reposer car le café lui avait été servi glacé.

– Vous vous rendez compte que vous pourriez être inculpée pour ne pas avoir divulgué les plans de Walter, alors que vous étiez au courant ? C'est un délit qualifié d'association de malfaiteurs, et de dissimulation d'actes séditieux fomentés contre le gouvernement américain. Même si vous n'avez pas participé à l'action en tant que telle.

– Je vous ai dit que c'était son rêve. Croyez-vous que je doive être emprisonnée pour une chose que Walter n'a finalement aucune intention d'accomplir ?

– Vous êtes toujours susceptible d'y aller, en prison.

– Qu'est-ce que ça peut vous faire ? Vous ne m'avez pas demandé si Jurgen était là.

– Alors ?

– Non, répondit-elle en souriant.

– Et le Dr Taylor ?

– Eh ben quoi ?

– Vous pensez qu'il pourrait vous dénoncer ?

– Le Dr Taylor n'a aucune crédibilité. Il continue à dire qu'Adolf Hitler est le sauveur de la planète, et qui peut encore y croire ? Non, le docteur ne m'inquiète absolument pas.

– Vous voulez dire, maintenant qu'il est mort ?

23

Quand Vera entra dans la cuisine, Bo était penché sur le journal du matin, étalé sur la table.

– Tu as entendu ce qu'il a dit ?

– Je n'écoutais pas. C'est un bouseux.

– Il sait, pour le Dr Taylor.

– Ce n'est pas dans le journal.

– Il n'a pas *besoin* du journal.

Le ton employé par Vera lui fit lever les yeux.

– Il connaît des policiers, des agents fédéraux. Il m'a demandé si je craignais que le docteur me dénonce. J'ai répondu que le docteur ne m'inquiétait absolument pas, et il a répliqué : « Vous voulez dire, maintenant qu'il est mort ? »

– Il est déjà au courant ? fit Bo d'un air surpris.

– Tu le traites de bouseux, avec ta manière snob de voir les choses. Tu lui sers du café froid. Alors que ce type est le représentant de la loi le plus célèbre des États-Unis. On écrit des articles sur lui dans les magazines. Un livre a été publié sur lui, avec des photos, et toi, tu penses qu'il est sans intérêt.

– J'ai trouvé son comportement grossier, fit Bo en haussant les épaules dans sa nouvelle veste de smoking. Qu'est-ce que tu lui as répondu ?

– J'ai dit : « Ah bon ? le docteur a eu un accident de voiture et il a été tué ? » J'ai dû lui paraître stupide.

– Je suis sûr que tu étais convaincante.

Le regard de Bo retomba sur le journal.

– Regarde-moi quand je te parle, dit Vera tout en balayant le journal de la table. La police sait que quelqu'un d'autre a été abattu.

– Rosemary.

– Je ne comprends pas comment tu as pu exécuter cette pauvre femme.

– Je n'avais pas le choix : elle me connaît.

– C'est d'Aubrey que je te parle, dans les chiottes. Ils ont découvert des traces de sang que quelqu'un a tenté d'essuyer sur le mur, du sang et de la matière cérébrale, a précisé Carl, et celui qui a nettoyé a fait un boulot assez nul.

– Puisque c'était dans les toilettes, remarqua Bo, il aurait dû dire que mon boulot était nul à chier.

– J'ai dit à Carl : « Qui ça peut-il bien être ? » Stupéfaite, les yeux innocemment écarquillés. Et tu sais qui c'est, selon lui ? Pas qui ça *pourrait être*, note bien. Aubrey.

Bo fronça les sourcils. Il avait utilisé les serviettes-éponges destinées aux invités, il les avait enduites de savon, avait eu l'intelligence de les emmener en les bourrant dans le pantalon d'Aubrey après le lui avoir remonté. Puis il avait dû envelopper la tête de sa victime dans un drap de bain qu'il avait pris à l'étage quand il était monté inspecter les lieux, qu'il avait trouvé des bijoux qui lui plaisaient et la veste de smoking verte du docteur. Enfin il lui avait fallu chercher les Luger et la mitraillette qui se trouvaient dans une vitrine fermée à clé. Il avait dû la fracturer, mais avait quasiment fait un travail de professionnel. Il avait emprunté une couverture sur le lit encore chaud de Rosemary, l'avait utilisée pour traîner Aubrey sur le sol carrelé jusqu'à la porte d'entrée où il avait décidé de le planter là, cet emmerdeur, le temps de nettoyer les cabinets. Puis il avait réfléchi à la perspective de faire cette route, à quatre heures du matin, jusqu'à un champ de maïs près de chez Walter, alors qu'il se trouvait déjà à

Palmer Woods, qui n'était certes pas une forêt mais où il y avait de petits bois ici et là.

– Ils sont sûrs que le troisième homme est Joe Aubrey, reprit Vera. Joe est le seul de ceux présents à l'assemblée hier soir qui manque à l'appel.

– Et ça ne pourrait être personne d'autre ?

– Je sais que c'est Aubrey, et Carl sait que c'est Aubrey que tu as abattu d'une balle dans le crâne, pour bien en fiche partout. Tu avais réfléchi à l'endroit où tu voulais tirer ?

– Sa tête était à deux pas, pendant qu'il faisait pleurer le colosse. Tu connaissais cette expression-là, pour parler de pisser ? M. Aubrey faisait pleurer le colosse en en mettant partout par terre.

– Tu as dû toucher Rosemary.

– J'ai écarté ses cheveux.

– Avec le Walther ?

– Non, du bout des doigts. J'ai été doux avec elle. Mais elle m'avait vu, je n'avais pas le choix.

– Tu es très compétent dans ce que tu dois faire, dit Vera en posant la main sur son épaule.

Elle avait été dure avec lui et ne voulait pas qu'il se mette à bouder, qu'il lui fasse perdre du temps en étant déprimé. Elle lui caressa les cheveux en disant :

– Pour te remonter le moral, sache que nous sommes en possession d'un chèque de Joe Aubrey, d'un montant de cinquante mille dollars. Si je peux l'encaisser et effectuer des retraits dans les jours prochains, on l'aura enfin, cette cagnotte pour prendre la fuite.

– Et on pourra se tirrrer de Detrrroaaaaaat, fit Bo en roulant les r et en étirant les voyelles. Est-ce que je peux poser ma tête lasse sur ton bedou ?

Vera la prit entre ses mains et approcha la joue du jeune homme de son corps.

– Ce dont on ne veut absolument pas, c'est qu'ils trouvent Aubrey avant qu'on ait pu déguerpir. Tu imagines les interrogatoires qu'on aurait à subir ? Deux de mes prétendus assistants retrouvés truffés de plomb ? Ça n'arrivera pas, hein, Bo ?

– Là n'est pas le problème, répondit-il en attendant que Vera soit prête à entendre la suite.

– Parce qu'il y a toujours un problème, c'est ça ?

– Walter pourrait leur dire que je devais ramener M. Aubrey à la ferme, mais que nous ne sommes jamais arrivés. Ou, comme dirait Kevin Dean, que « nous ne sommes jamais apparus ». Et cette fille, Honey Deal, elle dira : « Mais oui, c'est vrai, M. Aubrey. Il n'est pas rentré avec Bohdan ? » Cet enfoiré de marshal, tu sais comment il m'a appelé ? Bohunk.

– Je me demandais ce qu'il avait bien pu te dire. Honey te trouve mignon, elle.

– Vraiment ? Eh bien, c'est Jurgen qui est avec, à l'heure qu'il est.

– Elle se l'offre pour le petit déjeuner. Cette fille est une croqueuse d'hommes.

– Le FBI demandera à Jurgen : « Aubrey était dans la voiture avec vous ? » Et il répondra : « *Nein*, il n'y *édait bas.* »

– Jurgen ne parle pas comme ça. Mais ils sont partis avec Walter avant que tu mettes Aubrey dans ma voiture. Ils ne peuvent certifier que tu l'aies emmené où que ce soit.

– Tu veux laisser faire le hasard ? Peut-être que la police découvrira que j'ai emmené Aubrey chez le docteur, et peut-être pas. Entre-temps, Vera va pisser dans sa culotte à chaque coup de sonnette.

– Mon Dieu, fit Vera fatiguée de cette interminable guerre, avec tous les morts que nous avons vus !

– Ne perds pas confiance en moi maintenant. Un de plus, un de moins, quelle différence ?

Trois de plus, au moins. Quatre, avec un peu de chance.

– D'accord, dit Vera. Quand la police te dira : « Tout le monde nous dit que vous avez conduit Aubrey chez Walter ;

si vous n'y êtes pas allés, où l'avez-vous emmené ? » Qu'est-ce que tu répondras ?

– Je dirai : « Je me demande bien où ils ont pu pêcher cette idée ! Je n'ai emmené M. Aubrey nulle part. Quand il a quitté la maison, j'étais déjà couché. »

– Alors comment est-il arrivé chez le Dr Taylor ?

– Comment je pourrais le savoir ?

– Mais tu étais là, au même titre que tous les autres. Comment vous êtes-vous organisés si Walter ne l'a pas emmené ?

– Je leur expose ma théorie ?

– Si elle tient debout.

– Eh bien, moi, ce que j'en pense, c'est que le Dr Taylor et Joe Aubrey avaient une liaison et qu'ils avaient prévu de se retrouver quelque part une fois la soirée terminée. Disons, dans un bar de Woodward ou peut-être devant la cathédrale, ce n'est qu'à une rue d'ici. Le Dr Taylor a récupéré Aubrey au passage et l'a emmené chez lui pour qu'ils puissent se tripoter tranquillement, s'exciter l'un l'autre, et la femme du docteur, Rosemary, que j'ai toujours considérée comme une femme très agréable, elle les a entendus glousser, s'est faufilée jusqu'au rez-de-chaussée, a surpris les deux vieux pédés en train de s'embrasser, et elle les a abattus avec le Walther de son mari. Puis, totalement affolée par son geste, elle a pressé le pistolet contre sa tempe, et *bang*, elle a mis un terme à son existence.

Bo, tout en continuant à regarder Vera, ajouta :

– Ses seins ne valaient pas grand-chose.

– Totalement affolée ?

– Complètement atterrée d'apprendre que son mari le respecté docteur était une tantouze.

– Où s'est-elle procuré le pistolet ?

– Elle savait que son mari était un trouillard et qu'il en gardait un dans sa veste de smoking quand il était seul la nuit au rez-de-chaussée.

– Comment tu sais ça ?

– Rosemary me l'a raconté un jour. Ou alors, elle est descendue avec le pistolet.

– La veste que tu as sur toi, c'est celle qu'il portait ?

– Non, c'en est une autre.

– Donc s'ils te disent : « Si M. Aubrey n'était pas là ce matin, que lui est-il arrivé ? »

– Je leur réponds : « Comment je pourrais le savoir, je ne suis pas détective. »

24

Chez Vera, Jurgen avait été calme, d'agréable compagnie, c'était un jeune homme séduisant en veste sport.

Honey le ramena chez elle, alluma une lampe, et se retrouva soudain, dans son séjour, face à un prisonnier de guerre en cavale. Peut-être parce que Jurgen avait donné l'impression de se fondre dans le décor cérémonieux de la soirée de Vera, et que Honey n'avait jamais imaginé l'effet que ferait un soldat allemand dans son appartement. Les soldats allemands, on en voyait dans le journal. Jurgen lui avait fait confiance, il était venu de son plein gré et, tout à coup, elle n'était plus certaine que tout cela allait marcher. Il fallait qu'elle organise les choses pour que Carl le voie le lendemain. Ils discutent, ils prennent un verre peut-être, et après ? Jurgen dit *auf Wiedersehen* et Carl le laisse s'en aller ? Après avoir fait mille six cents bornes pour lui mettre le grappin dessus ? Ou bien il lui passe les menottes pour le ramener en Oklahoma, comme il crevait d'envie de le faire depuis des mois.

Et Jurgen penserait qu'elle l'avait piégé. Qu'elle l'avait attiré chez elle pour le compte de Carl. En lui disant que Carl ne pouvait rien contre lui. Qu'il pouvait la croire sur parole, elle était franche comme l'or. Alors qu'elle n'était rien d'autre qu'une gourde, une petite fille modèle, comme quand elle était gamine et que le monde aurait été parfait s'il n'avait également contenu son frère Darcy, qui vivait dans la même maison qu'elle. Une gourde, de dire à Jurgen qu'il était en sécurité parce qu'à l'instant présent ils se trouvaient juste dans l'œil du cyclone.

Elle avait été gentille avec lui, pas excessivement agréable, mais serviable : elle lui avait demandé s'il avait faim, s'il avait envie de boire quelque chose, s'il voulait écouter la radio ou un de ses disques. Elle avait Sinatra, Woody Herman, Buddy Rich, Louis Prima et Keely Smith.

– Vous n'avez pas Bing Crosby ? *I'll Be Home for Christmas* ?

– Je n'ai jamais tellement aimé Bing. J'ai Bob Crosby et les Bobcats, mais celle que je place au-dessus de tous, c'est Billie Holiday quand elle chante *Gee, Baby, Ain't I Good to You*.

– Et Bob Wills ? Roy Acuff ?

Honey chantait déjà à mi-voix, comme si c'était facile : *« Love makes me treat you the way that I do, gee, baby, ain't I good to you. »* Puis elle ajouta :

– Vous aimez le *hillbilly*[1], hein ?

Jurgen répondit qu'il avait commencé à écouter le Grand Ole Opry en 34, quand il était aux États-Unis avec sa famille.

Il se sentait bien avec elle. Il ne dit pas un mot de la venue de Carl. Ne mentionna même pas son nom. Il croyait ce qu'elle lui avait dit, qu'il était en sécurité en sa compagnie, qu'il n'avait pas à redouter d'être repris et traîné jusqu'en Oklahoma, et du coup elle avait l'impression de le trahir, car elle n'était plus sûre du tout de ce que Carl allait faire.

– Il y avait un autre marshal de Tulsa, que j'ai rencontré au camp : Gary Marion. Il a rendu son étoile parce que le rodéo lui manquait, et maintenant il a repris la compétition.

---

1. Musique folk du sud des États-Unis.

– Il monte des chevaux sauvages qui cherchent à le désarçonner ?

– Non, des taureaux meurtriers. Le jour où j'ai quitté le camp…

– Le jour où vous vous êtes enfui ?

– J'ai reçu une lettre de Gary, écrite à Austin où il *rodéait*. C'est comme ça qu'il a appelé ça. Gary n'a jamais été un cow-boy qui convoie des troupeaux sur les chemins, mais il portait un chapeau de cow-boy et montait des taureaux sur le circuit de rodéo.

– Vous voulez être cow-boy de rodéo quand vous serez grand ?

– Je n'ai pas l'intention de grandir. J'avais pensé devenir cow-boy pour pouvoir porter le chapeau et les bottes, mais s'il suffit de participer à des compétitions pour ça, de monter des chevaux sauvages et des taureaux meurtriers huit secondes d'affilée, pas besoin d'être employé dans un ranch, d'être un cow-boy qui travaille.

– Et on peut porter le chapeau, et des bottes comme celles de Carl. Il ressemble davantage à un cow-boy que tous ceux que j'ai pu voir, et pourtant il ne porte pas de chapeau.

Sans réfléchir, elle avait introduit Carl dans la conversation, seulement parce que des images de lui dansaient la ronde à l'intérieur de son crâne, mais Jurgen ne réagit pas. Il se contenta de dire :

– Votre frère me donne un de ses chapeaux.

– J'espère qu'il vous ira. Darcy a une toute petite tête.

Elle jeta un coup d'œil à sa montre, puis à Jurgen. Tous deux étaient maintenant installés sur le canapé.

– Il est tard, fit-elle. Je suis prête à aller me coucher.

– Moi aussi.

– Je n'ai pas de chambre d'amis, mais dans la mienne, j'ai un grand lit dont je vous cède la moitié si vous promettez de ne pas vous lancer dans des manœuvres louches.

– Bien entendu, répondit-il.

Mais il n'y avait qu'à voir sa figure…

– Je suis tout à fait sérieuse : pas de bêtises, répéta Honey en croyant penser ce qu'elle disait. Je ne suis pas du genre à m'engager dans des activités d'ordre intime lors d'un premier rendez-vous. Vraiment. Pas avant d'avoir l'impression que quelque chose pourrait nous rapprocher. Mais je ne suis pas soumise à la censure du code Hays, vous ne serez donc pas obligé de dormir avec un pied posé sur le sol.

– Parce que c'est notre premier rendez-vous ?

– Vous voyez très bien ce que je veux dire.

Ce qui les rapprocha, c'est qu'il toucha son épaule nue sous les couvertures, dans le noir, et elle ne put s'empêcher de se tourner vers lui en disant : « Prenez-moi dans vos bras. »

C'est tout ce qu'elle voulait dire par ces mots, elle voulait être serrée dans des bras, elle adorait ça. Mais une fois confortablement installée, elle laissa sa main courir sur son corps pour voir de quoi était fait ce jeune homme mince, et elle sentit des côtes, un ventre plat, laissa sa main glisser un peu plus bas, et très vite ils en furent à faire tous deux des bruits dans l'obscurité, ils faisaient l'amour avec un plaisir explosif qui les laissa agrippés l'un à l'autre, pantelants, sans avoir échangé une parole, jusqu'à ce que Honey finisse par dire :

– Il va falloir que j'en apprenne davantage sur ton compte, monsieur le Hun.

Elle ne répondrait pas au téléphone le lendemain matin, quel que soit le nombre de sonneries. Elle voulait décourager le malheureux Walter, et elle ne savait pas si Carl appellerait ou non. Avant huit heures du matin, il y avait déjà eu neuf appels.

Une fois qu'il eut compris que Honey ne décrocherait pas, Walter ne trouva rien de mieux que de venir en voiture et de sonner à sa porte.

– C'est moi, dit-il. Ouvre.

Puisqu'il était là, elle eut le sentiment qu'elle devait le laisser entrer. Elle réveilla Jurgen et lui dit de se rendormir.

– Si tu dois aller aux toilettes, vas-y vite. Walter est en train de monter. Ou reste dans la salle de bains et prends une douche.

La première chose que lui dit Walter, fidèle à lui-même, c'est qu'il n'avait pas encore pris son café du matin. Cette déclaration les conduisit dans la cuisine. Walter s'assit à table, ce qui donna à Honey une lueur d'espoir. Il n'essaierait pas de la culbuter avant d'avoir bu son café. Mais il n'avait pas l'air d'avoir tellement envie de la culbuter : il n'avait que le nom de Joe Aubrey à la bouche, il voulait savoir où il était.

– Pourquoi tu me demandes ça ? interrogea-t-elle.

– Je suis allé le chercher au train hier, à Michigan Central. Il doit être encore dans le coin.

– Bo l'a reconduit à ta ferme.

– Ils ne sont jamais arrivés. J'ai appelé Bo ce matin, et Vera m'a dit qu'il n'était pas à la maison, qu'il était sorti. Je lui ai demandé s'il était resté dehors toute la nuit. Elle m'a répondu qu'elle ne sait pas à quelle heure il est rentré, elle n'est pas sa mère.

– Tu es sûr qu'il n'est pas à la ferme ?

Honey ne savait pas pourquoi elle avait prononcé ces mots. Ils firent resurgir le Walter avec lequel elle avait été mariée.

– Tu n'écoutes toujours pas ce qu'on te dit. Je t'ai déjà expliqué qu'ils n'y étaient jamais arrivés.

– Eh bien, peut-être qu'ils y arrivent précisément en ce moment, pendant que tu perds ton temps à me crier dessus.

– Où est Jurgen ? s'enquit-il sur un ton plus doux.

– Dans la salle de bains.

– Je vais attendre qu'il en sorte.

– Walter, si je ne sais pas où est Joe Aubrey, comment veux-tu que Jurgen le sache ?

– Il faut que je le trouve. Je dois descendre en Géorgie et m'organiser. Je veux être là-bas, prêt à passer à l'action, demain au plus tard.

– Est-ce que Joe a une maîtresse ici ?

– Des putes.

– Alors c'est là qu'il est, dans un des bordels de Paradise Valley. Tu sais qu'il aime les filles de couleur. Il a emmené Bo avec lui pour voir s'il pouvait lui faire virer sa cuti. Et après une nuit passée avec les filles, ils y sont encore, ils prennent un café et ils se reposent. Il faut vraiment que je pense à ta place, Walter ? Si tu veux aller en Géorgie, tu n'as qu'à prendre un car.

– On aurait dit une année entière de mariage en version abrégée, fit Jurgen. Dis-moi pourquoi tu l'as épousé.

– Je n'en ai pas le moindre souvenir.

– Walter a de la chance. S'il ne trouve pas Joe, il a une excuse toute faite pour ne pas assassiner votre président. Tu aimes Roosevelt ?

– Je vote pour lui depuis que je suis en âge de voter.

Il lui souriait à nouveau.

– Ça te dirait de partir dans l'Ouest avec moi ?

Quelqu'un sonna, en bas.

La première pensée de Honey fut : c'est Walter qui revient.

Mais c'était son frère, Darcy.

– Je n'arrive pas à y croire, dit-elle. Ça fait des lustres !

Elle regarda Jurgen :

– Tu le connais, n'est-ce pas ?

– Darcy, le voleur de bétail. Oui, je le connais. Il me fait don d'un de ses chapeaux de cow-boy.

– Autant que tu lui dises bonjour, alors.

Darcy entra en passant devant elle dans un cliquetis d'éperons. Toute l'attention dont il était capable se concentrait sur Jurgen, debout à côté du canapé, vêtu du kimono orange de Honey. Darcy s'arrêta tout de même pour regarder sa sœur et dire :

– J't'embrasserais bien mais je sens la viande pourrie. Comment va, sœurette ?

Puis il se tourna vers Jurgen.

– Ben dis donc, mon vieux, pour voir du pays, t'en vois. La dernière fois que j'ai entendu parler de toi, tu vivais chez Vera. Je l'ai vue de temps à autre quand je livrais de la viande, mais j'ai jamais eu une très haute opinion d'elle. Pas mon genre, trop autoritaire. Le style à me réclamer un gigot d'agneau et des côtelettes plutôt que du bœuf. Je voulais lui dire qu'elle déparerait pas en garde-chiourme. Et ce jeune type efféminé qui travaille pour elle… Bo, c'est ça ? Il me fait penser à un détenu d'Eddysville qu'avait la manie de s'habiller en femme dans sa cellule. Son nom, c'était Andy, mais il ressemblait beaucoup à Bo. On l'appelait Candy Andy, ou encore Lollypop, le roi de la sucette.

– Tu es ici depuis l'automne dernier, mais tu attends de puer la viande pourrie pour venir me voir ?

– C'est en octobre que j'ai été libéré et je suis venu pour monter des affaires avec Walter. Mais jusqu'à hier j'ai été plus occupé que le cul-de-jatte dont vous avez tous entendu parler. Je venais de Flint avec la camionnette réfrigérée, avec deux veaux dedans qui commençaient à puer tout ce qu'ils savaient quand le générateur m'a lâché. Je me suis fait remorquer par un camion, avec une chaîne que le gars avait, et il m'a tiré jusqu'à une station-service. On est restés là à causer des veaux et du rationnement de la viande jusqu'à ce que je traverse la rue pour aller chercher quelque chose à manger dans un snack. Quand j'ai fini, je me dirige vers la porte, et qu'est-ce que je vois ? La police de l'État qu'est là, à reluquer ma camionnette. Moi, je suis comme un con, je sais même pas ce qu'ils cherchent à savoir : si c'est un véhicule volé, ou s'ils se posent des questions sur l'odeur que les veaux dégagent.

– Vous n'aviez pas acheté cette camionnette dans une vente aux enchères ? demanda Jurgen.

– En fait, je l'avais fauchée sur un parking de Toledo, avec un pote à moi. J'ai dit à Walter que je l'avais payée mille huit cents dollars d'occasion et je l'ai convaincu de partager cinquante-cinquante, comme ça j'ai rien perdu.

– Pourquoi les veaux sentaient aussi mauvais ?

– Ils étaient déjà morts quand je les ai ramassés. Ils étaient étendus sur une pâture et le fermier m'a dit de les emporter si j'arrivais à les hisser dans la camionnette. Comme ça ils m'ont rien coûté non plus. J'ai pensé à les emmener à Walter pour les lui montrer, au cas où ils auraient une maladie. S'il m'avait dit de m'en débarrasser, je l'aurais fait. Mais je le voyais déjà découper les foies et commencer à hacher des oignons.

– Et tu as dû laisser la camionnette sur place.

– Il fallait que je me tire de là. J'ai gagné Flint en stop, j'ai pris un bus, et encore un autre pour aller chez Walter, et il me dit qu'il arrête les affaires. Qu'il part en Géorgie assassiner le Président. Je lui dis : « Et moi, je fais quoi ? Je me suis crevé le cul pour toi. » Il me répond : « Fais ce que tu veux. » Je me suis mis à lui gueuler dessus, mais après je me suis dit : À quoi ça sert ? On peut rien dire à un Boche qu'a pris sa décision.

– Il t'a dit qu'il allait assassiner le Président ?

– En Géorgie. Le Président habite pas en Géorgie.

– Tu le lui as dit, ça ?

– Putain, non ! Il a qu'à s'en rendre compte tout seul.

– Pauvre Walter, conclut Honey. Personne ne le croit.

– Est-ce qu'il a une fois, dans sa vie, accompli quelque chose ? demanda Jurgen.

– Pas à ma connaissance, répondit Honey avant de se tourner vers son frère. C'était hier, et tu sens toujours autant ?

– Ça va partir à la longue.

– Si tu tires un trait sur le vol de bétail, tu peux ôter tes éperons.

Elle vit Darcy lui sourire et dit :

– Tu as autre chose sur le feu, c'est ça ? Une autre manière d'enfreindre la loi ?

– C'est la raison d'être des hors-la-loi, gamine, c'est comme ça qu'ils gagnent leur croûte. J'arrête la viande. Je me tourne maintenant vers un article qui pèse quasiment rien, des bas en nylon. J'arriverai à vendre tous ceux sur lesquels je pourrai mettre la main, vingt dollars la paire. Vingt-cinq, même.

– Moi aussi, je pourrais, dit Honey. Si on en trouvait.

– Tu veux me faire croire que t'as pas de bas nylon en réserve pour tes meilleures clientes, celles qui payent avec les jetons qu'ont cours chez Hudson ?

– Ça fait deux ans qu'on n'a plus de bas nylon. Du Pont est toujours concentré sur les parachutes. Je doute qu'on en ait à nouveau avant la capitulation du Japon. Pourquoi tu t'engagerais pas dans la marine, pour voir si tu peux abréger la guerre ?

– Ça va. Mais ces bas nylons, si t'en avais de côté, où est-ce que tu les planquerais ?

Honey roula des yeux en direction de Jurgen qui lui dit :

– Tu jures que tu n'as pas de bas nylon ?

– Parole d'honneur.

Jurgen se tourna vers Darcy :

– Vous nous avez dit que vous aviez été trop occupé, avec la viande, pour appeler votre sœur. Vous avez dit que vous aviez été plus occupé que ce cul-de-jatte dont on a tous entendu parler. Dites-moi de quel cul-de-jatte débordé vous voulez parler ?

– Celui du championnat de coups de pied au cul. Tu m'as entendu parler de cette monnaie qu'on utilise, chez Hudson, pour acheter à crédit ? Et si je me procurais du cuivre et que je frappais ma propre monnaie, la quantité que je veux, avec dessus des personnages de mon invention ?

– Le voilà devenu faussaire, lâcha Honey.

– Je me pointe tout endimanché, en costume et cravate, et j'utilise une des pièces pour faire de gros achats, un manteau de fourrure pour ma femme par exemple…

– Muriel en ferait une attaque.

– Je lui donne pas. Je le rapporte et je me fais rembourser.

– Si tu l'as payé à crédit, ils l'enlèvent de ta facture.

Elle observait Darcy qui réfléchissait, debout dans son séjour, et qui cherchait la faille dans le système. Elle le vit s'approcher de son fauteuil club capitonné de coton beige, celui qu'elle avait acheté chez Sears & Roebuck pour quarante-neuf dollars quatre-vingt-quinze cents, son fauteuil de prédilection pour lire. Elle dit à son frère que s'il s'y asseyait, elle le tuerait.

– Je suis désolée d'avoir à te le dire, Darcy, mais tu n'es pas assorti à mon intérieur. Tu es plutôt du genre grands espaces, parfait pour le vol de bétail. Pourquoi tu ne pars pas dans l'Ouest pour te faire cow-boy ?

– Y a pas de fric à gagner à faire cow-boy. Te creuse pas la cervelle, je vais trouver quelque chose qui rapporte. Tu sais que ce matin j'ai fait affaire avec cette lopette, Bo ?

Il sourit.

– Un jour où je livrais de la viande, la porte s'ouvre, celle de derrière, et Bo se pointe, en robe noire satinée. Il me dit : « Que puis-je faire pour vous ? », comme si on s'était jamais rencontrés. Il est parfumé, il porte des boucles d'oreilles, du fard à joue, du rouge à lèvres. Fallait se retenir pour pas l'embrasser. Mais ce matin, c'était pas comme ça. Ce matin, il portait des vêtements d'homme, un pantalon et un manteau.

– Comment il est entré en contact avec toi ?

– Il a laissé un message à Madi, la tante de Walter. Je l'ai appelé ce matin, il m'a dit de me ramener, il avait besoin que je lui trouve quelque chose.

– Une entrecôte ?

– T'as droit à trois essais pour deviner.

– Une voiture.

– Je lui ai vendu la mienne sur-le-champ. Une Modèle A, la voiture de Monsieur-Tout-le-monde.

– Il y a des flics qui surveillent la maison. Si tu t'es garé devant, ils vont vérifier la plaque d'immatriculation et ils se rendront compte que c'est une voiture volée.

– T'es mon rayon de soleil, dit Darcy. Le rayon de soleil de ma vie. Non, je me suis garé du côté de la cathédrale, comme pour une visite.

– Qu'est-ce que tu as eu en échange ?

– Je te montrerai. C'est dans la voiture.

– La même voiture ?

– Une autre, mais toutes les deux sont des Modèle A. Et le chapeau de cow-boy de Jurgen est dedans. T'aurais dû me dire quand j'ai sonné qu'il était là, ça m'aurait économisé un voyage.

Darcy les laissa.

– Les gens ne changent pas, remarqua Honey. Il me tenait toujours pour responsable quand il faisait des âneries.

Ils étaient maintenant dans la cuisine, et Jurgen, assis à table, en kimono, buvait son café.

– Je n'arrive pas à croire que c'est ton frère.

– Mon frère le hors-la-loi, compléta Honey. Je l'ai bien vu, en grandissant, qu'il ne serait jamais très intelligent. Mais j'aime bien l'écouter parler. Il a toujours de bonnes histoires, souvent à moitié inventées. Je parie que le chapeau de cow-boy est bien trop petit pour toi.

Le téléphone sonna, tout seul sur le bar. Trois sonneries retentirent avant que Honey décroche en tournant le dos à Jurgen toujours assis à la table de la cuisine.

– Vous êtes chez vous, fit la voix de Carl.

– Je n'en ai pas bougé, pour échapper à Walter. Il est aux cent coups parce qu'il n'arrive pas à mettre la main sur Aubrey et qu'il doit se rendre en Géorgie.

– Aubrey est mort, lâcha Carl. Procurez-vous un exemplaire du *Detroit News* de ce matin. En une, vous trouverez : « Un éminent médecin trouve la mort lors d'un meurtre suivi d'un suicide ».

– Le Dr Taylor ?

– Il semblerait que sa femme l'ait descendu avant de se brûler la cervelle. Quelqu'un d'autre a été abattu dans les toilettes, mais son corps a disparu.

– Vous pensez qu'il s'agit d'Aubrey ?

– Kevin dit que c'est le seul qui manque à l'appel. Si la femme du docteur l'avait abattu, il y serait toujours. C'est pour ça que les flics de la police criminelle pensent que quelqu'un d'autre a assassiné les trois. Vous connaissez la bande de Vera : vous voyez qui, dans le rôle du tueur ?

Elle fut à deux doigts de dire « Bo », qu'elle se représenta vêtu du pull et de la jupe de la veille mais, n'ayant aucune raison valable de le nommer, se contenta de répondre :

– Je ne sais pas.

– Vous pensiez à qui ?

– Ça ne pourrait pas être un cambrioleur ?

– Possible, mais qui aviez-vous en tête ?

– Bohdan.

– C'est notre favori à tous.

– Vous avez une raison de penser à lui ?

– Il a été dans un camp de la mort, et il s'est échappé en tuant trois des gardes. Il leur a tranché la gorge pendant leur sommeil. Est-ce que je vous ai dit que le Bureau a un dossier sur lui ? Un dossier qui remonte à l'époque d'Odessa.

Il y eut un silence au bout du fil.

– Carl ?

– Comment apprend-on à trancher la gorge d'un homme ? demanda-t-il avant de se taire un instant. Écoutez, je suis sur la scène du crime avec Kevin. Je vous rappelle plus tard. Je veux que vous me racontiez comment ça s'est passé hier soir.

Elle hésita.

– Je serai peut-être sortie.

– Vous ne voulez pas m'aider ?

– C'est bon, je serai là.

Elle raccrocha et se tourna vers Jurgen qui demanda :

– C'était Carl ?

– Il est chez le Dr Taylor, répondit Honey avant de lui parler de ce qu'ils avaient trouvé sur place et de ce que Carl avait à en dire.

– Si ça doit être quelqu'un du groupe de Vera, je pencherais pour Bo. Il liquide le réseau d'espions, comme ça il ne reste plus personne pour pointer le doigt sur Vera.

– Elle l'appelle son ange gardien, rappela Honey.

– Et ils sont amants, renchérit Jurgen. Ils ont vu la mort de si près qu'ils baisent comme des fous parce qu'ils sont toujours vivants.

– Mais il est homosexuel.

– Ou bien il fait semblant, ou encore il est bi. Et dire que je commençais à apprécier Bohdan, le travesti discret en cachemire moelleux.

– Mais il en fait étalage, de ses préférences, s'il faut en croire Darcy.

– Assurément, mais la nuit dernière, chez Vera, tout le monde le trouvait charmant.

– Et il l'était, approuva Honey. J'ai un ensemble pull et jupe exactement comme le sien, sauf qu'il est noir et que ce n'est pas du cachemire.

– Tu portes du noir, bien sûr. Tu n'as pas besoin de couleur, il y en a dans tes yeux, sur tes lèvres... Pourquoi n'avoir pas dit à Carl que j'étais ici ? Tu as des doutes ? Tu n'es pas certaine qu'il viendrait uniquement pour te rendre visite, maintenant ?

– Quand j'y réfléchis, je ne sais pas du tout ce qu'il ferait. Je gagne du temps, si tu veux savoir ce que je fabrique. Mais je suis dedans jusqu'au cou. J'ai pactisé avec l'ennemi dans les grandes largeurs, et autant te dire que j'ai adoré ça. Je crois que si toi et moi on avait du temps, ou s'il n'y avait pas la guerre…

– On se tiendrait volontiers compagnie, compléta Jurgen.

– Je me dois de te dire, quand même, que je suis plus vieille que toi. Tu trouveras peut-être que je ne les fais pas, mais j'ai vingt-huit ans.

– Ça me serait égal que tu en aies trente et un. Tu sais que je suis fou de toi.

Elle le savait parfaitement, mais répondit quand même :

– Vraiment ?

Il faisait mouche avec son détachement, pas autant que Carl, évidemment, mais il venait à elle avec amour et elle savait que la suite du programme les trouverait à nouveau au lit. Elle aimait faire l'amour avec ce garçon qui avait fait sauter des tanks britanniques, était tendre avec elle et savait la tenir dans ses bras. Malgré tout, il lui faudrait du temps pour cesser de penser à Carl.

Elle toucha le visage de Jurgen qui levait les yeux vers elle.

– J'aime beaucoup la façon dont tu portes mon kimono, mais il vaudrait mieux que tu t'habilles.

Elle l'embrassa en lui mordillant les lèvres et Jurgen donna des signes d'en vouloir davantage.

– Darcy va revenir, objecta-t-elle.

– Ne le laisse pas entrer.

D'une voix éperdue de désir.

– Gardons ça pour plus tard, dit Honey qui réussit à le convaincre de se vêtir.

Elle se servit un whisky, juste une goutte pour se calmer.

S'il n'y avait pas Carl dans le paysage, elle pourrait accélérer les choses avec Jurgen. Elle l'appelait déjà Hun, et Jurgen entendait *hon*. Hun et Honey. Un joli couple.

Carl. Indisponible, mais intéressé. Qui lui avait dit qu'il ne *voulait pas* avoir d'aventure, batifoler avec une femme qui n'était pas la sienne. *S'il pouvait l'éviter*. Il avait dit ça. Mais était-ce pour laisser toutes les portes ouvertes, ou juste pour faire de l'humour ? Elle était bien obligée de penser qu'ayant vu sa poitrine nue des images devaient revenir le hanter, et qu'il se mettait à penser à elle en essayant de ne pas s'impliquer, tout en gardant tout de même un pied dans la porte. Le pauvre. Elle devrait cesser de le tenter. Jurgen était plus jeune, plus séduisant. Elle aimait ses marques de bronzage, à mi-cuisse et autour des hanches. Il était attentionné et nourrissait de tendres sentiments à son égard. Quant à Carl, il pouvait être tendre, il était patient. Jurgen était prêt à faire l'amour toutes affaires cessantes. Carl, lui, avait besoin d'être un peu excité sexuellement. Elle pourrait s'en aller face au soleil couchant avec Jurgen. Sauf s'il était arrêté en sa compagnie à elle, auquel cas elle serait accusée de trahison. Carl était marié à une Marine qui avait abattu deux hommes, en deux occasions différentes, dont l'une pour sauver la vie de son homme.

Est-ce qu'il fallait en arriver là pour gagner son cœur ? Descendre quelqu'un ?

Darcy entra en tenant entre ses deux mains un chapeau de cow-boy beige pâle qu'il présenta à Jurgen, toujours en kimono, en lui disant :

– J'ai dégotté ce Stetson exprès pour mon pote.

Honey regarda Jurgen emporter le couvre-chef dans le couloir qui donnait sur la chambre à coucher pour l'essayer devant le miroir. Elle fut surprise de constater que le chapeau était neuf. Il s'en coiffa d'abord en le plaçant bien droit sur sa tête, puis l'inclina un peu plus sur le devant et contempla son reflet.

– C'est le chapeau de cow-boy des businessmen, celui que portent les patrons de Dallas. Tu comprends bien que je te fais commencer par un chapeau de débutant. Si tu deviens cow-boy, tu pourras en avoir un avec un grand rebord incurvé. Et si ça arrive jamais, t'en as un que tu peux porter en toutes circonstances et qui t'attirera que des hochements de tête approbateurs.

– Il lui va bien, remarqua Honey. Comment tu as fait pour savoir sa taille ?

– J'ai dit à l'employé de couleur, chez Henry-le-chapelier : « Ce gars est un dur, il a une sacrée tignasse et il est intelligent. Je sais qu'il a un cerveau plus gros que le mien. » J'ai mis celui-là, il m'est tombé sur les yeux, alors j'ai dit : « Emballez c'est pesé. »

Mais le chapeau n'était ni emballé dans un sac ni rangé dans un carton à chapeau.

– Je l'aime beaucoup, dit Jurgen. Merci, amigo.

– On te prendrait facilement pour un Américain, dit Darcy. S'il devient trop grand, bourre du papier toilettes sous le ruban intérieur.

Honey mourait d'envie de demander à Darcy comment il s'y était pris pour faucher le chapeau, mais savoir ce que Bo lui avait donné en échange de sa voiture volée l'intéressait davantage.

– Tu nous as dit que tu nous montrerais ce que Bo t'a donné.

– En échange de ma voiture, compléta Darcy. J'en ai trouvé une exactement pareille sur le parking de chez Sears et Roebuck.

– Tu nous as déjà dit que tu en avais une nouvelle, fit remarquer Honey.

– Regardez-un peu, dit Darcy en tirant sur la fermeture Éclair de sa veste et en sortant un pistolet de sous sa ceinture : un Luger allemand, celui qu'ont les officiers, pour de vrai.

– Celui qu'ils *avaient*, corrigea Jurgen. Maintenant ils ont des Walther, mais on voit encore des Luger. J'en ai eu un en 1939 que j'ai gardé jusqu'à ce que la police militaire me le reprenne.

– Tu as déjà descendu des gens avec ?

– Pas avec un pistolet, jamais.

– Ce bijou est prêt à tirer. J'ai dit à Bo de le charger à bloc et de me donner une boîte de cartouches 9 millimètres.

Il se tourna vers Jurgen :

– Tu dirais qu'il vaut combien ?

– Aucune idée. Il doit en exister des centaines de milliers. Ce modèle remonte à 1908.

– Bo dit que ça peut valoir cinq cents dollars, facile.

– Combien tu as demandé pour la voiture ? s'enquit Honey.

– Cinq cents.

– Si tu n'avais récupéré qu'un seul dollar, tu pourrais déjà t'estimer heureux.

– Je sais que je pourrais obtenir un bon prix pour ce flingue. Et c'est pas demain la veille que je vais me trimballer avec. Vu mon casier, si je me fais arrêter pour un feu arrière cassé, ils me coffrent.

Il ajouta à l'adresse de Honey :

– Mon petit rayon de soleil, si tu me le gardais, mon Luger allemand, en attendant que je trouve mes marques ?

25

Carl passa dans l'après-midi voir les lieux du crime. Des voitures de police occupaient toute l'allée circulaire. Kevin annonça que les policiers parlaient maintenant d'un triple meurtre.

– Je leur ai dit que leur client s'appelait Bohdan Kravchenko. Il aime les bijoux, non ? Eh bien, il y a un paquet de bijoux appartenant à Mme Taylor qui a disparu, si on en croit la bonne, Nadia. Une fille qui vient de je ne sais où, en Europe centrale. Et l'armoire à pharmacie du docteur a été nettoyée.

Une fois arrivés dans le séjour, il dit à Carl :

– C'est là que le docteur était étendu, sur le dos, avec sa femme couchée sur lui à plat ventre, le Walther encore à la main.

Il annonça à Carl que les corps avaient été enlevés et emportés à la morgue du comté de Wayne, dans le centre, à quelques encablures du 1300, Beaubien, le quartier général de la police.

– Ils n'en parlent jamais autrement qu'en disant juste 1300. Ils sont très occupés là-bas : homicides, crimes majeurs, déminage, balistique. (Kevin eut un sourire.) Vous avez déjà entendu parler des Quatre Baraqués ? Quatre types de forte carrure, des enquêteurs, dans une conduite intérieure

Buick, deux à l'avant, deux à l'arrière. Ils écument les rues en cherchant les ennuis.

Carl répondit que s'il avait le temps, une petite rencontre avec ces gars ne serait pas de refus :

– On dirait qu'avec eux les délinquants trouvent à qui parler.

Il téléphona à Honey tant qu'il en avait l'opportunité et lui parla des lieux du crime. Ils discutèrent et il lui dit qu'il la rappellerait plus tard.

– Je serai peut-être sortie, répondit-elle.

Le plus sérieusement du monde, pas pour le faire marcher, ni pour flirter. Il fut sur le point de lui demander :

– Vous travaillez pour moi, oui ou non ?

Mais, au son de sa voix, il ne parvenait pas à deviner ce qui n'allait pas. Pourquoi la brusquer ? Il se contenta de demander :

– Vous ne voulez pas m'aider ?

Ça la secoua assez pour qu'elle promette qu'elle serait là.

Il pouvait très bien aller la voir tout de suite, ce n'était qu'à dix minutes. Descendre Seven Mile jusqu'à ce qu'il soit à une rue de McNichols Road, que tout le monde appelait Six Mile Road. Ou couper par Palmer Park. Il traîna sur les lieux du crime en pensant à elle, et son esprit se fixa sur les noms de rue de la ville de Detroit ; ils en avaient de beaux par ici, comme Beaubien, Saint Antoine, Chene, une vieille ville fondée par un Français qui était maintenant envahie d'usines de guerre. Il finit par se dire de cesser de branler là sans rien faire. Vas-y. Prouve-toi que tu peux rester seul avec elle dans son appartement sans pour autant lui arracher ses vêtements. On n'en arriverait jamais à ce résultat, de toute façon : elle les aurait enlevés avant. Il se mit à penser : et si tu allais au lit avec elle… Non, ce qu'il pensait vraiment, c'était : et si tu allais au lit et couchais avec elle, mais seulement pour découvrir quelque chose ou démontrer quelque chose, allez savoir quoi… À moins, finit-il par penser, que tu la baises comme un malade, comme ça tu pourrais passer à autre chose ?

Au volant de la Pontiac, il emprunta Wellesley jusqu'à Lowell et Balmoral, serpentant à travers Palmer Woods, ses vastes maisons de style anglais avec leurs domestiques polies qui répondaient aux enquêteurs des homicides allant de porte en porte :

– Non, M'sieur, la patronne, elle dit qu'on a vraiment rien entendu la nuit dernière.

Carl arriva sur Seven Mile et s'arrêta. Il pouvait tourner à gauche vers Woodward, qu'il descendrait en direction du sud jusque chez Honey, ou tourner à droite et traverser le parc en prenant Ponchartrain. Il y avait une voiture dans son rétroviseur. À l'arrêt. C'était la première qu'il voyait dans Palmer Woods, stationnée ou en mouvement, à l'exception de celles des flics. Comme si elle attendait qu'il prenne une décision. Une Ford Modèle A de 1941.

Carl tourna à gauche dans Seven Mile. Il n'y avait pas beaucoup de circulation et il observa un petit cinquante à l'heure. Très vite, la Ford fut derrière lui, un peu en retrait. Il se souvint qu'il y avait un poste de police sur la droite, l'atteignit et s'engagea sur le parking. L'autre voiture s'arrêta sur Seven Mile. Carl quitta le parking en tournant à gauche. Il se dirigeait maintenant droit sur la Modèle A en restant sur sa file, car il voulait voir qui se trouvait à l'intérieur. Il lui restait encore une trentaine de mètres à parcourir quand la Ford démarra brutalement et passa en trombe à sa hauteur, fonçant dans l'autre direction.

Un seul homme dans la voiture.

Carl tenta de se concentrer sur le peu qu'il avait pu apercevoir du type, étant donné la façon dont il se tenait tassé derrière le volant. Il aurait aimé que le gars ait les cheveux noirs et brillantinés comme ceux du petit gangster, Vito Tessa, il aurait pu se dire, d'accord, ce gars est ici, le Vengeur au gros automatique chromé, et il aurait su de qui se garder. Mais le type qui se trouvait dans la Modèle A n'avait pas les cheveux noirs et luisants, ils étaient beaucoup plus clairs.

Il tourna à gauche sur Ponchartrain Drive, la route qui traversait Palmer Park, avec les fairways du terrain de golf public sur sa gauche, les tables de pique-nique, l'herbe et les arbres sur sa droite. Il vit la Ford loin derrière lui, mais qui se rapprochait, qui le gagnait progressivement de vitesse. Il dégaina son calibre 38 qu'il posa sur le siège, près de sa cuisse, leva les yeux vers le rétroviseur, et, oui, la Modèle A arrivait pleins gaz, elle fondait sur lui, et, bon Dieu, oui, le mec lui tirait dessus. Il fit la seule chose qu'il y avait à faire : freiner brutalement, et le hurlement des pneus couvrit le bruit des coups de feu. Le calibre 38 fit un vol plané. Peu importait, Carl se baissait de toute façon, s'aplatissait contre l'assise du siège, tâtonnant à la recherche du calibre 38, quand la Ford se déporta pour le doubler tandis que son occupant truffait la Pontiac de balles qui firent voler en éclats les vitres latérales au-dessus de sa tête, entrant d'un côté pour ressortir de l'autre et étoilant le pare-brise de cercles de givre, comme tirés avec une mitraillette. *C'en était une.* C'était bien une saloperie de mitraillette, mais elle ne faisait pas le même bruit qu'une Thompson. Il pensa à Louly disant qu'elle devait lui montrer comment tirer avec un Browning, « lâcher quelques pruneaux ».

Mais la Ford fit demi-tour une centaine de mètres plus loin, prit la roue d'une Olds qui passait, lui colla au train en l'utilisant comme écran. Carl ouvrit sa portière, mit pied à terre et appuya le calibre 38 sur le bord supérieur du cadre. Il visa le capot de l'Olds qui approchait, la laissa passer et ouvrit le feu sur la Modèle A, tirant cinq balles avec son pistolet double action, dans le capot et les vitres de la voiture, persuadé d'avoir atteint le conducteur ou de lui avoir fait passer l'envie de régler son différend l'arme au poing.

Il effectua alors un demi-tour et prit en chasse la voiture de son assaillant. Il la rattrapa presque au moment où elle était obligée de ralentir pour tourner sur Seven Mile Road. Voilà qu'elle fonçait dans la direction de Woodward. Carl prit le virage et, pied au plancher, gagna du terrain sur la Modèle A qui dépassait le poste de police, puis le bâtiment à l'entrée du golf, arrivait au premier tee, et c'est alors que le moteur de sa Pontiac explosa dans un grincement de boîte de vitesses, un jet de vapeur s'échappant par les fentes d'aération du capot tandis qu'il voyait la Ford approcher d'un feu rouge sur Woodward. Carl, dont la voiture hors d'usage décélérait progressivement jusqu'à s'arrêter, dut forcer son regard à travers les impacts de balle qui dessinaient des toiles d'araignées sur le pare-brise et la fumée qui montait du capot pour voir le fou du volant griller le feu, se frayer un chemin entre des voitures qui pilaient sur place et faisaient des embardées pour éviter ce cinglé dans sa Modèle A. Dieu sait comment, il réussit à passer. Le Vengeur échappa à sa vue en cet après-midi morose d'avril.

– Je suis très surpris, Carl, dit le lieutenant de police de Tulsa. Il doit y avoir quelqu'un d'autre qui en a après toi.

– Vito Tessa de Kansas City, répondit Carl.

Il utilisait le téléphone posé sur la table, derrière les escaliers qui partaient du séjour où le crime avait eu lieu.

– Vito a dit à Virgil qu'il allait venir me rendre une petite visite.

– J'aime beaucoup Virgil. La première chose qu'il m'ait jamais dite, alors qu'on était dans ce bar au sous-sol du Mayo, c'est : « Tu as déjà participé à un concours de pisse ? » J'ai répondu : « Non. C'est quoi, qui compte, la hauteur ou la distance ? » Alors il me dit : « Ni l'un ni l'autre. On pisse sur de la glace dans les urinoirs, et on parie sur celui qui fera le plus fondre son tas de glaçons. » Mais ce qu'il y avait de spécial, avec ton père, c'est qu'il pissait pas comme tout le monde. Il était capable de se retenir.

– C'est pour ça qu'il reste encore aujourd'hui l'un des meilleurs pisseurs. Il peut se retenir aussi longtemps qu'il le souhaite, ce dont les hommes de son âge sont incapables. J'ai déjà été dans ce bar avec mon père, mais je ne peux pas dire que j'aie jamais pissé à côté de lui. Et quand je vais chasser avec lui dans les bois, je ne crois pas l'avoir jamais vu pisser, il ne veut pas laisser de trace.

– Tout à fait ton père. Comment tu l'as appelé, ce gars ? Tessa ? Il a été libéré sous caution. Non, attends un peu, j'ai quelque chose de plus frais. Il avait été libéré contre une caution de cinq cents dollars, dans l'attente de son audition. Il *était* libre. Lui et un autre minable ont voulu braquer des joueurs de poker et ça leur a été fatal. Ils se sont tous les deux pris des coups de feu dans le cul alors qu'ils foutaient le camp avec le fric qu'ils avaient ramassé dans un chapeau. Donc j'avais raison, c'est quelqu'un d'autre qui veut te descendre.

– Est-ce qu'il portait son gros flingue chromé ?

– Ouais, mais il s'en est pas servi. Le chargeur était plein.

– Je me disais bien qu'il irait pas loin dans la branche qu'il s'était choisie, conclut Carl en remerciant le lieutenant.

Kevin Dean traversait le séjour dans sa direction.

– Déjà de retour ?

– Pas encore arrivé à destination. Je viens juste d'avoir la police de Tulsa au sujet de Vito le Vengeur. Vous vous souvenez de l'apprenti gangster dont je vous ai parlé, l'histoire du frère ? Ce n'est pas lui qui m'a tiré dessus avec une mitraillette dans Palmer Park, il est étendu sur un lit d'hôpital, menottes aux poignets. Par conséquent, celui qui m'a tiré dessus est un gars du coin. Il savait que c'était moi qui partais d'ici en voiture. Il avait les cheveux clairs, comme Bohdan.

– Aussi longs que les siens ?

– Je serais incapable de le dire. Ce type m'a tiré dessus avec une mitraillette qui n'était pas une Thompson. Je sais reconnaître le son d'une Thompson. Celle-là faisait un bruit différent.

– Là-haut, dans la chambre à coucher du docteur, il y a une vitrine qui a été forcée. Il n'y avait rien d'autre dedans qu'une boîte de cartouches 9 millimètres. Mais Nadia, la bonne, nous apprend avec son accent que les armes ont disparu. Un Walther, deux pistolets Luger et une *Maschinenpistole* 40, comme celles qu'elle a vues à l'exposition de Souvenirs de guerre chez Hudson. Vous vous souvenez qu'on l'a ratée, cette exposition ?

– Parce qu'on déjeunait avec Honey.

Il la voyait encore s'affairer sur sa salade, puis saucer l'assiette vide pour ne rien laisser de l'assaisonnement.

– Vous savez comment Walter l'appelle ? reprit Kevin. Honig, le mot allemand qui signifie *honey*, Honig Schoen. Racontez-moi ce qui s'est passé dans le parc.

Carl partit du parc pour aller jusqu'au moment où le moteur de la Pontiac avait explosé, quand il avait distingué la Ford qui parvenait à franchir le carrefour de Woodward.

– Et vous avez laissé votre voiture ?

Carl dit qu'il s'était arrêté au poste de police de Palmer Park, celui du douzième *precinct*, et qu'il les avait mis sur la piste d'une Ford Modèle A noire criblée de balles, en leur précisant où habitait Bo.

– Ils ont remorqué ma voiture pour dégager la chaussée et ils m'ont dit qu'ils demanderaient à leur mécanicien de jeter un œil sous le capot. Ça me ferait mal au ventre de la perdre. Vous en auriez pas une que je pourrais vous emprunter ? À moins que le Bureau en mette une à ma disposition ?

Peut-être. Mais Kevin voulait vraiment savoir autre chose :

– Si Bo en est à abattre des gens qui pourraient témoigner contre lui et Vera, pourquoi s'en prendre à vous ?

– Aucune idée, je ne le connais que depuis ce matin. J'ai été un peu abrupt avec lui. J'ai pu heurter sa sensibilité.

– Vous allez chez Honey ?

– Je l'envisageais.

– Puisque vous n'êtes pas motorisé, je peux vous y conduire, je vous servirai de chauffeur.

Carl n'avait pas envie d'avoir Kevin à ses basques.

– Vous travaillez sur cette affaire... vous ne voulez pas mettre la main sur Bohdan le plus vite possible ?

– Vous avez envoyé les flics sur ses traces.

– Et quand votre supérieur vous demandera ce que vous faisiez, vous lui direz que vous étiez allé voir une jeune femme ?

– Vous ne voulez pas arrêter Bo ?

– Je préférerais avoir Jurgen. Les Homicides veulent Bo. Vous pourriez vous rendre chez Vera avec un de vos gars et me laisser votre voiture. Qu'est-ce que vous en dites ?

Bo abandonna la Modèle A dans une rue bordée de maisons d'ouvriers, longea tout un pâté de maisons pour rejoindre Woodward Avenue et tourna au coin pour gagner le 4-Mile Bar, à un peu plus d'une rue de la cathédrale. Il avala un whisky avant d'appeler Vera.

– Tu es sobre ?

– Un peu parti. Je ne peux pas rentrer chez nous. Je crois que la police me recherche. Quand ils viendront, dis-leur que je suis en virée dans le Nord. C'est ce que font les gens d'ici. Deux femmes au marché : « Vous faites quoi ce week-end ? » « On fait une virée dans le Nord. » Dans le Michigan du Nord. Aucune idée de ce qu'il peut y avoir là-bas.

– Bo... ?

– J'ai vu Carl qui se baladait dans sa Pontiac comme s'il ne savait pas où aller. Il a bifurqué pour traverser Palmer Park, la route est complètement dégagée là-bas, y a presque pas de circulation, ça m'a excité alors je l'ai pris en chasse, j'ai tiré quasiment trente-deux cartouches, un chargeur entier. Je ne sais pas si je l'ai eu ou pas.

– Est-ce qu'il a riposté ?

– Quand j'ai fait demi-tour, oui, il m'attendait de pied ferme.

– Alors c'est que tu ne l'as pas eu. Mais pourquoi est-ce que tu voulais le descendre ? Parce qu'il t'a insulté ? C'est le genre de chose qu'on règle en combat singulier, pas en arrosant son adversaire avec une mitraillette… Et ta voiture ?

– Criblée de balles. Mais tu sais quoi, Vera ? Il allait peut-être chez Honey.

– Oui ?

– Et j'aurais pu le suivre. Honey y est, Jurgen aussi, plus Carl.

– Tu veux abattre Carl parce qu'il t'a appelé Bohunk ?

– Il en sait autant qu'eux sur toi. J'aurais pu les éliminer tous les trois dans son appartement à elle.

– Si c'est là qu'il se rendait.

– Je suis tellement content que tu m'écoutes, bordel. Tu écoutes et tu te souviens toujours. Vera, si on pouvait s'arranger pour qu'ils soient tous là-bas demain, je pourrais régler ça à ce moment-là. Organise-le. Carl, Honey, Jurgen. Rayés de la carte.

– Bo, je ne tiens plus en place dans cette baraque. Je t'en prie, sors-moi de là avant que je devienne alcoolique.

– Tu l'es déjà.

– Je compte les verres que je bois. Je n'en vide jamais plus de vingt-cinq par jour.

– On part demain. Si on arrive à imaginer un moyen de les réunir à nouveau tous les trois dans l'appartement de Honey. On leur dit que tu voudrais faire tes adieux. Ou leur laisser à chacun quelque chose.

– C'est plus fort que toi, hein ?

– Si je ne le fais pas, le FBI va t'essorer à fond avant de te mettre à sécher. Tu aimes cette expression ? On fera ça dans la soirée, mais pas trop tard. On arrive en dernier. Ceux que je veux éliminer y seront.

Il tourna le dos au mur où était fixé le téléphone public et jeta un regard aux clients qui se trouvaient au fond du bar, quelques hommes et une femme, ivres, parlant fort, et un homme assis à une table, occupé à lire un livre sur l'interprétation des rêves.

– Ce soir, je rentrerai en me glissant dans la maison. Ne ferme pas la porte de derrière.

– Qu'est-ce que tu bois ?

– Du whisky, ils n'ont pas de vodka.

– Ils sont à court ?

– Ils n'en ont pas, Vera, ils n'en ont jamais eu.

– Je suis contente qu'on s'en aille.

– On prendra un sac chacun. Tous les trésors que tu ne peux pas laisser derrière toi, à condition qu'ils soient de petite taille. Le parapluie, le grand, noir, qui ressemble à celui de Neville Chamberlain.

– Qu'est-ce que tu vas porter comme vêtements ?

– Je n'y ai pas encore réfléchi.

Honey sursauta en entendant la sonnette. Elle répondit, appuya sur l'interphone pour ouvrir la porte en bas tout en disant à Jurgen :

– C'est Carl.

Jurgen attendait, debout dans le séjour. Il était maintenant habillé.

– Je pense qu'il serait préférable que tu restes dans la chambre à coucher.

– Il ne sait pas que je suis là ?

– Je ne vois pas comment il le saurait.

– Mais tu ne lui fais plus confiance maintenant, répondit-il en souriant de toutes ses dents. Parce qu'on est amants ? Parle-lui, pour voir ce qu'il a en tête.

– Il posera des questions sur toi, j'en suis sûre.

– Tu peux lui mentir, ça ne me dérange pas. Ou lui dire que je suis là et je sortirai lui parler. C'est comme tu veux.

– Il va se demander pourquoi je suis nerveuse.

– Tu ne me sembles pas nerveuse. Écoute, je sais ce que tu ressens. Tu as des sentiments pour moi, mais je suis l'ennemi. Le fait que je sois ici pourrait suffire à te faire jeter dans une prison fédérale. Si tu veux dire à Carl que je suis là, fais-le, je comprendrai.

Elle aurait aimé qu'en lui disant des choses de ce genre il ne lui sourie pas : ce n'était pas un grand sourire, plutôt un sourire triste, mais c'était un sourire tout de même. Il se rendit dans la chambre dont il ferma la porte. Honey mit *Gee, Baby, Aint' I Good to You* sur le Victrola, laissant la voix de poupée de Billie Holiday la mettre dans l'ambiance, et Jurgen apparut dans le couloir, souriant :

– Tu ne vas pas lui en parler, hein ?

Carl entra, vêtu du costume sombre qu'elle aimait, et resta là à l'observer tandis qu'elle regardait la cravate noire sur une chemise dont le blanc tranchait avec ce teint buriné qu'elle aimait. Il s'arrêta un instant pour écouter et dit :

– Billie Holiday. J'aurais dû me douter que vous aimiez le blues.

– Et comment vous auriez pu le savoir ?

– Vous êtes dans le coup.

– Je ne danse pas le jitterbug, fit-elle remarquer.

– Je n'ai jamais pensé que c'était le cas.

– J'aime ce qui se danse lentement, la musique sur laquelle on peut s'enlacer.

Il se mettait à sourire maintenant, comme Jurgen.

– Je vous crois aisément. Vous avez vu Jurgen la nuit dernière ?

C'était venu sans prévenir, et le sourire s'était envolé.

– Oui, je l'ai vu.

– Vous lui avez parlé ?

– Je lui ai demandé s'il voulait vous voir. Puisque vous ne pouvez pas l'alpaguer tant que le FBI ne vous y autorise pas.

– Qui vous a dit ça ?

– Vous.

– Moi, je vous ai dit ça ? Est-ce qu'il accepte de me voir ?

– Il n'a pas répondu.

– Vous savez où il est ?

Honey secoua la tête.

– On est toujours amis ?

– Je vous prépare un verre si vous voulez.

– Mais vous refusez de me dire où il est.

– Humm…

– Il vous plaît et vous ne voulez pas moucharder.

– Vous aussi, vous me plaisez. Il n'empêche que je n'ai pas envie d'en parler.

Il la regarda en silence avant de lui demander :

– Vous ne voulez pas me dire ce que vous savez sur un prisonnier de guerre allemand en cavale ?

Honey sourit.

– Vous parlez sérieusement ?

Carl ne put faire autrement que sourire à son tour.

– Prenons un verre, proposa-t-elle.

Elle le vit jeter un coup d'œil en direction du couloir qui menait à la chambre tandis qu'ils allaient à la cuisine.

– Vous buvez de la bière ? Vous ne m'en demandez jamais.

– Et vous ?

– Non. Vous avez de la chance que j'aie du whisky.

Elle prépara deux verres et lui en tendit un. Elle était sur le point de s'asseoir, mais attrapa ses cigarettes sur la table et dit :

– Prenons nos aises.

Elle entraîna Carl dans le séjour, et ils s'assirent sur le canapé moelleux en allumant leurs cigarettes. Ils étaient à moins de cinquante centimètres l'un de l'autre.

– Honey, je vais vous avouer quelque chose. À l'instant présent, je me contrefiche de l'endroit où peut se trouver Jurgen et de ce qu'il peut bien fabriquer. La seule chose que j'aie en tête, c'est de coucher avec vous.

Un homme qui conservait tout son calme derrière l'écran de ses yeux, un homme, c'était ainsi qu'elle le voyait toujours, avant d'ajouter *célèbre*, et aussi, d'habitude, *marié*. Mais pas aujourd'hui.

– Vous voulez coucher avec moi.

– Je n'ai pas grand-chose d'autre à l'esprit.

– Dans la chambre ?

– Si c'est là que se trouve le lit.

– On peut aussi le faire ici.

Honey se leva. Elle sortit son chemisier de sa jupe et le déboutonna.

– Vous voulez faire ça sur votre canapé ?

Elle retira son chemisier.

– Je mettrai un drap par-dessus.

– Alors que vous avez un grand lit dans votre chambre ?

Elle porta les deux mains derrière son dos pour dégrafer son soutien-gorge.

– Carl, vous voulez me baiser sur le canapé ou vérifier que Jurgen n'est pas dans la chambre à coucher ? C'est l'un ou c'est l'autre.

Elle dégrafa le soutien-gorge et le laissa tomber à terre.

26

Honey ouvrit la porte de son appartement, ramassa la première édition du *Free Press* datée du jeudi 12 avril, et l'apporta à Jurgen qui prenait son café assis à la table de la cuisine.

– Cent quarante-deux mille des vôtres se sont rendus aux Rouges dans l'est de la Prusse, annonça-t-elle en lui tendant le journal.

Elle s'approcha de la cuisinière pour se servir une tasse de café. Il était huit heures passées de vingt minutes. Tous deux étaient habillés. Honey portait l'ensemble jupe et pull noirs que Jurgen aimait.

– Vos Marines sont engagés dans une bataille sans merci à Okinawa. Dis-moi, c'est où, Okinawa ?

– Je crois que c'est la dernière étape avant le Japon.

– Des kamikazes ont attaqué la force d'intervention Cinquante-Huit, endommageant sérieusement l'*Entreprise*, l'*Essex*, et six destroyers. Pendant ce temps (poursuivit Jurgen en dépliant le journal et en parcourant les titres des articles), un communiqué allemand annonce que le commandant de garnison a été condamné à mort à Konigsberg. Et tu sais pourquoi ? Il a permis aux Russes de prendre la ville. Et voilà, ma chère, la raison pour laquelle nous sommes en train de perdre cette saleté de guerre. Nous n'hésitons pas à tuer des gens de notre propre camp.

– Quand ce n'est pas au camp adverse que vous vous attaquez, conclut Honey qui revint s'asseoir à table avec son café.

– Nous devons nous souvenir que nous ne sommes pas ennemis, toi et moi. Quoique la nuit dernière, je dois l'avouer, je n'en étais pas persuadé.

Le téléphone sonna.

– Tout va bien, fit Honey.

Il sonna à nouveau.

– Mais tu n'étais plus la même.

Elle s'approcha du comptoir et décrocha. C'était Madi, la tante de Walter, qui appelait de la ferme car elle cherchait Jurgen.

– Pouvez-vous me dire où il est ?

Honey répondit qu'elle n'en savait rien.

– Si je le rencontre, je lui dirai que vous avez appelé. D'accord ?

– Ne faites pas la maligne avec moi, dit Madi. J'ai un numéro de téléphone à lui communiquer. De la part de son copain le nazi. Vous êtes prête ?

Elle récita le numéro interurbain et Honey l'inscrivit sur le carnet qui se trouvait à côté du téléphone.

– C'est noté, merci.

– Et essayez d'être polie quand vous parlez aux gens, ajouta Madi avant de raccrocher.

Honey se tourna vers Jurgen :

– Je t'ai semblé malpolie ?

– Qui c'était ?

– La tante de Walter. Ton copain, le nazi, veut que tu l'appelles. C'est à Cleveland, le numéro est sur ce calepin.

Honey n'était pas encore assise que Jurgen était déjà debout et composait le numéro.

– Qui c'est le nazi ?

– Otto.

– Otto ?

– Allo, Jurgen ? C'est Aviva. Je vous passe Otto.

On entendait du Chopin en fond sonore, l'*Andante Spianato et Grande Polonaise*, et Jurgen se demanda qui était le pianiste.

– Jurgen ? fit Otto au bout du fil.

– Otto, qu'est-ce que tu fais à Cleveland ?

– J'ai rencontré quelqu'un. Aviva.

– Aviva ?

– Aviva Friedman.

Jurgen marqua un instant de silence.

– Elle t'aide ?

– On ne s'est pas quittés d'une semelle depuis qu'on s'est rencontrés chez Hudson, on a embarqué immédiatement sur son bateau, un navire de plaisance de douze mètres de long.

– Aviva Friedman ? répéta Jurgen.

– Je l'ai en mon pouvoir. Si elle ne m'obéit pas, je la livre à la Gestapo. Et toi, Jurgen, ça va ? Qu'est-ce que tu fais ? Aviva est dans les beaux-arts. Attends une seconde… Quoi ? Oui, je vais lui dire. Aviva veut que tu viennes à Cleveland. Il faut absolument que tu sois là à notre mariage. Aviva dit que je suis l'homme le plus doux qu'elle ait rencontré, surtout pour un Boche.

– Aviva ?

– Elle a une bouquinerie qui ne vend pas les bons livres, ce sont de très vieux livres dont elle veut se débarrasser, pour vendre la boutique si elle y arrive. Je crois que je m'y connais, en livres. J'ai l'intention de reprendre la boutique et d'essayer quelque chose de nouveau. Proposer uniquement des romans policiers. Hein ? Qu'est-ce que tu en dis ?

– Je ne lis pas de romans policiers.

– Alors je ne t'en vendrai pas. Dis-moi ce que tu fabriques.

– Il projette d'épouser une femme du nom d'Aviva Friedman.

– Et alors ?

– Otto est de la SS et elle est juive.

– Tu t'en remettras.

Elle savait qu'il avait envie de parler de la nuit précédente. D'accord, pensa-t-elle, autant le faire maintenant...

– Jurgen, j'avais beaucoup trop bu la nuit dernière.

– Moi aussi...

– On n'avait presque rien mangé.

– Tu étais différente, Honey, crois-moi. Il n'y avait pas que l'alcool.

– J'étais nerveuse. Le fait d'avoir été avec Carl alors que tu te cachais dans la chambre. J'étais épuisée, à cause de la tension, je suppose. C'est juste que je n'avais pas envie de faire des choses hier soir.

– Je ne suis pas en train de parler de le faire ou de ne pas le faire. Si tu n'as pas envie d'intimité physique au milieu de la nuit, d'accord, je comprends très bien. Je n'en ai pas envie en permanence non plus. En tout cas, pas au-delà d'un certain nombre de fois par jour depuis que je t'ai vue. (Il attendit qu'elle sourie, et elle le fit.) Non, ce que je veux dire, c'est que tu étais une femme différente après le départ de Carl, et je me demande pourquoi.

– Je ne sais pas pourquoi, mais on est bien, tous les deux, non ?

Ne pas avoir eu envie de faire l'amour... ce n'était pas être différente, ça ? Quant au reste, elle n'avait pas conscience de la manière dont elle avait pu paraître différente à Jurgen la nuit précédente et ce matin, alors qu'elle pensait à Carl, à Carlos Huntington Webster, peu importait son nom, qui la regardait ôter ses vêtements.

D'abord, Carl ne vit personne à qui il pourrait en parler.

Pas à Kevin. Pas à son père non plus, bon Dieu, non, même pas après quelques whiskys suivis de bières sur la véranda. Ils buvaient de la tequila quand il avait dit à son père qu'il voyait Crystal Davidson de temps à autre. C'était avant qu'il épouse Louly.

Et son père s'était écrié :

– Crystal Davidson ? Non, tu veux rire ! La poule d'Emmett Long ? Où est-ce que tu la vois ?

Il lui avait répondu qu'il la voyait quand elle venait à Tulsa faire ses emplettes au grand magasin.

– Est-ce qu'elle se comporte avec distinction ? avait voulu savoir Virgil.

Il voulait s'assurer que son fils s'envoyait en l'air dans les règles de l'art.

Carl était à l'hôtel, dans la salle de restaurant : il prenait son petit déjeuner, des œufs brouillés avec de la saucisse de porc, des pommes de terre frites et des oignons, le tout copieusement arrosé de sauce Lea & Perrins, plus quelques petits pains sucrés et du café noir. La serveuse lui dit :

– Ça, pour l'aimer, c'te sauce Weuchestè, vous l'aimez drôôl'ment, hein ?

C'était une femme de couleur mais elle parlait comme Narcissa Raincrow, la concubine de son père, bénie soit-elle. Il pourrait lui raconter, à elle, ce qui s'était passé. Il lui avait raconté ses petites histoires toute sa vie, et elle l'écoutait toujours sans que préjugés ni affectation viennent interférer. Voilà comment il se figurait leur conversation :

– Honey, c'est la fille la plus attirante que j'aie jamais rencontrée, ou alors elle vient juste en deuxième.

– Elle ressemble à une vedette de cinéma ?

– À Lauren Bacall. « Tu sais comment on siffle, Steve ? » Même la voix, on dirait Bacall.

– Bacall, ses amis l'appellent Betty.

– Elle enlève son corsage.

– Elle porte un soutien-gorge ?

– Oui, blanc. Elle met les mains derrière son dos pour le dégrafer et dit...

À ce stade, il s'interrompait.

– Elle utilise un mot obscène.

L'Indienne creek de cinquante-quatre ans qui ressemblait un peu à une Dolores Del Rio bien en chair lui disait :

– Lequel ? *Baiser* ?

– Oui.

– Ça va, tu peux le dire.

– Elle dit : « Carl, vous voulez me baiser sur le canapé... »

– Oh mon Dieu, fit Narcissa.

– « ... ou vérifier que Jurgen n'est pas dans la chambre à coucher ? C'est l'un ou c'est l'autre. » Alors elle fait glisser son soutien-gorge. Le laisse tomber par terre.

– Oh, qu'elle est maligne ! Alors, mon grand, qu'est-ce que tu préfères, coucher avec moi ou embarquer ce porc de prisonnier allemand ?

– Ce n'est pas un porc, c'est un type bien. Mais imagine que j'aie choisi Honey. Et qu'il nous ait entendus.

– Tu fais beaucoup de bruit ?

– Il est dans la pièce à côté. Et l'appartement est silencieux.

– Tu veux lui faire sa fête, mais pas dans le séjour ? T'as qu'à l'emmener à l'hôtel.

– Ça s'est passé hier. Je ne l'ai emmenée nulle part. D'après toi, j'ai fait quoi ?

– Ça faisait longtemps que tu voulais mettre la main sur cet Allemand. Mais il y a Honey qui pointe ses nichons dans ta direction. Elle enlève tous ses vêtements ?

– Elle laisse tomber sa jupe.

– Et elle a des dessous, une gaine ?

– Une culotte blanche. Les pouces glissés sous l'élastique, à la taille.

– Prête à l'enlever.

– Elle attendait.

– Que tu te décides ?

– Tu comprends bien que c'est moi qui l'avais forcée à en arriver là.

– Parce que tu voulais t'envoyer en l'air.

– Parce que je savais que Jurgen était dans la chambre à coucher.

– S'il n'y avait pas été, c'est toi qui y aurais été, avec elle.

– Je ne sais pas.

– Écoute, ne me raconte pas cette histoire si c'est pour me dire des balivernes. Tu voulais aller au lit avec elle pour la baiser, ou pour voir si l'Allemand était là ?

– Je ne savais pas qu'il était là, ou du moins je n'en étais pas sûr, jusqu'à ce qu'elle me dise que ce serait sur le canapé ou pas du tout.

– Donc quand tu as commencé à lui dire ton désir, c'était pour t'envoyer en l'air.

– Je suppose que oui. Mais je ne l'ai pas fait, hein !

– Tu n'as pas brisé ton serment de mariage. Tu as eu de la chance, tu sais ?

– Je suis passé devant la porte de la chambre à coucher et je suis sorti de l'appartement.

– Tu n'as rien dit à cette superbe fille entièrement nue ?

– J'ai dit : « On dirait que ça ne va pas marcher, hein ? » Elle souriait un peu, ses yeux en tout cas. C'est le genre de fille qui est à l'aise même avec rien sur le dos. D'ailleurs, je pense même qu'à ce stade elle s'amusait bien.

– Elle t'a rien dit ?

– Juste : « Vous abandonnez trop facilement. »

– Attends un peu. Comment elle pouvait savoir que tu regarderais pas dans la chambre à coucher ?

– Elle m'a laissé le choix : c'était l'un ou l'autre.

– Mais tu lui as pas sauté dessus.

– J'en avais envie. Je l'aurais fait si Jurgen n'avait pas été là. Je l'ai pas dit à Honey, mais c'est lui qui m'a évité de manquer à ma parole, une chose que je n'ai jamais faite de ma vie, à moins que je plaisante quand je la donne, et dans ce cas tout le monde ou presque sait à quoi s'en tenir. Non, j'ai fait un serment quand je me suis marié, et pour l'instant je ne l'ai jamais rompu. Alors j'estime que j'ai une dette envers Jurgen. S'il veut continuer à se planquer, faire profil bas jusqu'à la fin de la guerre, ça me convient parfaitement. Il m'a évité de rompre mon serment. Je dirai à mon chef, W. R. Bill Hutchinson, que je n'ai pas réussi à retrouver les deux fugitifs. Fin de l'histoire.

– Et tout est bien qui finit bien, hein ? faisait la voix de Narcissa. Mais si tu croises à nouveau Honey, et qu'il y a pas de Jurgen dans les parages pour te sauver la mise, petit malheureux ?

Il essaya de mettre la main sur Kevin pour lui rendre sa voiture, en passant un coup de fil au FBI depuis sa chambre. Une voix répondit qu'il n'était pas dans son bureau, qu'il était en mission. Carl demanda si Bohdan Kravchenko avait été appréhendé. La voix répondit que l'information était confidentielle. Carl laissa un mot demandant à Kevin de le rappeler à son hôtel.

Il téléphona à Louly, à la base aérienne des Marines en Caroline du Nord, fier de sa conscience presque sans tache, prêt à répondre « J'ai été bien trop occupé pour ça » quand elle lui demanderait s'il ne cherchait pas les ennuis. Mais Louly n'était pas joignable non plus. Il n'avait plus qu'à se préparer à prendre le train pour rentrer à Tulsa.

Le téléphone sonna. Il s'attendait à ce que ce soit Kevin ou Louly.

C'était Honey Deal.

– Vous voulez voir Jurgen ?

– Laissez-moi lui parler au téléphone.

– Carl, j'ai reçu un coup de fil de Vera. Elle veut passer me rendre visite ce soir.

– Avec Bohunk ?

– Elle ne sait pas où il est. Il n'est pas rentré la nuit dernière. Elle est inquiète à son sujet.

– Je la vois d'ici se tordre les mains. À quelle heure vient-elle ?

– Vers huit heures. Elle s'arrête juste dire au revoir à Jurgen.

– Où il va ?

– Il ne veut pas me le dire.

– Montrez-lui vos nichons.

– Je les garde au frais pour vous, Carl. Vous savez ce qui se passe quand un cube de glace touche juste la pointe ?

– Vous éternuez ? fit-il avant d'ajouter : Vous savez que vous fréquentez des gens peu recommandables.

– Je sais. Mais je ne me sens pas le moins du monde subversive. Et vous ? Mais peut-être que vous, vous pouvez vous le permettre et pas moi ?

– On peut dire ça comme ça.

– Écoutez, passez donc boire un verre ce soir. Je vous promets que je ne vous montrerai pas mes nichons.

– Mais je comprendrai très bien, si vous ne pouvez pas vous empêcher d'enlever vos vêtements.

– Attendez une seconde.

Il l'entendit poser le téléphone sur une surface dure. Puis, il y eut des voix indistinctes. Et à nouveau elle fut au bout du fil.

– Carl, allumez votre radio. Roosevelt est mort.

C'était dans la façon dont elle l'avait dit. Non pas *il est décédé*, mais *il est mort*.

– Vous ne pensez pas que Walter...

Walter entendit la nouvelle à la station de bus Greyhound du centre de Detroit, par le système de communication aux usagers. Il manqua la première partie de l'annonce, la voix qui donnait les horaires de bus disant : « Il est de notre triste devoir de vous informer qu'à quinze heures trente-cinq cet après-midi... » Il attendait d'entendre quelle était la destination du bus, en se disant : « Quinze heures trente-cinq ? » Sachant qu'il était presque dix-huit heures, il leva les yeux vers l'horloge et vit qu'il avait raison. Il se mit donc à écouter et entendit la voix du système de communication aux usagers qui disait :

– La mort n'a guère laissé de temps pour se préparer à notre président de soixante-trois ans. Vers treize heures cet après-midi, dans la Petite Maison Blanche de Warm Springs, en Géorgie, le Président a ressenti une douleur soudaine à l'arrière du crâne. Il était en train de poser pour un dessin préparatoire à la réalisation d'un portrait de lui. À treize heures quinze le Président s'est évanoui pour ne plus reprendre conscience. À quinze heures trente-cinq, Franklin Roosevelt est mort, sans souffrir, de ce que son médecin a appelé une hémorragie cérébrale massive. Le service funéraire se tiendra dans le salon Est de la Maison Blanche...

Cela suffisait à Walter. Il se leva et se dirigea vers le guichet de vente des billets, tandis que le système de communication semblait reprendre tout depuis le début.

– Aujourd'hui, 12 avril, à Warm Springs en Géorgie, la mort s'est emparée de Franklin Delano Roosevelt, président des États-Unis, et a laissé des millions d'Américains abattus et en état de choc.

Walter rendit son ticket à destination de Griffin *via* Atlanta et se le fit rembourser. Il commença à se demander si l'un ou l'autre des convives qui se trouvaient chez Vera l'autre nuit dirait, en entendant la nouvelle de la mort de Roosevelt :

« Mon Dieu, est-ce que c'est Walter ? » Ou peut-être : « Mon Dieu, c'est Walter. » En se remémorant sa détermination. Vera s'approcherait de lui. Non, Honig d'abord. Elle lui toucherait le visage et lui demanderait de sa voix douce :

– Walter, comment diable t'y es-tu pris ?

– Ma chère, dirait-il, tu ne crois pas à cette hémorragie cérébrale ?

– Si, mais qu'est-ce qui a pu la provoquer ?

Ils penseraient qu'il avait utilisé un poison quelconque, et il leur dirait :

– Croyez ce que vous voudrez.

– Il a dû utiliser du poison.

– Mais comment ce poison a-t-il pu être administré ?

– Impossible que ce soit lui. Il est toujours à Detroit.

– Walter est intelligent. Il l'aura envoyé.

– Comment ?

– Disons dans un gâteau. Livré à la Petite Maison Blanche, avec le nom de la maîtresse du Président, selon Joe Aubrey, Miss Lucy Mercer. Oh, ce Walter est très intelligent. Même si le Président avait un goûteur de nourriture comme les rois des temps anciens, un cake provenant prétendument de Miss Lucy Mercer ne pouvait éveiller ses soupçons. Le Président en mange un morceau tandis qu'on prépare son portrait, il en prend plusieurs bouchées et s'effondre sur son siège, dans le coma. L'heure, treize heures quinze, est exactement celle à laquelle il termine son déjeuner.

C'était le genre de sombre intrigue moyenâgeuse que Vera était capable d'échafauder. Ça ou une histoire du même tonneau. Il l'entendait d'ici dire :

– Quel que soit le moyen par lequel notre président a rencontré son destin, vous pouvez être certains que notre Walter n'y est pas étranger. Ne nous laissons pas abuser par la version officielle, la Maison Blanche affirmant qu'il est décédé de mort naturelle. Je doute que Walter révèle jamais comment il a réussi. Aussi longtemps qu'il vivra, les gens qui connaissent cet homme rusé proposeront leurs petites théories personnelles et chacun demandera : « Est-ce que c'est comme ça que tu t'y es pris, Walter ? »

Sa réponse resterait la même : « Croyez ce que vous voudrez. »

27

Honey mettait de l'ordre dans le séjour, et elle avait passé un tablier par-dessus son soutien-gorge et sa petite culotte. Elle ramassait des journaux, vidait des cendriers, dépoussiérait ici et là avec un plumeau, paradant devant Jurgen qui était assis sur le canapé en compagnie de *Life*, son magazine préféré. Il n'en revenait pas qu'elle ait gardé tous les exemplaires publiés depuis Pearl Harbor, cent soixante-trois numéros de *Life* dans le débarras, avec sept numéros consécutifs qui manquaient seulement, ceux de l'hiver 1942.

Elle épatait Jurgen. Elle était toujours elle-même, une pierre précieuse, un diamant brut qui avait sa propre nature. Elle écoutait la chanson *Ill Wind*, de Frank Sinatra, et elle se contentait de lâcher pour tout commentaire : « Les doigts dans le nez, putain. » Il se demandait ce qui lui était arrivé pendant l'hiver 1942, quand il était en Libye. Il l'aimait. Elle l'émerveillerait tant qu'il vivrait, elle qui était capable de faire la poussière en sous-vêtements, tout en cambrant le dos pour tendre son petit fessier coquin dans sa direction. Il lui avait dit qu'il voulait monter des taureaux sur le circuit des rodéos.

– Tu sais comment ils annoncent les concurrents, d'après ce que j'ai entendu à la radio ? « Voilà maintenant un jeune cow-boy du nom de Flea Casanova qui nous vient de Big

Spring, dans le Texas. » Bientôt, tu entendras : « Nous avons maintenant un jeune cow-boy du nom de Jurgen Schrenk, venu en droite ligne de Cologne, en Allemagne. Jurgen va monter un taureau borgne plein de hargne baptisé Killer-Diller. Vas-y, Jurgen. » Le cow-boy qui est arrivé premier au rodéo de Dallas a gagné sept mille cinq cents dollars, juste pour avoir tenu sur le dos de trois taureaux huit secondes chaque fois. J'ai monté un Tigre[1] en Afrique du Nord. Je peux bien monter un taureau.

Pour le regarder, Honey jeta un coup d'œil par-dessus son épaule, de manière que ses fesses soient toujours pointées dans sa direction.

– J'ai connu un garçon qui était sur le circuit, dit-elle, et un jour il a été blessé. Il écrivait sur un calepin pour me dire à quel point il avait faim, parce que sa mâchoire était maintenue par une armature métallique et devait rester fermée tant qu'elle ne serait pas guérie. (Elle époussetait la bibliothèque, donnant de petits coups de plumeau sur les étagères.) J'ai oublié de te dire qu'Eleanor n'était pas là quand il est mort. Elle était à Washington. Roosevelt avait un emploi du temps bien rempli aujourd'hui, il comptait se rendre à un barbecue où des joueurs de crincrin devaient lui faire entendre de la *country*. Donc il n'avait pas la mort en tête, n'est-ce pas ? Tu aimes les violons de la musique *hillbilly* ? Moi pas. Mais alors pas du tout. Tu savais que Roosevelt aura été président plus longtemps que n'importe lequel de ses prédécesseurs ? Depuis 1933. Il avait soixante-trois ans.

Elle sortit un livre de l'étagère et lui en présenta la couverture pour qu'il puisse voir qu'il s'agissait de *Mein Kampf*.

– Je ne l'ai jamais lu, dit-elle, et il ne risque plus de servir pour briller dans la conversation.

1. Le char de combat allemand Tigre I fut mis en service en 1942.

Et elle le jeta dans le meuble de rangement qu'elle ouvrit, sous les étagères.

– Ce n'est pas là que tu as mis le pistolet de Darcy ? demanda Jurgen.

Elle se baissa pour sortir le Luger.

– Il est là et je veux te demander comment ça marche.

Elle le posa sur une étagère et passa à sa collection de disques, qui se trouvait à un autre endroit du meuble de rangement.

– L'un des reportages, à la radio, disait que Roosevelt était assis dans un fauteuil et qu'il avait l'air très à son aise quand, selon le speaker, « une douleur fulgurante le poignarda, à l'arrière de sa tête fière et léonine ». Tu trouves que Roosevelt avait une tête qui ressemble à celle d'un lion ? Je le trouvais distingué avec son fume-cigarette, mais je n'ai jamais pensé à lui comme à quelqu'un de léonin. Maintenant, c'est Truman le président.

Elle se releva avec un disque à la main qu'elle mit sur le Victrola.

– C'est un homme politique de Kansas City qui, à ce qu'il paraît, sait jouer du piano. On va bien voir ce qu'il va donner, ce Harry S. Truman. Je doute qu'il fasse grand bruit.

Le disque commença et Jurgen s'enquit :

– Qu'est-ce que c'est que *ça* ?

– Bob Crosby.

– Je veux dire, cet instrument.

– C'est Bob Haggart qui siffle entre ses dents tout en grattant sa contrebasse.

Elle s'était mise à chanter.

– *« Big noise blew in from Winnetka, big noise blew right out again*[1]*. »*

– Et comment ça s'appelle ?

---

1. Un grand bruit venu de Winnetka, un grand bruit reparti aussitôt.

– *Big Noise from Winnetka.* Comment veux-tu que ça s'appelle ? Le batteur, c'est Ray Bauduc, avec ses morceaux de bois et ses cloches de vache. Il est marrant, Ray.

– Tu le connais ?

– Je veux dire que sa façon de jouer est marrante. Mais je l'ai rencontré pour de vrai une fois, à La Nouvelle Orléans. J'ai pris un verre avec lui.

Honey saisit le Luger qui était sur l'étagère et le porta à Jurgen en disant :

– Sauf erreur de ma part, Darcy a dit qu'il était chargé.

– C'est bien ce qu'il a dit, répondit Jurgen tandis qu'elle se laissait tomber sur le canapé près de lui.

Il se mit à jouer avec le Luger, actionna le bouton d'éjection et une cartouche de neuf millimètres jaillit. Il ajouta la cartouche dans le chargeur, le replaça à l'intérieur de la crosse et rendit l'arme à Honey.

– Chargé, prêt à tirer. Y a quelqu'un que tu voudrais descendre ?

– Ça va pas, non ? dit Honey en levant le pistolet et en fermant un œil pour viser le miroir qui se trouvait dans le couloir menant à sa chambre. Je n'hésiterais pas à descendre Hitler, si jamais je l'avais dans ma ligne de mire.

– Tu ne veux pas qu'il soit jugé pour crimes de guerre ?

– Et s'il s'en sort ?

– Tu veux rire. Il sera pendu, s'il ne se tue pas avant, ce qui est une éventualité à prendre en considération.

Honey abaissa le pistolet avant de le lever à nouveau en disant :

– Et le sosie de Walter, Heinrich Himmler ?

– Le monde entier sera en liesse pendant des jours quand on le pendra.

– Si j'avais le choix entre Hitler et Himmler, je choisirais Himmler. Je lui donnerais un coup de pied dans les couilles aussi fort que possible avant de l'abattre.

À nouveau, elle abaissa le pistolet. Cette fois elle le fourra le canon en premier entre le coussin du canapé sur lequel elle était assise et celui de Jurgen.

– Bon sang, ce que je suis fatiguée, lâcha-t-elle.

– Pourquoi ne pas faire une sieste ?

– Il faut que j'aille chercher à boire. Je pense que Vera aime se cuiter. Surtout vu les circonstances.

– Je trouve qu'elle se débrouille très bien.

– Je l'espère. Je n'aimerais pas du tout qu'elle s'effondre.

– Tu veux dire, en se saoulant ?

– Non, parce qu'elle s'inquiète beaucoup pour Bo.

– Tu crois vraiment qu'il a disparu ?

– Pourquoi elle mentirait à son sujet ?

– Carl t'a dit quoi, déjà ? Qu'il la voyait d'ici se tordre les mains ?

– Carl fait l'intéressant.

– Il a plusieurs visages. Des fois il ressemble à un garçon de ferme, la bouche remplie de tabac à chiquer aux faines de hêtre.

– Ce sont juste des graines de hêtre, pas du tabac, corrigea Honey.

– Et la fois suivante, c'est ce visage-là mon préféré, c'est comme s'il regardait quelque chose dans le lointain qu'il est le seul à percevoir, et on croit que c'est vrai, qu'il le peut vraiment. Mais moi, je pense qu'il est lui-même quand on lui parle. Il est franc avec les gens.

– Oui, mais il peut vous stopper dans votre élan. Il faut penser vite pour réagir à temps. Il est plus drôle qu'il n'en a l'air.

– Tu l'aimes bien, remarqua Jurgen.

– J'aime l'homme qu'il est, mais il n'est pas libre. S'il l'était, tu aurais du souci à te faire. Il a dit à sa femme, Louly, devant l'autel, qu'il resterait aussi pur que la blanche colombe, et il est vraiment persuadé qu'il veut tenir parole. Mais bon, s'il lui arrive d'être émoustillé, comme ça nous arrive à tous de temps à autre, et que ça ne peut pas attendre ? Quelque chose survient. Une chance insolente s'interpose et épargne à un Carl grinçant des dents d'avoir à revenir sur son serment. J'aurais pu lui dire que c'était son ange gardien qui venait foutre le bordel dans sa vie.

– Tu le connais drôlement bien.

– Tout ce que je viens de te dire, je l'ai appris en moins de deux minutes. Mais tu sais ce qu'il est, au fond ? Un veinard. Et il n'y a rien au monde qui soit mieux que de sortir avec un homme dont tu sais qu'il a de la chance.

– Je pense qu'à plusieurs reprises, dans des fusillades, on peut dire qu'en effet il a eu de la chance. Comme avec le braqueur de banque qui a déboulé dans la rue, sur le trottoir, en tenant une femme devant lui, et qui a dit à Carl et aux quelques policiers de cette petite ville : « Posez vos armes. » Carl m'a raconté qu'il voyait une partie du visage du braqueur derrière l'épaule gauche de la femme. Il était dans la rue, à une dizaine de mètres. Les policiers ont lâché leurs armes et lui, il a levé la sienne et il a abattu le type d'une balle au milieu du front. Je lui ai dit : « Vous avez risqué la vie de cette femme. » Il m'a répliqué : « J'ai touché le type là où j'avais visé. »

– Il sait ce qu'il fait. Est-ce qu'il t'a raconté que la femme s'était évanouie ? Il a dit quelque chose comme : « Ouais, elle s'est effondrée, j'ai eu peur de l'avoir touchée. » Puis il s'est fendu d'un quart de sourire.

– Il t'a raconté ça ?

– Non, c'était dans le livre qui a été écrit sur lui, *La Tête brûlée*. Kevin m'a prêté son exemplaire. Je n'ai pas dit à Carl que je l'avais lu. Depuis, je n'ai cessé de le comparer au modèle du livre.

– Et c'est la même personne ?

– Exactement la même. C'est le seul homme que je connaisse qui soit capable de se vanter de quelque chose qu'il a fait sans donner l'impression de se mettre en avant.

On l'accuse d'avoir risqué la vie de cette femme et il vous répond qu'il a atteint sa cible. Dans le livre, il dit : « Pleine cible. » Et il continue à avoir de la chance.

– J'ai été dans les tanks pendant presque quatre ans, se défendit Jurgen, et je suis toujours en vie.

– Je sais que tu as de la chance, Hun, lui dit-elle en lui tapotant la hanche. J'ai bien vu, dans la cuisine de Vera, que tu étais le roi des chanceux, la première fois que j'ai posé les yeux sur mon Boche.

– Oui, mais si tu avais à choisir entre nous deux maintenant, aujourd'hui…

– Je te choisirais, toi. Parce que tu m'aimes. Avec toi, j'en arrive au point où tout ce que je ressens, c'est de la tendresse. Je ne vois pas pourquoi ça ne marcherait pas entre nous. Mais maintenant, il faut que j'aille chercher à boire.

– J'y vais. Mets-toi au lit, je vais revenir m'occuper de toi.

28

Walter se présenta en bas à huit heures moins vingt, prenant Honey au dépourvu. Elle déverrouilla l'entrée par l'interphone et ouvrit la porte de l'appartement. Dans la cuisine, Jurgen sirotait son gin vermouth, et il leva son verre à Honey qui revenait dans la pièce, le sien, vide, à la main.

– À l'amour de ma vie. Qui c'était ?

– Walter…

– Je croyais qu'il était en Géorgie.

– Il est possible que tu aies à me protéger de lui, Hun. Il est capable d'être excité à des moments incongrus, tu vois ? Tu l'abats si c'est nécessaire.

– Avec le Luger, on serait en plein mélodrame poétique.

– Parle-lui pendant que je coupe le fromage, fit-elle avec un sourire. Puisque tu en es à apprendre de plus en plus d'argot, ne dis jamais « Qui a coupé le fromage[1] ? » dans la bonne société.

Il ne voyait pas ce qu'elle voulait dire, mais s'immobilisa alors qu'il s'apprêtait à sortir de la pièce.

– Combien de verres tu as bu ?

– C'est mon deuxième, répondit-elle en s'en servant un.

---

1. En argot : « Qui a pété ? »

Jurgen entra dans le salon en regardant le canapé, le dernier endroit où il avait vu le Luger dans les mains de Honey, quand elle l'avait braqué sur Himmler après lui avoir envoyé un coup de pied dans les couilles, et il se tourna vers Walter, debout sur le seuil, qui demandait :

– Je peux entrer ?

– Oui, je t'en prie, dit Jurgen en accompagnant ses paroles d'un geste d'invitation.

Honey était maintenant dans la pièce, son cocktail à la main.

– Walter, tu n'es pas allé en Géorgie.

– Non, cette fois je n'en ai pas eu besoin. Mais il est mort, non ?

Elle jeta un coup d'œil à Jurgen.

– Le président des États-Unis, précisa Walter. Tu ne l'as pas entendu à la radio, qu'il est mort ?

– Ah, oui, le Président. Ça nous a ébranlés. Où tu étais, Walter, quand tu l'as appris ?

– J'étais chez moi, dit-il avant de marquer un temps de silence. J'attendais la nouvelle.

– Prends un verre, dit Honey en lui tendant le sien.

Elle repartit dans la direction de la cuisine, et dit sans s'arrêter :

– Tu attendais l'annonce de la nouvelle ?

Walter se tourna vers Jurgen :

– On dirait une enfant impulsive. Comme je viens de le dire, j'attendais l'annonce de sa mort.

Jurgen attendit un instant que Honey revienne avec un nouveau cocktail pour lui annoncer :

– Sa radio devait être allumée. Walter dit qu'il attendait l'annonce de la mort du Président.

– Tu savais qu'il allait mourir ? Qu'est-ce que tu avais eu, une vision prémonitoire ?

– Tu ne comprendrais pas, répondit Walter.

– Et pourquoi donc ?

– Je préfère ne pas en parler.

– Il veut qu'on croie qu'il a quelque chose à voir avec la mort du Président, intervint Jurgen.

– Est-ce que j'ai dit ça ?

– J'ai l'impression que c'est ce que tu essayes de dire.

– Croyez ce que vous voudrez, déclara Walter en levant son verre à pied avant de le vider d'un trait.

Carl était assis dans la Chevrolet de Kevin, qui était garée devant l'immeuble. L'appartement de Honey était au troisième et dernier étage, il donnait sur Woodward Avenue. Carl se disait que ce ne devait pas être mal, une fois qu'on s'était habitué aux tramways. Il était huit heures passées de vingt minutes. Ses pensées vagabondaient de Jurgen à Honey et vice-versa. Il se disait qu'il ne devrait pas se comporter comme si Jurgen était un vieux copain et se beurrer la gueule avec lui tandis qu'ils se racontaient mutuellement des histoires. Il ne pouvait ignorer qu'il était assermenté, à moins de considérer, à l'aune de l'éternité, qu'il n'y avait rien de répréhensible à laisser souffler un peu le Boche. Puis il se dit, si tu penses que Honey suscite des idées lascives, démontre-lui que séduire Jurgen ne la mènera, elle, nulle part. Il pensa à Vera, aussi ; il était impatient de la revoir. Il avait deviné quel jeu elle jouait. Honey avait dit que Vera passait lui rendre visite, comme si c'était pour prendre un café autour de petits gâteaux. Mais si Bo avait réellement disparu, Vera mettrait-elle le pied hors de chez elle ? Pour Carl, cela signifiait que Bo serait avec elle. *Regardez qui voilà, Bohunk de mon cœur.* Ou quelque chose dans le genre. Une fois qu'il sera entré et qu'il se sera fendu de sa petite courbette, pensa Carl, surveille-le comme si t'étais un putain de faucon. N'oublie pas que c'est lui qui a trucidé Joe Aubrey, et les deux autres par-dessus le marché, le docteur et sa femme, il les a abattus tous les trois froidement, et il sait trancher la gorge à un homme. Le plan de Vera était de lâcher son chien sur tous ceux qui pourraient la trahir, un cabot d'opérette, en vérité, mais quand même un méchant petit fils de chienne, non ?

Cela faisait presque une heure que Carl était garé là.

Il avait vu Walter arriver et ne l'avait pas vu repartir.

Il comptait attendre Vera et Bo et prendre l'ascenseur avec eux. Mais, vu l'heure qu'il était, ils avaient peut-être changé d'avis. À moins qu'ils ne diffèrent le plus longtemps possible, pour être sûrs que tous ceux qu'ils voulaient abattre seraient bien là. Carl ne savait pas si Bo le voulait, lui, ou pas. Mais si tu es là, se dit Carl, il faudra bien qu'il fasse avec. Alors arrête de réfléchir et monte.

Il vit Jurgen qui se tenait debout dans sa veste sport, le vit sourire. Il regarda Honey qui lui sourit aussi. Tout le monde était content, ce soir. Il y avait aussi Walter, avec à la main, dans un verre à eau, ce qui ressemblait à un gin vermouth, à en juger par les olives qui trempaient dedans. Jurgen et Honey buvaient la même chose, un cocktail à vous mettre KO en moins de deux. À prendre ou à laisser. Il dit à Honey :

– Je parie un dollar que vous n'avez toujours pas de bourbon.

– Gagné, fit Honey. Allez discuter avec votre copain, je vous prépare un verre.

Il rejoignit Jurgen, qui lui tendit la main. Carl l'accepta sans pouvoir retenir un sourire.

– L'artiste de l'évasion, dit-il. Vous devriez écrire un livre sur la façon dont vous passez entre les mailles quand ça vous chante.

– Vous savez qui est en train d'en écrire un ? Shemane. Et je serai dedans, avec les putes et les politiciens véreux.

– Je ne vous arrête pas. Pas maintenant. Je veux dire, c'est trop tard, et je n'ai plus le cœur à ça.

– J'apprécie le geste. Ce que je vais faire maintenant, c'est devenir une vedette du circuit des rodéos en montant les taureaux.

– Parlez à Gary Marion. Vous vous souvenez de ce jeune marshal qui brûlait d'envie de tuer quelqu'un ? Vous savez qu'il a quitté les marshals pour monter des taureaux.

– Ouais, je vais passer lui rendre visite, pour qu'il me montre comment tenir les huit secondes sans me faire jeter.

– « Et voilà un garçon du nom de Tex Schrenk, qui nous vient directement de Cologne, aux confins du Texas », fit Carl.

– Je continue à me demander si je retournerai chez moi un jour.

– Et pourquoi pas ? Pour dire bonjour, voir votre vieux père.

– Il a été tué dans un bombardement.

– Navré de l'apprendre. Si jamais vous avez besoin d'un père, vous pouvez vous servir du mien. Vous connaissez Virgil, vous avez gaulé ses noyers.

– Il m'a beaucoup plu, avec ses avis bien tranchés sur les choses.

Honey tendit un cocktail à Carl.

– Vous lui avez plu aussi, il me l'a dit. La prochaine fois, vous pourrez vous donner des tapes sur les fesses.

Walter s'approcha alors avec son cocktail dans un verre à eau.

– Je ne vous vois pas pleurer la mort de votre Führer, Franklin Roosevelt, dit-il avec l'air de vouloir en découdre.

– Je porte du noir, non ? fit Honey. Tu en veux un autre ? Tu n'en as bu que quatre.

– Je veux savoir ce que vous pensez de votre président et de sa mort aussi soudaine qu'inattendue.

– Moi, je pense que c'est Staline qui l'a épuisé, répondit Honey. En parlant de ce maniaque, Vera dit que c'est un Pygmée, qu'il porte des talonnettes dans ses chaussures.

– Je dirais volontiers que la soudaine et mystérieuse mort de votre président…

– Qu'est-ce qu'elle a de mystérieux, sa mort ? demanda Carl.

– Ses circonstances. Vous y croyez ou pas. Moi, ça m'est égal.

– Walter, fit Carl, cessez de nous embrouiller et dites-nous ce que vous crevez d'envie de dire.

– Allez, Valter, fit Jurgen en prenant l'accent allemand. Autrement je te fais torturer.

Jurgen s'amusait comme un petit fou à boire ces gins vermouth.

– C'est Honey qui me l'a annoncé au téléphone, dit Carl. Elle m'a dit : « Roosevelt est mort », et j'ai tout de suite pensé à vous, Walter.

– C'est vrai, fit Honey en acquiesçant. Il m'a dit : « Vous ne pensez pas que c'est Walter, si ? » Et j'ai fait l'intéressante en disant quelque chose comme : « Sauf s'il a la faculté paranormale de provoquer une hémorragie dans le cerveau de notre président. »

Carl secouait la tête.

– Vous avez dit : « Sauf s'il a eu le Président au bout du fil, et qu'il l'a ennuyé à en mourir. »

– J'ai dit ça, hein ? fit Honey avant de se tourner vers Walter. Mais je ne le pensais pas, Hun. Ce que je voulais dire, c'est que, bien sûr, tu n'as rien à voir avec la mort du Président. Comment pourrais-tu être impliqué là-dedans ?

– Croyez ce que vous voudrez, lâcha Walter.

La sonnerie de l'interphone retentit.

29

Vera entra en parlant du temps, dit qu'elle avait cru, le matin, Dieu soit loué, que ses plantes vivaces allaient avoir droit à une averse de printemps, mais non, ce ciel affreux et lugubre était resté d'un ennui insondable, refusant de s'entrouvrir pour répandre la moindre goutte. Elle agita la main en direction de Jurgen, Carl et Walter qui se trouvaient à l'autre bout du salon. Elle déposa une bise sur une joue de Honey puis sur l'autre et, tout près d'elle, lui glissa à l'oreille :

– Qu'est-ce que vous recherchez ? Des frissons et des émotions ? Vous êtes trop fine pour frayer avec ces gens. Vous vendez des robes.

– Des robes de qualité. J'ai une robe de cocktail, noire, avec des bretelles spaghettis, dans laquelle vous feriez un malheur.

– Vraiment ? Quelle taille ?

– Quarante. Vous avez des nouvelles de Bo ?

– Pas pour le moment, dit Vera dont le visage s'éclaira comme si elle revenait à la réalité. Je suis sûre qu'il est avec des amis. Quand il découche, je lui dis : « Tu ne peux pas appeler, au moins, pour que je sache où tu es ? »

– Ils n'ont aucune idée de l'inquiétude qu'une mère peut ressentir.

– Je ne suis pas sa mère.

– Vous comprenez ce que je veux dire. Allons, je vais vous chercher un verre. Donnez-moi votre manteau et votre sac.

Vera se débarrassa de son manteau en agneau de Perse noir et le tendit à Honey.

– Je ne lâcherai pas le sac, mes cigarettes sont à l'intérieur.

Son regard se porta à l'autre bout de la pièce.

– Que boivent ces messieurs ? Est-ce un gin vermouth frappé que tient Jurgen ? Vous serez gentille de me le faire très sec, s'il vous plaît. Avec juste une larme de vermouth.

Honey se tourna vers la penderie de l'entrée et Vera adressa un signe à Jurgen et à Carl qui se trouvaient près des étagères de livres. Puis à Walter, assis dans son coin, tout triste, et qui fronçait les sourcils. Elle l'appela :

– Walter, tu peux garder la tête haute. Chacun d'entre nous se souviendra de ton projet. Vois-y l'intercession de Dieu, Walter, qui a pris les devants pour en finir à Sa guise avec le Président.

Elle se tourna vers Honey qui l'attendait.

– Vous autres, vous devez penser que je suis folle de parler comme ça. Surtout Carl.

– Il sait ce qui se passe, dit Honey. Tout le monde semble savoir ce qui se passe, mais personne ne remue le petit doigt.

– La fin est proche, dit Vera qui suivit Honey dans la cuisine, avec son sac en agneau persan assorti au manteau. Vous avez déjà entendu cette expression ?

Honey était debout à côté de son bar installé sur le comptoir. Elle regarda Vera ouvrir son grand sac à rabat sur la table pour mettre la main sur ses cigarettes.

– Avec une olive ?

– Plusieurs, s'il vous plaît, je meurs de faim.

– Je peux vous préparer un sandwich à la saucisse de Bologne. Ou un œuf-saucisse de Bologne, avec une tranche d'oignon ?

– C'est ce que vous mangez ? J'ai vu du fromage et des crackers dans l'autre pièce, je vais m'en empiffrer.

Honey lui tendit un verre à pied dont le fond était garni d'olives aux anchois. Vera s'approcha pour le prendre et le tint en hauteur en se parlant à elle-même (Honey vit bouger ses lèvres maquillées), puis elle le vida d'un trait et marqua une pause avant de mettre dans sa bouche les olives qu'elle attrapait une à une pour les mâcher et les avaler. Enfin elle alluma une cigarette.

– Un autre ? demanda Honey.

– S'il vous plaît. Celui-là, je vais le déguster. Dites-moi comment se comporte Walter.

– Il boit des doubles. Il parle plus fort qu'il ne l'a jamais fait en ma présence, et il fait des mystères. Sauf qu'il ne sait pas comment s'y prendre. Il veut nous faire croire qu'il a joué un rôle dans la mort du Président.

Vera hocha la tête.

– Il voulait tellement être son assassin. Pauvre Walter. La seule chose qu'il sache faire, c'est couper de la viande.

Honey lui servit son deuxième verre et la regarda s'en saisir pour le boire en deux gorgées.

– Vous n'avez pas eu d'olives cette fois.

– Pas de problème. Je vais en prendre un autre. Vous pouvez me raconter où vous en êtes avec la Tête brûlée.

– Ça a failli se faire, mais nos relations ont subi un coup de froid.

– La prise ne vous intéresse plus ? Je vois Carl comme un butin, si vous parvenez à le soumettre.

– Je suis quasiment persuadée que je pourrais l'amener à tomber amoureux de moi, s'il ne l'est déjà. Mais je ne veux pas briser son mariage, endosser le rôle de l'autre femme, celle que personne n'aime. Quelle barbe !

– Vous ne manquez pas de confiance en vous.

– Et je tiens à rester en vie. Sa femme a déjà abattu deux types qui essayaient de fiche sa vie en l'air.

– Et Jurgen ? Vous pourriez tomber amoureuse de lui ?

– Il est tout en haut de ma liste. C'est l'homme le plus séduisant que j'aie rencontré, il est gentil, et attentionné pour un Boche. Quand il enlève ses vêtements... c'est un spectacle qu'on a envie de revoir.

– Je l'imagine aisément. Oui, je vous crois sans peine. Ah ! Vous vous en seriez si bien sortie dans une mission comme la mienne ! Je les vois d'ici vous raconter tout ce que vous auriez eu envie de savoir.

– J'ai une question à vous poser. La police n'est pas à la recherche de Bo ?

Elle vit Vera se décider sur la réponse à apporter. Son maquillage était excessif mais c'était Vera, donc ça l'avantageait.

– Qui vous a dit ça ? fit-elle en souriant.

– Carl a dit que Bo l'avait pris en chasse avec une mitraillette.

– Bo ? Non, ça doit être quelqu'un d'autre qui avait quelque chose contre lui.

– Qu'est-ce que Bo a contre lui ?

– Ce n'est pas ce que je voulais dire. Bo ne l'a rencontré qu'une fois, je crois.

– Carl a lancé la police de Detroit à ses trousses.

– C'était lui, alors. La police est venue chez moi, et je leur ai dit que Bohdan était allé faire une virée dans le Nord avec ses amis. Ils partent en forêt, en règle générale à l'époque de l'équinoxe. Et ils dansent : Bo appelle ça un rite de célébration du printemps.

– Vous me faites marcher.

– Je vous assure. Il m'a même demandé de l'accompagner. Je lui ai dit que je n'étais pas très portée sur les rituels païens.

– Vous changez votre histoire.

– Ah bon ?

– Vous avez dit que vous n'aviez pas de nouvelles de lui, et que vous aimeriez qu'il appelle.

– J'ai dit ça seulement pour simplifier les choses. Sinon vous auriez voulu savoir si les policiers m'avaient crue, ce qu'ils avaient dit. L'un d'eux m'a demandé : « Oh, ils font la danse des tantes là-haut, dans les bois ? »

– Et la réponse ? fit Honey.

Un peu plus tôt dans la soirée, Bo avait envisagé de prendre une des pilules du Dr Taylor, mais il n'était pas sûr de l'état qu'il voulait atteindre, surexcitation ou abattement, tendu comme une arbalète ou mou comme une nouille. Il avait avalé quelques lampées de vodka frappée avant qu'ils quittent la maison, et Vera lui avait dit dans la voiture :

– Tu ne peux pas attendre ?

– Attendre quoi ?

– Qu'on soit là-bas.

– Tu veux faire la conversation d'abord ? Boire quelques verres et dire : « Voulez-vous s'il vous plaît vous mettre en rang, là, contre le mur ? » Ma chérie, j'entre et j'arrose la pièce comme un malade, putain, c'est ça que je vais faire. Tous ceux qui sont là baigneront dans une mare de sang quand on lèvera l'ancre.

– Pas Jurgen, s'il te plaît.

– Jurgen aussi. On était bien d'accord, tous ceux qui connaissent tes agissements. Sauf si tu veux nettoyer des chiottes en prison pendant vingt ans. Quand on a du style, c'est de ce genre de boulot qu'on écope. Il faut que tu comprennes, Vera, que Jurgen n'est pas indispensable à notre avenir. Il pourrait foutre en l'air nos chances d'échapper à la prison. C'est la raison pour laquelle j'ai dit aux fédéraux où le trouver…

– Tu n'as pas fait ça…

– En pensant qu'ils iraient le cueillir et que, comme ça, il aurait débarrassé le plancher. Mais il ne s'est rien passé, et maintenant il est chez Honey. Je n'y peux rien. J'ai prié la Vierge noire en lui demandant que certains d'entre eux seulement soient présents. Ce caïd de Tête brûlée, j'y compte bien. Walter, on ne sait pas ce qu'il est devenu. Peut-être qu'il se remettra de n'être pas parvenu à Roosevelt à temps, et qu'il se consolera en assassinant Harry Truman.

La voiture était prête pour leur fuite : valises dans le coffre, objets personnels et chaussures de Vera dans des cartons sur la banquette arrière. Elle avait déposé le chèque de Joe Aubrey, d'un montant de cinquante mille dollars, sur un nouveau compte ; plus tard ils verraient pour opérer des retraits.

Bo s'était garé sur l'espace interdit au stationnement devant l'immeuble de Honey. Il avait dit à Vera :

– Si tu n'as pas le cœur assez accroché pour ça, ne regarde pas. Mais une fois qu'ils seront à terre, on les dépouille de leur argent, de tout ce qu'ils peuvent avoir de valeur, et on part pour Old Mejico en fredonnant *La Cucaracha*, à moins que tu connaisses les paroles. J'oubliais : quand elle te fera entrer, utilise quelque chose pour bloquer la porte.

– Et quoi ? Tu as une idée ?

– N'importe quoi. Une boîte d'allumettes. La manière dont je m'introduis dans l'appartement, Vera, est fondamentale. Tu prends l'ascenseur pour monter à son étage. Honey t'attend à la porte. Tu la salues, tu l'embrasses. Et tu appuies sur le bouton de déverrouillage de la porte. Tu peux faire ça, non ?

– Tu n'as qu'à frapper. Tu ne crois pas qu'elle verra qui c'est ?

– Vera, vas-tu, oui ou non, déverrouiller cette putain de porte ? Je veux que mon arrivée soit une surprise complète. « Seigneur, mais par où est-il entré ? »

Il était demeuré silencieux quelques instants à réfléchir.

– Tu as pris le parapluie.

– Il est dans le coffre.

– Si je cache le Schmeisser dedans…

– Tu aimes l'appeler comme ça, hein ? Je me demande bien pourquoi.

– J'enlève la crosse… Je monte par l'escalier, comme ça je ne rencontre personne. J'entre dans l'appartement…

– Avec la pétoire toujours dans le parapluie ?

– Tu m'écoutes, oui ou non ?

Bo était impatient maintenant, ses nerfs commençaient à prendre le dessus.

– J'insère le chargeur alors que je suis encore dans le couloir, avant de faire mon entrée.

– Et tu arrives en tirant à vue.

– Ouais, et c'est fait. La messe est dite.

– Je me demande pourquoi on dit « la messe ».

– J'ai toujours entendu dire ça. Mais bon, je ne crois pas que ça fasse référence à une religion en particulier. Mais tu sais quoi ? Ça serait bien que je dise quelque chose en entrant.

– Tu les tiens en joue *mit dem Schmeisser*. Que veux-tu dire de plus ?

– Je veux faire en sorte que tous me regardent.

– Qu'est-ce que tu penses de *Achtung* ?

– Et si je leur disais : « Vous savez pourquoi j'ai amené ça ? »

– Pour qu'ils finissent par donner leur langue au chat ?

Cette fois, Bo avait souri.

– Pas mal. Oui, chacun son tour. Allez, qu'est-ce que je leur dis pour qu'ils me regardent ?

– « Content de vous avoir connus » ?

– Je vais trouver quelque chose.

Elle avait ouvert la portière de la voiture.

– Je ne te demande qu'une faveur. Assure-toi, s'il te plaît, que je ne suis pas sur ta ligne de tir à la con.

– Tu as le Luger, au cas où ?

– Dans mon sac.

30

Vera savait qu'elle oublierait quelque chose, un élément sur la liste d'instructions de Bo.

Elle avait son sac, elle le tenait sous le bras, son verre dans l'autre main. Elle était sortie de la cuisine pour se camper à côté de la table du petit salon, tandis que Honey, elle, était restée à préparer des cocktails.

Honey avait mis un disque, de la musique noire américaine, une voix de petite fille qui demandait à un type si elle n'était pas gentille avec lui.

Vera aurait pu le chanter à Bo : *Baby, ain't I good to you* ?

Gentille de le laisser faire ça, et lui qui demandait ce que ça changeait, trois de plus après Odessa ? Quatre aujourd'hui.

En entrant, elle avait d'abord vu Carl, et elle s'était dit : Ah, Bo va être content ; quoique la vue du marshal, inattendue, lui ait soulevé l'estomac et lui ait donné un sentiment de malaise. Elle aurait voulu que Bo arrive, voie Carl et l'abatte avant d'ouvrir la bouche. Qu'il se débarrasse de la Tête brûlée sans tarder, sinon le marshal graverait une encoche supplémentaire sur son arme pour représenter Bo… comme s'il était dans un Spitfire portant des croix gammées sur le fuselage, et que Bo pilotait un ME-109 ou un Focke-Wulf, et si Bo ne l'abattait pas sur-le-champ, par pitié, avant que Carl ait le temps de dire ce qu'il disait à chaque fois : *Si je dois dégainer mon arme...* Une fois que Bo lui aurait tiré dessus, il pourrait dire ce qu'il voudrait, à condition que ce soit court. Il faudrait rassembler les trois autres devant la bibliothèque. Ce serait dans les journaux dès le lendemain, la dernière édition, dans tous les journaux quel que soit l'endroit où ils seraient, parce que l'une des « Quatre personnes assassinées dans un appartement de Detroit » serait un prisonnier de guerre allemand. Que faisait-il là ? Ces gens étaient-ils des espions ? Qui les avait tués ? Avaient-ils été exécutés ? À cette heure-là, Bo et elle pourraient être au Texas. Elle comptait sur Carl pour avoir des coupons d'essence et de l'argent liquide sur lui. *Désolée, Carl, à la guerre comme à la guerre.* Cette putain de guerre. Honey avait peut-être quelques coupons, elle aussi. Ils jetteraient un coup d'œil dans son secrétaire, là, contre le mur opposé au canapé et à la bibliothèque. Bo se tiendrait à côté du meuble. Il entrerait et se mettrait en position de tir.

Une minute. Qu'est-ce qui était fondamental, déjà, pour Bo ?

Et elle pensa à ce qu'elle avait oublié de faire, parce qu'elle ne l'avait pas noté pour pouvoir le regarder ensuite.

Déverrouiller la porte.

Carl et Jurgen parlaient de rodéos.

Carl pensait que Jurgen avait la bonne taille pour monter des taureaux, quoique dans la limite haute, car la plupart de ceux qui gagnaient gros en montant des taureaux étaient plutôt des types petits, moins d'un mètre soixante-dix et moins de soixante kilos. On aurait pourtant pu croire qu'un cavalier ayant de longues jambes tiendrait mieux sur le taureau. Carl dit qu'il n'avait jamais tenu les huit secondes sur un taureau quand il avait tenté sa chance dans le circuit amateur, le week-end, à dix-huit ans. Il était passé aux broncos, n'avait pas réussi à tenir dessus non plus, alors il était allé deux ans et demi sur les bancs de l'université avant de s'engager chez les marshals.

Jurgen disait qu'il se savait capable de monter des taureaux et d'être bon. Et vous savez pourquoi ? Parce que quand sa famille était rentrée en Allemagne en 1935 après avoir vécu aux États-Unis, ils étaient passés par l'Espagne et avaient assisté à des corridas, de très belles corridas, à Madrid et dans d'autres villes espagnoles, et il avait voulu devenir un *matador de toros*. Il disait qu'il toréerait d'une manière à la fois détachée et sereine, les pieds plantés dans le sable, qu'il encaisserait la charge du taureau avant de l'achever à la manière de Joselito, le styliste, qui avait beau être un frimeur mort à vingt-cinq ans, il n'en restait pas moins l'un des plus grands matadors d'Espagne. Vous l'auriez vénéré, assura Jurgen à Carl.

Mais Jurgen n'était pas devenu matador et n'avait pas tué de taureaux. Il dit que maintenant, il allait en monter, et que les bêtes sauraient, avec leur savoir ancestral de taureaux, qu'il n'avait jamais tourmenté l'un des leurs avec une cape ni n'en avait tué. Il dit que ceux qu'il monterait lui en seraient reconnaissants et qu'ils le ménageraient.

Carl remarqua que cela sonnait davantage comme de la connerie ancestrale que comme un savoir ancestral. Il dit à Jurgen que si les taureaux ne se cabrent pas violemment, on ne marque pas de points à les monter.

Honey leur apporta à chacun un cocktail, Carl ayant changé d'avis parce que le gin vermouth frappé de Jurgen avait très bel aspect dans le verre délicat. Honey resta en leur compagnie. Jurgen en était à raconter comment il avait dévoré le livre de Hemingway, il parlait de celui qui était sur l'étagère de la bibliothèque, parce qu'il aimait ce que représentait l'Espagne à cette période, pas parce que l'Allemagne soutenait Franco. Jurgen était du côté des loyalistes, comme Robert Jordan dans le livre, dont la mission était de faire sauter un pont. Carl dit qu'il avait lu le plus clair de *Pour qui sonne le glas* chez son père, et qu'il considérait ça comme un western, ces histoires de types dans les montagnes qui montaient des chevaux. Ça aurait pu se passer au Mexique. Puisqu'ils parlaient de westerns, Jurgen dit qu'il avait commencé à lire Zane Grey quand il était au camp de prisonniers.

– *« Souris, quand tu m'appelles comme ça »* ? cita Carl. Je n'ai jamais beaucoup aimé Zane Grey.

Walter vint se joindre à eux.

– Vous ne trouvez pas la mort de Roosevelt, disons, curieuse ? Le fait qu'elle survienne comme ça, brutalement ?

– Bon Dieu, Walter, fit Carl. Va t'asseoir, tu veux ?

– Nous n'acceptons pas ta théorie, Walter, renchérit Honey. Quelle qu'elle soit. J'ai essayé Zane Grey un jour, et j'ai trouvé sa façon d'écrire affreusement démodée.

– Quand on lit ses livres, on n'a pas l'impression qu'il se soit amusé le moins du monde à les écrire, dit Carl. Mais il a beaucoup de publicité, et si on achète tout ce qu'il a écrit on peut remplir une pleine étagère. Les gens qui n'ont rien de mieux à lire, s'entend.

– Mais qu'est-ce que Vera fabrique ? demanda Honey.

Carl et Jurgen se tournèrent et la virent ouvrir la porte de l'appartement, puis la refermer après avoir regardé dans le couloir.

– Vera… ? l'appela Honey.

Elle les rejoignit, son sac en agneau persan toujours sous le bras, et leva son verre pour le montrer à Honey.

– Vous remarquerez que je le sirote maintenant que j'ai étanché ma soif.

– Qu'est-ce que vous faisiez, là ?

– Je dois entendre des voix. J'aurais juré qu'il y avait quelqu'un à la porte.

– On attend un autre invité ? demanda Carl.

– Pas que je sache, répondit Honey.

– Non, non, je me suis trompée, dit Vera. Il n'y a personne d'autre.

À la manière dont elle ne cessait de regarder de ce côté-là, avec fébrilité maintenant, en buvant de petites gorgées rapides, Carl aurait juré tout l'argent qu'il avait dans son portefeuille, cent vingt-quatre dollars, que Bohunk était sur le point d'entrer.

Vera regardait souvent en direction de la porte.

Carl aussi, par-dessus son épaule.

– Pourquoi rester tous debout alors qu'on pourrait s'asseoir ? demanda Honey. Je vais mettre un autre disque. Sinatra, ça vous va ?

Vera acheva son cocktail, posa son verre sur la bibliothèque et lança un nouveau coup d'œil sur la porte.

Carl l'imita, en tournant la tête.

Il vit la porte s'ouvrir légèrement jusqu'à ce que Bo apparaisse, en pull gris et jupe assortie, sa mitraillette à la main. Il se tourna alors vers Vera qui lui demandait :

– Vous aimez Frank Sinatra ?

– J'aime la chanson qu'on entend. Vous savez ce que c'est ?

– *Oh Look at Me now*. Qu'est-ce qui va se passer, d'après vous ?

– C'est une jupe que porte Bo ?

– Je lui ai dit, s'il te plaît, pas ce soir.

– Il aurait pu se dispenser du maquillage. Ce que je me demande, c'est si ce qu'il a à la main, c'est un souvenir de guerre qu'il veut nous montrer. Si ce n'est pas le cas, vous voulez bien lui dire de le poser à terre ?

– Elle n'est pas sa mère, intervint Honey.

– Merci, répondit Vera. Ici, je suis une invitée. Vous pouvez le lui dire si vous voulez.

Bo, qui se dirigeait vers eux en longeant le mur opposé, s'arrêta devant le couloir qui menait à la chambre à coucher pour y jeter un coup d'œil.

– Ils sont tous là, lui dit Vera.

Maintenant, Bo leur faisait face avec son arme, une main sur la détente, l'autre sur le chargeur qui contenait trente-deux cartouches.

– Bo, qu'est-ce que vous faites ? demanda Jurgen.

– Bo, vous voulez boire quelque chose ? s'enquit Honey.

Walter, qui était assis dans le fauteuil préféré de Honey, n'ouvrit pas la bouche.

Bo, oui. Il s'adressa à Vera :

– Je t'avais dit de débloquer la porte et tu as oublié.

– Comment es-tu entré, mon chéri ?

– Je te l'ai dit : dès que tu arrives, tu déverrouilles la porte. Je t'ai dit de tout noter quelque part. Tu oublies et moi je me retrouve debout dans le couloir, avec ma putain de mitraillette à la main ?

– C'est un Schmeisser que vous avez là, hein ? fit Jurgen. J'aime ce nom même s'il est inexact. Mais laissez-moi vous dire une chose : vous ne devriez jamais tenir une *Maschinenpistole* par le chargeur. Ça exerce une pression dessus et elle s'enraye très facilement.

Cela plut à Carl. Qu'on rappelle à ce blanc-bec qu'il ne savait pas ce qu'il faisait, alors qu'il se chamaillait avec Vera, l'arme chargée à la main. Puis il leur fit face à nouveau.

– Je veux que vous trois, Honey, Jurgen et Carl, vous alliez vous asseoir sur le canapé. Walter, vous êtes parfait, mon vieux, rapprochez juste votre fauteuil de l'endroit où vos camarades vont être assis, qu'on en finisse. Allez, vous trois, veuillez vous asseoir. Juste *là*.

En disant ce mot, il leva sa mitraillette et tira une courte rafale, assourdissante, rapide, qui laissa des impacts de balles en travers des coussins noirs du canapé.

Honey regarda Bo fixement sans rien dire.

Peut-être savait-il ce qu'il faisait, après tout, pensa Carl en observant la manière dont il tenait son arme, en habitué, tandis qu'il répondait à Jurgen :

– Toutes les fois où je me suis servi d'une mitraillette, je n'ai jamais eu le moindre problème. J'étais un peu rouillé quand j'ai pris la Tête brûlée en chasse.

Et, se tournant vers Carl :

– Vous saviez que c'était moi ?

– Ça ne pouvait être que toi, répondit le marshal.

– Aucun autre salopard ne ferait ça, fit Honey en tenant Bo sous son regard dur.

Il resta interdit un moment, les yeux sur elle, mais il laissa filer et dit :

– Maintenant, je voudrais que tous les quatre, vous vous déshabilliez. Enlevez tous vos vêtements. Vous aussi, Walter, levez-vous. Et je voudrais que la Tête flambée se défasse de son revolver et le pose sur la table de cocktail.

– Si vous tentez d'en faire usage, dit Vera, Bo n'hésitera pas une seconde à vous abattre.

Elle sortit de son sac à main en agneau persan le Luger qu'elle flanqua sous le nez de Carl en ajoutant :

– Moi non plus.

– Vous voulez glisser la main sous ma veste pour le prendre ? demanda Carl.

– Je veux que vous enleviez cette veste, dit Vera en s'éloignant d'eux.

Honey vit le Luger dans la main de Vera et poussa légèrement Jurgen du coude, car ce pistolet ressemblait comme deux gouttes d'eau à celui que Darcy avait reçu de Bo en échange de la Modèle A, et qu'il lui avait confié pour qu'elle le garde en sûreté. Celui que Jurgen avait examiné et dont il avait dit qu'il était chargé, prêt à tirer, avant qu'elle l'enfonce entre les coussins du canapé. À l'endroit exact où Bo voulait les faire asseoir.

Elle regarda Carl enlever sa veste, et son calibre 38 apparut dans son étui.

– Est-ce que vous voulez bien, s'il vous plaît, vous déshabiller ? insista Bo. Nous n'avons pas toute la nuit devant nous.

Honey fit passer son pull par-dessus sa tête, ôta sa jupe et s'approcha du canapé.

– Vous avez une jolie silhouette, remarqua Bo.

– Le soutien-gorge aussi ? demanda-t-elle.

– Évidemment ! Le soutien-gorge, la petite culotte, tout. Je veux être sûr que vous ne dissimulez aucune arme. J'ai caché un couteau à beurre aiguisé comme un rasoir dans mon trou de balle et je m'en suis servi pour égorger trois gardes des escadrons de la mort SS, un par un, alors qu'ils étaient tous allongés par terre, saouls à force de boire de la *horilka*, la vodka ukrainienne. J'ai plaqué ma main sur leur bouche, je leur ai planté mon couteau dans la gorge et j'ai coupé. L'un après l'autre. Je l'ai fait nu, parce que je savais qu'il y aurait des torrents de sang. J'en ai été baigné. C'était une expérience stimulante. Vous pouvez imaginer pourquoi c'est l'événement le plus mémorable de ma vie. Même si abattre M. Aubrey et le Dr Taylor n'était pas mal non plus. Une balle chacun. Pour Rosemary, c'était différent. Je l'ai abattue, oui, mais c'était comme de noyer un chaton. Ma mère m'a forcé à faire ça quand j'étais petit, maintenir le chaton sous l'eau. Chaque fois que je repensais à Minou et que je revoyais sa petite gueule levée vers moi, je pleurais.

Il ajouta après un silence :

– Monsieur la Tête tiède, vous allez déposer votre flingue, oui ou non ?

Honey regarda Carl traverser la pièce vers le canapé avant de dégainer son revolver tandis que Bo, mitraillette levée, le visait, et de le poser sur la table de cocktail, la crosse dirigée vers le siège. Puis il resta au même endroit, retira sa cravate et commença à déboutonner sa chemise.

– Avec toute la délicatesse dont vous êtes capable, Carl, voudriez-vous, s'il vous plaît, faire tomber toutes les balles contenues dans ce pistolet ? Cela me rend nerveux de le voir posé là, avec son cran de mire limé. Vous êtes un homme féroce, n'est-ce pas, monsieur la Tête tiède ?

Honey observa Vera qui tenait maintenant le Luger baissé, bras collé au corps, et qui rejoignait Bo pour lui dire quelque chose.

– Tu parles trop.

– Ma chérie, je fais ça pour toi.

– Tu fais ton numéro. « Comment un garçon délicieux comme moi pourrait-il trancher des gorges ? » Tu essaies d'être drôle et effrayant à la fois.

– Tu veux que je le fasse ou tu veux t'en aller ? Le moment va venir où je vais les tuer, de gauche à droite en commençant par le petit nazi, Walter, et *pan pan pan*, tous les autres. J'ai commencé avec vingt-huit balles dans le chargeur, il m'en reste vingt-quatre. J'ai merdé en voulant leur montrer où s'asseoir et j'ai tiré une balle de trop. Il se peut que tu aies à donner un *coup de grâce* ou deux. (L'instant d'après, il eut un rictus.) Regarde, Vera, un défilé de nus.

Ce qui ébahit Vera, ce fut… Eh bien, elle était surprise de constater avec quelle décontraction ils restaient là, nus, sans la moindre gêne, avec des marques de bronzage assez distinctes sur les corps des deux hommes : Jurgen, un dieu élancé, avait gardé le plus gros de son hâle pendant l'hiver et n'était blanc qu'autour des reins ; Carl, lui, avait les bras et le visage tannés tandis que le reste pouvait être considéré comme blanc, ce qu'il n'était pas vraiment : sa peau avait des nuances héritées de ses origines cubaines et cheyennes du Nord.

Non, ce qui ébahit véritablement Vera, ce fut le soin qu'ils mirent à plier les vêtements qu'ils avaient ôtés et à en faire trois piles distinctes sur la table basse, tandis que Walter, lui, gardait les siens sur ses genoux.

– Va récupérer les vêtements de Walter, lui dit Bo. S'il refuse de te les donner, tire-lui une balle dans la tête, s'il te plaît.

Il poursuivit :

– Tu remarqueras que les deux garçons sont montés comme la moyenne des hommes. Ah, mais ils sont raides comme la justice. Ils ont été élevés pour devenir des hommes qui utilisent les femmes, qui aiment les femmes, parfois même les adorent, et rêvent de leurs chattes. Je le vois à leur manière de te regarder. Vera, tu peux te faire Carl quand tu veux. Mais quand je leur tourne autour comme si je cherchais à conclure, ils ne s'occupent pas de moi, ils me trouvent drôle. Ceux qui ne me trouvent pas drôle, c'est de ceux-là que je me méfie. Toi, tu me trouves drôle, hein ?

– Oui, tu l'es. Mais parfois, tu ne l'es pas du tout. Ça traîne en longueur. Tu comprends ? Bo, regarde-moi. Fais-le, s'il te plaît, dès que je ne serai plus dans ta ligne de mire.

– Merde ! Elle s'écarte pour se mettre à l'abri.

Honey avait dit cela en baissant les yeux, englobant dans son champ de vision ses seins nus et jusqu'à ses cuisses nues dont elle entretenait la minceur en allant nager une fois par semaine à Webster Hall, un hôtel proche du centre.

C'était épatant de se retrouver assise entre deux hommes dans le plus simple appareil, tous deux bien montés, avec de beaux corps minces couverts de cicatrices : celui de Carl, de traces de balles, pensa-t-elle, et celui de Jurgen, avec la peau tendue et brillante aux endroits où il avait été brûlé. Ces hommes étaient la virilité incarnée. Jurgen tourna la tête pour lui sourire, et elle lui rendit son sourire. Puis elle sourit à Carl, qui lui dit :

– Quoi ?

Tandis que Vera était occupée à parler à Bo de l'autre côté de la table, Honey parvint à saisir la main de Carl, posée à côté de la sienne sur le canapé, et à la plaquer sur la crosse du Luger enfoncé entre les coussins. Quand elle l'y avait mis, elle était assise à l'endroit où Carl se trouvait désormais, ce fut donc la main droite du marshal qui se fraya un chemin pour refermer ses doigts sur la crosse. Honey lui dit qu'il était prêt à tirer mais que le cran de sûreté était enclenché. Carl répondit qu'il le sentait sous ses doigts, et l'ôta avec un tout petit déclic.

– Vous êtes sûr ? demanda-t-elle.

– Si je suis *sûr* ? demanda Carl. Et pourquoi je ne le serais pas ?

Ce dont il était sûr à cent pour cent, c'était de n'avoir jamais utilisé un Luger. Un Walther P38, oui, mais pas un Luger. Il se vit sortir celui-ci du canapé, le braquer sur Bohunk, prêt à tirer au jugé, le doigt sur la détente, puis ajuster si nécessaire et l'abattre. Le Luger était une belle arme, il aimait la façon dont elle se logeait dans sa main, mais savait qu'il s'en tiendrait à son Colt après cette expérience.

Bon, mais quand ?

Quand tu es convaincu qu'il est sur le point de tirer.

Tu veux rire ? Ce type met sa plus belle jupe, son maquillage de soirée, il se ramène avec une mitraillette et tu n'es pas certain qu'il veut te tuer ?

Il aurait aimé que Honey cesse de se frotter contre lui. Il lui avait dit :

– Arrêtez ça, d'accord ?

Elle faisait probablement la même chose avec Jurgen.

Elle baissa la tête et dit :

– Vous n'êtes pas en train de bander, dites, les garçons ?

Comment parvenait-elle à agir aussi naturellement alors qu'elle pouvait très bien mourir d'une minute à l'autre ? Toujours maîtresse d'elle-même. Dès qu'il aurait réglé le problème de Bo, il lui demanderait comment elle faisait pour conserver son calme.

Bo dit :

– Je vous en prie, ne prenez pas ce que je suis sur le point de faire pour une question personnelle. Je n'ai pas plus d'animosité à votre égard que si je tombais nez à nez avec vous au combat, comme ça s'est produit à Odessa quand nous combattions les Roumains pied à pied. Non, je reviens sur ce que je viens de dire : en fait, j'avais de l'animosité contre ces salopards de Roumains, qui étaient tellement pressés de tuer des juifs, des Roms et des garçons comme moi. Les SS nous forçaient à porter de petits triangles roses et nous jetaient dans les camps de la mort pour pouvoir nous éliminer tranquillement. C'est à cette occasion que j'ai décidé de me transformer moi aussi en bête et que j'ai tranché quelques gorges d'*Einsatzgruppen*.

Maintenant, pensa Carl.

Appelle-le. Dis-lui de poser la mitraillette à terre et de s'en éloigner. Tu auras un instant pour agir. Dis-lui que si tu dégaines ton arme (le voilà, ton instant, quand il se demandera : « Quelle arme ? »), tu tireras pour tuer.

Vas-y.

Il assura sa prise sur le Luger pour le sortir d'un coup sec au moment même où le *pan* dur et brutal d'une détonation retentit dans la pièce, le faisant cligner des yeux avant de les tourner vers Vera qui tenait son propre Luger à bout de bras. *Pan*, elle tirait de nouveau sur Bo et, faisant un pas vers lui, elle tirait encore. Puis elle le regardait fixement, gisant à côté du bureau, et elle lui expédiait une dernière balle dans la tête… pour être sûre.

Carl la regarda glisser le pistolet dans le sac à main en agneau persan qu'elle laissa ouvert, la vit placer le sac sur la table basse, là où Walter, transformé en statue de sel, était assis. Puis elle alluma une cigarette. Elle aspira une bouffée et rejeta un filet de fumée, les yeux fixés sur Carl.

31

– Elle t'a soufflé sa fumée au visage, hein ? Elle se fiche pas mal que tu sois marshal fédéral.

Carl dit à son père qu'elle ne la lui avait pas soufflée au visage.

– T'as dit qu'elle te regardait.

– Je crois que c'était plutôt comme si elle me disait : « Vous aviez une meilleure solution ? » Elle avait l'air d'avoir tout bien soupesé.

– Elle t'a sauvé d'une mort certaine.

– Ce n'est pas exactement comme ça que j'ai vu les choses. Jurgen, oui, il lui a dit qu'elle nous avait sauvé la vie. Quant à Honey, elle avait déjà traversé la pièce et elle la serrait dans ses bras.

– Complètement nue ?

– Oui, complètement nue.

– Alors, elle a tout où il faut ?

– On aurait dit Miss America se baladant en talons hauts, nue.

– Bon Dieu, lâcha Virgil.

Narcissa tourna le dos à la cuisinière avec le café pour accompagner l'eau-de-vie cubaine qu'ils prenaient en digestif après le bœuf servi au dîner, et elle dit à l'intention de Carl :

– Virgil va faire une crise cardiaque avant que tu aies fini ton récit.

Elle s'assit avec eux à la table ronde qui se trouvait au fond de la cuisine. Dehors, il pleuvait. C'était le jour de l'anniversaire d'Hitler, le 20 avril 1945.

– Et Jurgen ? demanda Virgil. Il a fini par s'habiller ?

– Oui, mais il est parti avant que j'appelle Kevin.

Son père secouait la tête.

– Tu l'as laissé filer ?

– Il est parti, il m'a faussé compagnie. S'il avait été un repris de justice, je l'aurais coffré. Mais ce n'est qu'un soldat allemand au chômage technique, et un ami à moi. Je ne serais pas étonné d'apprendre qu'il est allé à Cleveland.

– Cleveland ? Je croyais qu'il voulait monter des taureaux.

– Un de ces jours, il y arrivera, je pense. Mais je crois qu'il avait envie de savoir comment ça allait pour son copain SS, Otto. Il a mentionné le fait qu'il vivait avec une superbe fille juive nommée Aviva. Et Jurgen doit vouloir voir ça de ses propres yeux.

– Je suppose que tu as dû prendre la direction des opérations sur la scène du crime, dit Virgil. Tout le monde s'est assis ?

– Personne n'allait nulle part, à part Jurgen. On a discuté un moment. J'ai appelé Kevin et il a prévenu la police criminelle. On a tous témoigné sous serment en disant que Vera Mezwa avait agi dans notre intérêt, sans quoi nous serions tous morts à l'heure qu'il était. Vera a dit qu'elle ne se doutait absolument pas que Bo avait l'intention de nous faire mettre cul nu et de nous abattre.

– Tu la crois ?

– Les enquêteurs la croient. Ils l'ont interrogée pendant trois jours avant de la relâcher. Je t'ai dit qu'elle avait tout bien préparé. Je pense qu'elle était fatiguée de s'inquiéter au sujet de Bo et de se demander s'il n'allait pas finir cinglé à cause de la guerre. Elle a vu ce qu'il avait l'intention de faire, alors elle l'a descendu et elle est devenue notre héroïne. Ça n'a rien à voir avec le fait qu'elle soit une espionne. Le ministère de la Justice l'appellera à comparaître ou il s'en abstiendra, je n'en ai pas la moindre idée. Je pense que la première chose que Vera va faire, c'est quitter la ville et devenir quelqu'un d'autre. Sa voiture était déjà chargée.

– Tu penses qu'ils la rattraperont ?

– S'ils le veulent, oui.

– Et Honey et Jurgen, alors ? s'enquit Narcissa. Tu as dit qu'ils se plaisaient. Ils vont se retrouver, au bout du compte ?

– Peut-être. Je crois que la chance de Jurgen va finir par le lâcher. Il se fera arrêter et renvoyer chez lui, dès que la guerre sera finie. Il lui faudra alors trouver un moyen de revenir, tandis que Honey l'attendra en trouvant le temps long. C'est comme ça que je me la représente. Mais avec Honey, on ne sait jamais. Elle pourrait aussi bien décider d'aller en Allemagne pour être avec lui. C'est le genre de chose dont elle est capable.

Même s'il le disait, il ne la voyait pas faire ça.

– T'en pinçais pour elle, hein ? demanda Virgil.

– Pourquoi tu me demandes ça ?

– Parce qu'il est curieux, dit Narcissa. Alors ?

– Est-ce qu'elle a fini par remettre sa culotte ? insista Virgil.

Il la revoyait parfaitement mettre les pieds dans le cercle que dessinait sa jupe et la remonter sur ses hanches, puis la retrousser pour enfiler sa petite culotte, et il eut une vision de Crystal Davidson faisant le même geste, en couleurs. La tête de Honey émergea du pull, elle leva et baissa plusieurs fois les sourcils en le regardant, tandis que son soutien-gorge était resté sur la table.

– Ouais, Honey s'est habillée, Jurgen s'est habillé, et Walter s'est rendu dans la salle de bains pour se rhabiller.

– Qu'est-ce qui va lui arriver ? demanda Virgil.

– Je ne sais pas. Je suppose qu'il est condamné à rester Walter le boucher, et le sosie de Himmler, l'homme le plus détesté au monde. Son seul ami était cette fripouille de Joe Aubrey, et on ne l'a toujours pas retrouvé. J'aurais dû demander à Bo ce qu'il en avait fait. Et vous savez quoi ? Il nous l'aurait dit. Il se vantait de descendre des gens… de leur trancher la gorge.

– Tu dis que Vera est partie, fit son père. Tu lui as dit quelque chose ?

– Honey la serrait dans ses bras. Je suis allé la voir et je lui ai dit que j'admirais son style. Elle m'a remercié, et m'a embrassé sur la bouche.

– Elle t'a embrassé alors que tu étais nu comme un ver ?

– J'avais enfilé mon pantalon.

– Tu vas raconter tout ça à Louly rapidement, hein ? Quand est-ce qu'elle rentre ?

– Samedi.

– C'est demain.

– Oui, elle rentre à Tulsa en avion pour une permission de soixante-douze heures. En fait, elle prend l'avion pour se rendre à peu près partout, du moment qu'il y a un aéroport militaire.

– Voyons voir, fit Narcissa. Tu vas raconter à Louly que Vera t'a embrassé ?

– Louly n'a rien à craindre de Vera.

– Tu vas lui parler de Honey qui se baladait en hauts talons, complètement nue ?

Composé par Nord Compo Multimédia
7, rue de Fives, 59650 Villeneuve-d'Ascq

Cet ouvrage a été achevé d'imprimer en février 2009
dans les ateliers de Normandie Roto Impression s.a.s.
61250 Lonrai
N° d'impression : 090429
Dépôt légal : février 2009

Imprimé en France